별리 시대

별리 시대

초판 1쇄 인쇄일 2017년 2월 01일
초판 1쇄 발행일 2017년 2월 07일

지은이 박규현
펴낸이 양옥매
디자인 이수지
교　정 조준경

펴낸곳 도서출판 책과나무
출판등록 제2012-000376
주소 서울특별시 마포구 방울내로 79 이노빌딩 302호
대표전화 02.372.1537　**팩스** 02.372.1538
이메일 booknamu2007@naver.com
홈페이지 www.booknamu.com
ISBN 979-11-5776-373-3 (03800)

이 도서의 국립중앙도서관 출판시도서목록(CIP)은 서지정보유통지원 시스템
홈페이지(http://seoji.nl.go.kr)와 국가자료공동목록시스템
(http://www.nl.go.kr/kolisnet)에서 이용하실 수 있습니다.
(CIP제어번호 : CIP2017002432)

별리 시대

박규현 장편소설

책과나무

겨울 산에서 앙상한 나뭇가지들이 추위에 떨고 있다. 나무들이 찬바람을 견디며 겨울을 이겨낼 수 있는 것은 저 멀리 산 너머에서 부드러운 스카프를 목에 두르고 사뿐사뿐 걸어오는 봄이 있기 때문이다.

우리의 삶에도 겨울이 있고 봄이 있다. 겨울에는 봄을 기다리며 추위에 떨고, 봄에는 따스한 햇살을 등에 업고 우리의 풍요로움을 만끽한다. 차가운 겨울이 다가오고 있다는 것을 망각한 채.

역사에도 겨울이 있고 봄이 있다. 차가운 혹한기 겨울에는 갈등이 있었고, 따뜻한 봄에는 태평성대가 있었으니. 태평성대에 조금만 방심하면 갈등이 바로 수면 위로 올라와 혁명과 전쟁으로 점철된 차가운 겨울이 시작되었던 것이다.

역사는 과거의 이야기이지만 현재의 이야기이기도 하다. 현재는 과거에서 비롯되었으며 E.H.카의 말처럼 역사란 속성은 과거와 현재의 끊임없는 대화를 거듭하기 때문이다.

조선시대에는 남인(퇴계학파)과 서인(율곡학파)의 오랜 갈등이 있었고 지금은 보수와 개혁 세력이 갈등하며 역사를 만들어 가고 있다. 과거나 지금의 갈등은 역사 발전의 중요한 원동력이다. 갈등은 당연히 존재하는 것이지 부정적 요소가 아닌 것이다. 갈등을 어떻게 조정하고 풀어나가느냐 하는 것이 매우 중요한 것이다. 필자는 역사적인 갈등을 통해서 현존재의 갈등을 이야기하고 싶었으며 그 갈등을 통해 어두운 현존재의 해법을 질문하고 싶었다.

헤겔의 변증법적 역사관 역시 정반합이라는 과정 속에서 갈등을 전제로 하고 있으니 갈등은 새로운 길로 진전해 나가는 역사 발전의 필수 과정임에 틀림없다. 갈등은 종종 이별이라는 헤어짐의 양상으로 나타나는 경우가 많다. 그러나 그러한 것은 크게 염려할 만한 것이 못 된다. 이별은 만남의 전주곡이다. 이별과 동시에 새로운 만남이 시작되기 때문이다. 때로 이별은 썰렁한 밤거리를 혼자 뚜벅뚜벅 걸어가게 하는 쓸쓸한 정서를 불러일으키며 우리의 감성을 자극해온다. 그것은 우리가 가슴 속에 따뜻한 정을 가득 품고 있기 때문이다.

필자는 이러한 생각을 바탕으로 본 소설을 집필하게 되었으며 여기에 간략하게 작품의 시놉시스를 올린다.

본 작품은 조선시대 한 서원을 무대로 벌어지는 유생들 간(퇴계학파와 율곡학파)의 갈등을 그린 소설이다. 유생들은 서원에서 실시하는 학문 강습시간에도 퇴계와 율곡의 성리학적 이론을 내세워 첨예하게 대립한다. 퇴계학파는 남파, 율곡학파는 북파라고 칭하면서 대립하게 되는데 북파는 정치적으로 서인계열이고 남파는 남인계열에 속한다. 퇴계는 국조오현에 속해 작품의 무대가 되는 산외서원에서 신주 배향하고 있지만 율곡은 그렇지가 못하다.

조정에서는 오랫동안 남인들이 집권하면서 서인들이 요구하는 율곡 신주 배향을 배척하였다. 그것은 남인들이 숭앙하는 퇴계와 달리 서인들이 숭모하는 율곡은 퇴계에 비해 한 수 아래라고 생각하고 있는 데에서 기인했다. 무엇보다 율곡 신주 배향을 윤허하면 서인 세력이 비대해질 것을 남인들이 우려했기 때문이었다. 서인들의 요구를 받아주지 않고 시간을 질질 끌다 경신대출척으로 남인들이 물러나고 서인들이 집권하면서 율곡 신주 배향은 국가적으로 윤허되기에 이른다. 이때가 숙종 7년(1681년) 9월이다. 이런 새로운 국면으로 산외서원 북파(율곡학파)는 서원 경내에서 퇴계와 동등한 자격으로 율곡을 신주 배향하고자 한다. 그러나 남파(퇴계학파) 유생들의 반대에 부딪쳐 갈등은 고조된다.

2017년 2월
안양 비산동에서 박규현

별리 시대

1

오동구(吳東久)는 의인문(義仁門)을 세차게 밀었다. 그러자 목대문이 비명을 지르며 열렸다. 오동구로서는 심사가 매우 불편하였다. 근래 서원 안으로 들어서기만 하면 그런 감정이 앞섰다. 꼴사나운 장명수(張命壽)와 그의 일당 때문이라는 생각이 들었다. 언제까지 녀석들의 넋두리를 들으며 생활해야 할지 앞길이 암담하였다. 그렇다고 빳빳하게 고개를 들고 다니는 녀석들에게 고분고분 아미(蛾眉)를 숙일 필요는 없다고 생각했다. 결코 녀석들에게 지고 싶지 않았다. 눈을 크게 뜨고 전방을 노려보았다. 마치 장명수 일당이 앞에 서 있기라도 한 것처럼. 턱 밑에 손을 넣어 패영(貝纓)을 당긴 다음 팽팽하게 조였다. 빠르게 걸음을 옮겨도 갓은 덜렁거리던 아까와 달리 머리에 찰거머리처럼 착 달라붙어 꼼짝하지 않았다. 단정한 옷차림은 산장(山長−원장)이 강조하던 예설(禮說)이었다.

본채 가까이 다가가자 계집종 이막순(李嘆順)이 손에 행주를 든 채 다가와 공손하게 인사를 건넸다. 그때 오동구는 이막순의 보조개를 보고 귀엽다고 생각했다. 유난히 까만 눈썹이며, 계집종치고는 예쁜 얼굴이었다. 그래 박정대가 빠질 만도 하다니까. 꾀죄죄한 흰 치마, 흰 저고리에 누런 보자기를 머리에 눌러 쓰고 다니는 꼴이 촌스러웠지만 얼굴만은 보석처럼 빛났다. 그는 이막순에게 아무런 대꾸도 건네지 않았다.

흘깃 눈을 주고는 무관심하게 지나쳤다.

"진사 어른 즐거운 하루 되세요."

나긋나긋한 이막순의 음성이 뒤에서 들렸다. 그래도 오동구는 대꾸 없이 정화재(淨化齋)1) 쪽으로 발걸음만 떼어놓았다. 오동구는 걸음을 옮기면서 얼굴에 와 닿는 날카로운 시선 하나를 느꼈다. 송곳으로 찔러오는 것 같은 예리한 시선이었다. 그 시선은 정화재 앞 돌팍에 앉아 이야기를 주고받던 유생들 사이에서 날아왔다. 오동구는 섬뜩해서 흠칫 몸을 떨었다. 불쾌한 시선이었다. 오동구로서는 전혀 낯선 장면이 아니었다. 속 좁은 것. 오동구는 어떤 불쾌한 반응을 보일 필요는 없다고 생각했다. 극단으로 치달아 주먹 싸움이라도 한다면 낭패다 싶었다. 그러한 상황은 피해야 한다고 생각했다. 잘못하면 오동구도 상처를 입을 수 있었다.

"오 진사 너무 거만하게 굴지 마. 잘난 것도 없잖아."

장명수의 꼿꼿했던 예리한 시선은 아까보다 많이 누그러져 있었다. 장명수의 눈꼬리에는 자조에 찬 웃음이 걸려 있었다.

"장 생원, 서운한 것 있으면 이야기하라구. 내가 실수한 게 있다면 사과하지."

"그런 것은 없어."

"그럼 왜 그런가?"

---

1) 공부를 하기 위하여 따로 마련해 놓은 방.

"뭐가 어떻다는 이야기야. 그냥 한 번 해본 소리를 가지고."

장명수는 속에 있는 불편한 감정을 표출하지 않았다.

"뭣들 하는가. 어서 정화재로 들어가지 않고. 오늘 공부를 시작해야지."

동주(洞主-서원의 교수) 임주성(林主星)이 수도헌(修道軒) 쪽에서 걸어오며 말했다.

"바로 입실할 것입니다. 걱정 마세요."

오동구는 임주성을 향해 밝게 웃으며 말했다. 오동구로서는 이쪽의 불편한 심기를 동주께 내색할 필요가 없다고 생각했다. 동주 임주성이 아니었다면 오동구는 뭔가 한마디 장명수에게 던졌을 것이었다. 오동구는 동주 임주성이 나타나는 바람에 대꾸할 겨를이 없었다. 심기는 불편했지만 입을 닫고 참아내기로 하였다. 동주 임주성 앞에서 유생들끼리의 불편한 관계를 내보이는 것은 수치라는 생각도 하였다.

동주 임주성이 정화재로 들어가자 오동구, 장명수를 비롯한 유생들이 댓돌 위에 짚신을 나란히 벗어놓고 뒤따라 입실하였다. 정화재 벽에는 세로로 이런 글귀가 씌어 있었다.

[敎亦多術矣 予不屑之敎誨也者 是亦敎誨之而已矣(교역다술의 여불설지교회야자 시역교회지이이의)-가르쳐주는 방법은 많다. 내가 그를 달갑게 여기지 않아 가르쳐주지 않는 것, 이것 역시 그를 가르쳐주는 것일 따름이다.]

맹자(孟子) [고자장구하(告子章句下)] 16장[2]에 나오는 문장이 오동구에게

2) 박일봉 역, 『맹자』(서울: 육문사, 1992), p.335.

는 무관심하게 스쳐 지나가던 한낱 풍경화 같은 것으로 여겨졌다. 맹자(孟子)의 문장을 읽고 난 오동구는 아무런 감흥도 느끼지 못했다. 오동구는 방바닥에 무릎을 꿇고 앉아 정면 벽을 똑바로 응시하였다.

동주 임주성이 책상 앞에 앉아 유생들을 하나하나 눈여겨 바라보고 있었다. 임주성은 하얀 수염을 쓸어내리며 꼿꼿하게 앉아 이따금 끙끙 앓는 소리를 내었다. 동주 임주성의 그러한 태도는 유생들에게 근엄한 무게감으로 다가왔다. 박정대, 차동영, 장명수, 최상호, 조민성 등도 꼿꼿하게 앉아 동주 임주성의 말씀이 떨어지기만을 기다렸다. 정화재 안에는 무거운 침묵이 한동안 흘렀다. 유생들과 동주 임주성 앞에는 서원 계집종들이 갈아놓은 먹물과 붓과 한지가 준비되어 있었다. 동주 임주성이 침묵을 갈랐다.

"심(心)을 하나로 모은 것으로 보고, 오늘 학습을 시작하지. 먼저 산외서원 원규(院規)3)를 낭독해보도록."

동주 임주성의 말이 떨어지기가 무섭게 유생들은 낭랑한 목소리로 원규를 낭독하였다.

- 유생들이 독서하는 데는 사서오경을 본원으로 삼고, 소학(小學), 가례(家禮)를 문호(門戶)로 삼는다.
- 국가의 선비를 기르기 위한 올바른 방법을 좇고, 성현(聖賢)의 친절한

---

3) 국사편찬위원회, 『한국사론』(서울: 국사편찬위원회, 1986), pp.100-102.

교훈을 지켜 옛 도의가 오늘날에도 실천될 수 있음을 굳게 믿는다.

- 유생들은 뜻을 굳게 세우고 나아가는 길을 바르게 하며 학업을 정진하여 꿈을 크게 갖는다.
- 유생들은 재(齋)에 조용히 있으면서 오로지 독서에 정신을 기울인다.
- 유생들은 강론하는 일이 아니면 쓸데없는 일로 날을 보내 피차간에 생각을 거칠게 하거나 학업을 쉬어서는 안 된다.
- 까닭 없이 알리지 않고 자주 출입(出入)하지 마라. 무릇 의관(衣冠)과 언행(言行)을 서로 간절히 규책(規責)하기에 힘쓰라.
- 책을 가지고 문밖에 나갈 수 없고 술은 빚을 수 없으며 형벌은 쓰지 못한다.
- 원(院)에 딸린 하인을 온전히 돌봐준다. 하인을 사사로이 부리지 못한다.
- 서원(書院)은 국가가 문치(文治)를 숭상하고 학교를 일으켜 선비를 양성하려는 데 목적이 있으므로 누구나 마음을 다하여 학업에 정진한다.
- 아이들은 유생(儒生)을 부르러 오는 일이 아니면 인문(仁門) 안에 들어오지 못한다.
- 유생들은 어느 선까지 성적을 인정받아야 원(院)에 들어올 수 있다.

유생들이 산외서원 원규를 낭독하고 나자 동주 임주성은 잔뜩 이마에 주름을 모았다. 그는 불만스런 표정으로 말했다.

"소리가 작아. 그런 소리로 어떻게 큰 공부를 할 수 있겠나."

유생들은 고개를 숙인 채 일언반구가 없었다. 동주 앞에 앉아 있는 유생들은 죄라도 지은 사람 같았다.

"자, 그러면 오늘은 이기론(理氣論)에 대해서 우리 의견을 교환해 보자. 조선 성리학의 원조는 주자 철학으로써 퇴계와 율곡에게 지대한 영향을 주었던 것이 사실이다. 퇴계와 율곡은 주자보다 한 걸음 더 나아가 조선 성리학을 완성하였다고 할 수 있다. 퇴계는 주리론자(主理論者), 율곡은 주기론자(主氣論者)라고 해도 무방하다. 퇴계는 기(氣)보다 이(理)를 상위 개념으로 보고 이(理)는 운동성과 생성력이 있다고 보았다. 이(理)의 운동과 정지에 의해 기(氣)가 만들어졌다고 보았던 것이다. 그러나 율곡은 좀 다르다. 이(理)의 존재는 인정하나 이(理)가 기(氣)보다 먼저 존재했다고 보지 않는다. 이(理)와 기(氣)는 우주적 실체로서 본래부터 존재했었다고 보고 있다. 이(理)는 무형무위 관념적 존재인 데 비해, 기(氣)는 유형유위 실체적 존재로서 기(氣)만 능동성과 생성력이 있다고 보았던 것이다. 이(理)와 기(氣)는 대등적 관계이며 보완적 존재로서 선후가 없고 귀천이 없다고 보았으나 기(氣)의 역할이 보다 실체적이고 구체적이라고 보았기 때문에 율곡은 주기론자(主氣論者)라고 하는 것이다."

동주 임주성은 입이 마르는지 물을 한 모금 마셨다. 잠시 정화재 안에 침묵이 흘렀다.

"동주님, 아까 말씀하신 가운데 퇴계는 이(理)가 기(氣)보다 먼저라고 하셨고 이(理)가 운동성과 생성력이 있다고 하셨는데 그것은 좀 무리가 아닌가 싶습니다. 이(理)는 우주의 근원을 이루고 있을 뿐, 무형무위의 존재가 어떻게 생성을 한다는 겁니까?"

북파의 장명수가 문제를 제기했다.

"그래? 율곡의 입장에서 보면 그럴 수도 있겠지."

동주 임주성은 관망하는 태도를 취했다.

"이(理)는 비물질적이고 기(氣)는 물질적입니다. 태초에 물질은 어디에서 왔겠습니까. 물질은 필시 무형이라고 하는 공간에서 어떤 힘에 의해 유형으로 탄생 한 겁니다. 이(理)는 자연을 초월한 실체로서, 존귀하여 대립자가 없으며, 사물을 규제하지만 규제 당하지는도 않습니다. 이(理)가 기(氣)를 생성할 때 이(理)는 기(氣) 속에 내재되어 기(氣)의 존재법칙이 됩니다. 이(理)는 능동성이 있으며 그 능동성으로 인해 음양이 생성된 겁니다. 이것은 습한 바람이 쓸고 지나가면 웅성거리며 새싹들이 돋아나는 것을 보아도 쉽게 알 수 있습니다. 보이지 않는 어떤 힘은 반드시 존재하며 그것은 생명의 원천입니다. 이(理)가 기(氣)를 생성한다는 것에는 하나도 무리가 없습니다. 뭐가 무리가 있다는 겁니까. 理는 능동성이 없고 오로지 기(氣)만 능동성과 생성력이 있다고 생각한 율곡의 견해가 잘못된 것이지요. 이(理)와 기(氣)는 시작도 없고 끝도 없으며 창조자도 없다고 한 율곡의 견해가 짧은 것이지요. 시작 없이 어떻게 끝이 있습니까."

남파의 오동구 진사가 율곡의 이름을 직접 들먹거리며 반박하고 나왔다.

"선철(先哲)의 이름을 직접 들먹거리며 공격하고 나오는 것은 예의가 아닙니다. 다급하다고 해서, 반박할 이론이 부족하다고 해서 선철(先哲)을 직접 인신공격하는 것은 너무 심한 처사입니다. 이(理)는 귀하고 기(氣)는 천하다는 것도 잘못된 생각입니다. 이(理)는 자연을 초월한 실체라고 했는데 그것도 잘못된 것입니다. 이(理)는 자연을 초월한 관념적 존재입니다. 이(理)와 기(氣)는 대등적 관계로 귀천(貴賤)이 없습니다. 이(理)와 기(氣)는 하나이면서 둘이고, 둘이면서 하나입니다. 따로 떼어서는 생각할 수 없습니다. 기발(氣發)과 이승(理乘)은 동시적인 것이지요. 그러니까 이(理)의 존재를 인정하되 다만 관념적 존재이므로 이(理)의 생성력과 능동성을 인정할 수 없다 이겁니다. 이(理)는 본체론적 근거는 될 수 있지만 천지만물을 생화할 수는 없는 것입니다. 이(理)가 생화할 수 있다는 것은 허공에서 갑자기 천지만물이 뚝 떨어질 수 있다는 것과 같은 이야기입니다. 말도 안 되는 이야기이지요."

북파의 조민성 진사가 침을 튀기며 눈을 부릅떴다. 동주 임주성은 북파와 남파의 의견 대립을 지켜보며 우두커니 앉아 눈만 깜박거렸다. 동주들은 처음 문제를 제시하여 말문을 열게 해놓고는 뒤로 빠져 지켜보고 있는 것이 보통이었다. 그러다가 충분한 의견 교환이 이루어졌다고 생각하면 몇 마디 충고하고는 수업을 마쳤다. 결론은 없었다. 결론은 각자 생각해야 하는 개인별 과제였다. 어떻게 보면 산만한 것 같지만 오랫동안 익혀온 산외서원식 학문 강습의 독특한 형태였다.

"율곡도 한 때 퇴계의 생각을 믿고 따랐던 적이 있지요. 그것은 세상 사람들이 다 아는 내용입니다. 그러다가 퇴계가 돌아가시자 안면몰수하고 언제 그랬느냐는 듯 퇴계의 이론에 반기를 드는 것은 율곡의 이중적 성격을 드러낸 결과가 아니고 무엇입니까. 살아 계실 때는 아부하더니 돌아가시자 반기를 들다니요."

남파의 차동영 진사가 율곡을 비판하고 나왔다. 그러자 눈만 깜박거리고 있던 동주 임주성이 한마디 했다.

"인신공격성 발언은 자제하고 이론을 중심으로 이야기하자구. 이러다가 잘못하면 싸울 수도 있으니까. 알아들었지? 차동영 진사?"

동주 임주성이 차동영 진사를 빤히 쳐다보며 피식 웃는다.

"네, 알아듣겠습니다."

차동영 진사는 고분고분한 태도로 꾸벅 고개를 숙인다.

"제가 보기에는 기(氣)만 능동성과 생성력이 있고 이(理)는 능동성과 생성력이 없다는 것은 편협된 좁은 시각에서 출발한 것으로 봅니다. 율곡은 이(理)와 기(氣)가 본래부터 태초에 존재했다고 보는데요. 그러니까 음양이 태초부터 저절로 존재해 있었다, 이거잖아요. 만물이 생화하는 그 태초는 율곡의 태초이고 우주가 형성되는 그 태초는 퇴계의 태초란 말입니다. 퇴계의 거시적 태초에는 이(理)에서 기(氣)가 생성된 것이지요. 기(氣)의 물질세계가 있기 전에 이(理)의 광대무변한 무형무위의 세계가 있었고 거기에서 기(氣)의 유형유위한 세계가 생성되었지요. 그러니까 이(理)가 기(氣)보다 먼저라는 선후의 개념이 여기에서 생긴 것이지요. 이(理)와 기(氣)를 동시적이라고 보는 것은 미시적 시각에서 나온 근시안적 사고라고 생각합니다."

남파의 박정대가 북파 쪽 유생들을 쳐다보며 목소리를 높였다.

"편협된 좁은 시각이니 근시안적이니 하며 자극적인 발언을 해도 되는 것인지요. 제가 보기에는 퇴계가 편협되어 있고 근시안적이라고 생각합니다. 이(理)와 기(氣)를 독립적인 존재로 보고 서로 떼어놓을 수 있다고 보는 것도 무리한 발상입니다. 어떤 것은 이(理)가 발하여 기(氣)가 그 뒤를 따르고, 어떤 것은 기(氣)가 발하여 이(理)가 올라탄다고 본 것이야말로 분명히 한쪽을 두둔한, 편협된 그리고 근시안적인 처사가 아니고 무엇입니까. 모든 것은 다 기(氣)가 발하여 이(理)가 올라탄 형국이라고 보아야 마땅합니다. 넓은 시각에서 바라보면 모든 것은 손바닥 안에 훤히 보이기 마련입니다."

북파 장명수의 쩌렁쩌렁한 음성이 정화재 안에 울렸다. 두 파의 대립이 끝없이 이어지면서 갈수록 언성이 높아졌다. 서로가 자존심을 건드려 두 파의 상처가 덕지덕지 커졌다.

"근시안적이다, 편협되었다, 라고 상대를 일방적으로 매도하면 본질을 똑바로 볼 수 없지. 두 분은 조선 성리학의 대가이므로 다 일리가 있는 이론을 세운 것이 사실이야. 좀더 시간이 지나면 두 분에 대한 평가가 새롭게 이루어질 것이 확실해. 두 분의 주장이 다 소중한 우리의 자산이라고. 잠시 쉬었다가 하지. 다들 인우간(人雨間-화장실)에 다녀오라구."

동주 임주성이 갓을 들어 머리에 쓰고 갓끈을 팽팽히 당긴 다음 저고리를 팔랑거리며 정화재를 나갔다.

남파와 북파라는 말이 서원 내에서 공공연하게 불리어지는 것은 아니었다. 겉으로는 산외서원이 평화롭게 보이지만 내부로 들어가 보면 보이지 않는 가운데 두 파가 서로 상대방을 남파와 북파라 지칭하면서 서로를 헐뜯고 비방하고 시기하기 일쑤였다. 그러니까 남파와 북파라는 말은 유생들끼리 상대를 지칭하는 은어인 셈이었다. 시간이 지나면서 두 파의 갈등은 더욱 악화되는 경향을 보였다. 차츰 밖으로 노출되는 두 파의 대립 횟수가 증가하는 추세였다. 거기에 문제의 심각성이 있었다.

"오 진사 뭐 하나. 나와라."

차동영(車東永)의 말소리가 문밖에서 들렸다. 그 바람에 오동구는 들고 있던 붓을 한지 위에 놓고 자리에서 벌떡 몸을 일으켜 세웠다.

"복습을 하고 있었다. 무슨 일 있나?"

오동구는 문밖으로 나와 신발을 발에 꿰었다.

"박 생원(박정대) 때문에 북파에서 말이 많다니까. 이 일을 어떻게 처리해야 될지 몰라서."

차동영은 오동구가 소속되어 있는 남파 쪽 유생이었다.

"박 생원은 그런 사실이 없다고 부인하고 있잖아."

두 사람은 정화재(淨化齋) 앞 돌팍에 마주 보고 앉았다.

"동주 정재용(丁材容-대과에 합격하여 판서를 지냄) 나리가 보았다고 하드라고. 목격자가 여러 사람인 것 같애."

"그럼 사실이겠지. 박 생원이 사실을 부인하는 것은 입장이 난처해서 그런 것일 게야."

"서원 유생이 학습에나 전념할 일이지 왜 계집종 이막순을 건드리냐구. 박 생원 그 사람 참 웃기는 사람이라니까. 우리 남파로서는 부끄럽게 되었다니까."

"우리 남파로서는 할 말이 없지. 북파들이 여론화하면 부끄럽게 되었다고 사과하는 수밖에 더 있나."

"그건 안 되네. 무슨 사과란 말인가. 우리 남파가 밀리면 안 된다니까. 모르는 척 시치미를 뚝 떼고 있는 거야."

박정대 사건에 대해 두 사람은 어떤 확실한 결론을 얻어내지 못했다. 근래 서원 안에는 유생 박정대가 계집종 이막순과 놀아났다는 소문이 활개를 치고 다녔다. 본인들이 부인하고 있지만 그 소문은 좀처럼 수그러들 기미를 보이지 않았다.

유생 박정대가 계집종 이막순과 연애를 한다는 사건은 계급을 초월한 사랑이어서 사회적으로 양반들의 질타를 받을 만도 하였다. 두 사람이 사랑을 한다는 게 본인들에게는 단순한 것일 수 있겠지만 사회적으로는 충격일 수 있었다.

　남파와 북파가 대립하고 있는 입장에서 남파 소속 박정대가 사회적으로 물의를 일으키고 있으므로 남파 유생들에게는 몹시 신경이 쓰이고, 자존심 상하는 일이었다.

　오동구는 오동재(梧桐齋)로 찾아가 학습을 끝내고 나오는 박정대(朴正大)를 직접 만나보았다.

　"우리 조용한 데로 가서 이야기하자고."

　오동구는 박정대를 끌고 정우(停宇-휴식처)로 향했다. 박정대는 오동구가 요구하는 대로 순순히 따랐다. 두 사람은 정우로 들어가 탁자를 가운데 놓고 마주 앉았다.

　"박 생원, 내가 왜 불렀는지 대충 눈치를 챘을 거야."

　"무슨 일인데?"

　박 생원은 시치미를 떼었다.

　"다 알고 왔다니까."

　"소문 때문에 그러는구만."

　박정대의 표정이 갑자기 굳어졌다. 오동구는 박정대의 그 표정에서 소문이 사실이라는 것을 간파해낼 수 있었다.

　"박 생원, 계집종 이막순은 임자가 있다고 들었네. 왜 하필 이막순인가. 사내종 김소목(金小木)이 이막순을 좋아한다고 하던데."

　"그게 나하고 무슨 관계인가. 나는 모르는 일이네. 서너 번 은밀히 만났을 뿐이네. 요즈음에는 만나지도 않고 있다니까. 염려 말라구. 소문만큼 심각한 사이가 아니니까."

　별것도 아닌데 그런다는 듯 박정대는 시큰둥한 표정으로 자리를 차고 일어나더니 밖으로 나가버렸다. 오동구는 박정대로부터 모욕을 당한 기분이었다. 그는 박정대로부터 기대했던 만큼의 결과를 얻지 못한 셈이었다. 깊숙이 개입할 문제도 아니지만 모른 척하고 넘어갈 수도 없는 사안이라고 생각했다. 오동구는 뒤통수를 한 대 얻어맞은 기분이었다. 그는 뒷머리를 긁적이며 정우를 나왔다. 그는 인우간(人雨間-화장실)으로 가기 위해 빠르게 걸음을 옮겼다.

남파와 북파의 대립은 두 파가 모시는 어른이 서로 달라 학문적으로 대립하는 데에서 비롯되었다. 남파는 퇴계를, 북파는 율곡을 어른으로 모시고 있었다. 남파는 이기이원론(理氣二元論), 북파는 기일원론(氣一元論)을 내세웠다. 학문적으로 대립하는 데서 갈등 요인을 찾을 수 있지만, 근래 북파 유생들이 불만스러운 것은 다른 차원의 것이었다. 왜 산외서원에서는 퇴계만을 신주제향(神主祭享)하느냐. 사우(祠宇)[4]에 율곡도 제향(祭享)하자. 이런 요구를 하였지만 남파 유생들의 반대에 부딪혀 그 뜻을 이루지 못하였다. 남파 유생들은 율곡을 퇴계와 같은 위치에 놓을 수 없다는 이유로 신주 배향 문제에 반대를 하고 나왔다. 율곡은 퇴계의 제자라는 것도 강조하였다. 이에 북파 유생들은 쉽게 포기하고 뒤로 물러나려 하지 않았다.

좌서사(左西祠)[5]로 퇴계를 배알하러 갈 때 북파 유생들이 집단적으로 불참하였다.

---

4) 제사를 올리는 사당.

5) 퇴계의 위패를 모시고 제사를 올리는 사당.

북파 유생들이 율곡 신주 배향을 요구한 것은 숙종 7년(1681) 9월 율곡 문묘종사(文廟從祀) 문제가 국가적으로 윤허되면서부터였다. 율곡 문묘종사 요구가 윤허된 당시는 서인들이 정계를 주름잡고 있던 시기였다.

숙종 7년 5월. 이상(李翔)[6]이 숙종에게 응지소(應旨疏)를 올렸다. 그는 서인(西人)의 공적과 동인(東人)의 실책을 열거하고 비교하였다. 그러면서 이상은 율곡과 우계를 공척(攻斥)한 동인 곧 당시 남인까지를 포함해서 소인이라고 공격하였다. 여기에 숙종(肅宗)의 반응은 매우 긍정적이었다.

"교지(敎旨)에 응해서 진언(進言)한 그대의 정성을 내가 가상히 여기노라."[7]

숙종의 얼굴에는 밝은 미소가 번졌다. 숙종으로서는 이상의 응지소가 매우 반가웠던 것이다. 숙종은 남인들에게 심한 염증을 느끼고 있었던 터라 그들의 비판을 쉽게 수용할 수 있었다. 숙종으로서는 이상의 어깨에 날개를 달아주고 싶을 정도였다. 숙종은 이상을 비롯한 서인 세력에 의지하고 싶다는 생각을 버릴 수 없었다. 남인들은 보기만 해도 입맛이 떨어질 정도로 역겹게 생각되었다.

이상의 응지소가 있은 뒤부터 숙종에게는 서인들이 매우 믿음직스런 신하들로 느껴졌다.

숙종은 그해 9월 성균관(成均館)과 팔도(八道)의 유생 500여 명으로부터 상소를 받았다. 율곡과 우계 문묘종사 및 송조삼현(宋朝三賢) 양시(楊時),

---

6) 김집 · 송시열 학통의 문인.

7) 허권수, 『조선 후기 남인과 서인의 학문적 대립』(서울: 법인문화사, 1993), p.160.

나종언(羅從彦), 이통의 문묘종사를 요구받았다. 숙종은 숙고하지 않을 수 없었다. 상소가 있었다고 해서 무조건 윤허할 수도 없었다. 선대왕들이 윤허해주지 않은 것을 선뜻 허락할 수 없었다. 숙종은 방 안을 바장이며 율곡·우계의 문묘종사 문제를 어떻게 처리해야 할지 고심하지 않을 수 없었다. 율곡·우계의 문묘종사에 대한 빗발치는 상소와 요청을 모른 척하고 넘어갈 수도 없었다. 서인들의 요구 사항인 율곡·우계 문묘종사를 윤허해주어 그들의 사기를 진작시킬 필요도 있었다.

하루는 경연검토관(經筵檢討官) 송광연(宋光淵)으로부터 경연 석상에서 율곡·우계의 문묘종사를 요청받았다.

"전하, 아뢰옵기 황송하오나 유생들의 상소가 잇따라 부득이 말씀 올리옵니다. 유소(儒疏)를 좇아 문묘종사의 전례(典禮)를 속히 거행하소서. 이것은 하늘의 뜻이옵니다."

송광연은 숙종 앞에 엎드려 있었다.

"내가 왜 검토관의 뜻을 모르겠느냐. 마땅히 살펴 처리하겠노라. 그렇게 알고 있거라."

"전하의 현명하신 판단이 있을 것으로 믿사옵니다. 그러면 소신 물러가겠습니다."

송광연은 구부정한 자세로 고개를 숙인 채 뒷걸음질 쳤다.

성균관 유생 이연보(李延普) 등이 상소하여 거듭 율곡·우계의 문묘종사를 요구하자 숙종은 이런 비답을 내렸다.

두 분의 도덕과 학문(學問)은 실로 한세상에서 우러러 숭모(崇慕)하는 바요, 사림(士林)의 긍식(矜式)이다. 문묘종사(文廟從祀)를 누가 안 된다고 하였느냐. 선대의 여러 조정(朝廷)에서 윤허(允許)하지 않았으므로, 내가 어렵게 여긴 것뿐이다. 모두가 신중히 하려는 뜻에서 미루어온 것이니라. 여러 선비들의 요구가 갈수록 많아지고 있으니 끝까지 반대할 수만은 없지 않겠느냐. 해당 관서(官署)의 대신들이 모여서 의논하도록 하라. 일단 율곡과 우계에 대해 문묘종사하자는 요청을 윤허하노라.[8]

이에 대신(大臣) 김수항(金壽恒), 김수흥(金壽興), 정지화(鄭知和), 민정중(閔鼎重), 이상진(李尙眞) 등이 모여 논의하였다. 그들은 쉽게 결론을 내렸다.

"전하, 하루 빨리 문묘에 종사될 수 있도록 하여 주소서. 문묘종사는 합당하옵니다."

대신(大臣)들은 숙종께 이렇게 상주(上奏)하였다.

숙종은 대신들에게 말했다.

"대신들 모두가 문묘종사를 원하고 있으니 전날 상소에 비답한 것처럼 문묘에 배향(配享)하노라."

인조반정(仁祖反正)이 있은 뒤 여러 대에 걸쳐 논란이 되어왔던 문묘종사가 이루어진 셈이었다.

이때 영의정 김수항과 우의정 이상진이 입대(入對)하여,

"양현의 문묘종사를 요구하는 여러 선비들의 요청을 쾌히 들어주셨습니다. 송조삼현(宋朝三賢)은 정주도통(程朱道統)의 정맥(正脈)인데 동시에 문

묘에 종사하도록 하였으니 진실로 광세(曠世)에 성전(盛典)입니다."

라고 숙종을 찬양하였다.

김수항은 율곡이 지은 동호문답(東湖問答-정치의 도리를 깊이 논한 책)과 성학집요(聖學輯要)를 숙종에게 읽어보도록 권하기도 하였다. 서인들은 자신들의 정신적 지주(支柱)인 율곡과 우계의 학문을 국가의 통치이념으로 삼게 하여 권력기반을 확고히 하고자 하였다.

음력 3월 보름날 이른 아침이었다. 둥둥둥둥 ……. 북소리가 산외서원 경내를 흔들어 깨웠다. 오동구는 잠결에 북소리를 듣고 벌떡 일어나 앉았다. 북소리는 매일 아침 묘시가 되면 어김없이 울렸다. 기상 시간을 알리는 북소리. 새벽녘 늦잠을 자고 싶어 하는 유생들에게는 참으로 듣기 싫은 소리였다. 하품을 하면서 눈꼬리에 잠을 달고 일어나는 유생들이 대부분이었다. 평일에는 기상하자마자 세수를 하고 시경이나 논어, 맹자를 내놓고 아침 독서를 하지만 매월 초하룻날과 보름날은 달랐다. 세수를 하고 의관(衣冠)을 단정히 한 다음 사우(祠宇)로 가서 퇴계 선생 위패에 절을 올린다. 산외서원에 있어서 이러한 의식은 습관처럼 되어버렸다.

오동구는 옷을 주섬주섬 꿰어 입고는 문을 열고 밖으로 나왔다. 3월이라고 하지만 아침 바람은 속살 깊숙이 냉기를 비수처럼 품고 있었다. 오동구는 으스스 몸을 떨었다. 그러면서 오동구는 흰 저고리의 옷깃을 재빨리 여몄다. 흰 저고리에는 땟국이 흘렀다. 그렇지만 어쩔 수 없다고 생각했다. 고생 끝에 낙이 온다고 하지 않던가. 인내로 버티면서 공부를 하면 대과에 급제할 날이 꼭 오고야 말리라. 오동구는 그걸 믿고 싶었다. 몸이 가난한 것을 부끄러워하지 말고 마음이 가난한 것을 부끄러워하라는 말도 있지 않던가. 오동구는 땟국이 흐르는 흰 저고리이지만 대수롭지 않게 생각했다. 흰 저고리 속성상 때를 잘 타기 때문에 더럽게 보일 뿐이지 실제로는 옷을 입은 지 며칠 되지 않았다는 데에 위안을 얻었다. 오동구는 옷깃을 툭툭 털면서 우물가로 갔다. 어스름이 밀려간 우물 속에는 투명한 아침빛이 머물러 있었다. 동료 유생들이 나와 세수를 하느라 분주하게 움직였다. 푸푸거리며 얼굴에 물을 끼얹는 소리가 해맑게 들렸다. 장명수, 최상호, 조민성 등 북파 유생들은 눈에 띄지 않았다. 북파 유생들은 여느 때 북소리가 나면 빠르게 일어나 의관을 단정히 하고 아침 독서에 열중하였지만 초하룻날과 보름날은 달랐다. 묘시가 지난 진시에야 일어나 어슬렁어슬렁 우물가로 가서 얼굴을 씻곤 하였다. 남파 유생들은 북파 유생들의 행동이 의도적인 반발 심리에서 비롯되었음을 간파하고 있었다. 북파 유생들은 벌써 3개월째 사우(祠宇)에 들어가 퇴계를 배알하려 하지 않았다.

오동구가 팔소매를 말아 올리고 얼굴에 물을 끼얹으려고 할 때였다.

"오 진사, 북파 애들 말이야, 그래도 되는 거야? 퇴계를 모시는 산외 서원에 들어왔으면 전처럼 배알을 해야지, 왜 배알을 거부하느냐구. 굉장히 기분 나쁘구만. 배알하기 싫으면 퇴원을 해야지 왜 남아서 모범생 흉내를 내냐니깐. 이해할 수 없더라구."

"나도 차 진사와 동감이야."

"그럼 우리 남파가 힘으로라도 북파를 쫓아내 버리자구."

차동영은 주먹을 쥐어보이며 강력한 의지를 표출하였다. 오동구는 대꾸하지 않았다. 그는 얼굴에 물을 끼얹기 시작했다. 옆에 서서 머리를 빗고 있는 박정대는 말이 없었다. 요즈음 이막순과의 연애 사건으로 심려가 깊은 탓인지 안색이 핼쑥해 보였다.

"박 생원, 여자를 조심하게. 선비는 항상 뒤가 깨끗해야 한다네."

차동영이 박정대를 응시하며 말했다.

"걱정 말게. 내 일은 내가 알아서 할 테니까. 선비의 길이 무엇인지 잘 알고 있네. 그렇지만 나도 사람이란 말이네. 사람을 사랑하는 것이 도(道)보다 못하다고는 생각하지 않고 있네."

"자네만 생각하지 말게. 우리 남파 유생들과 전체 선비들의 자존심도 염두에 두어야 할 걸세."

"자네들이 정 그렇게 거북해 한다면 서원을 떠날 수밖에 없네."

박정대는 이따금 하늘을 쳐다보면서 한숨을 내쉬었다. 서원 뒤뜰에 있는 밤나무 가지 위에서 까치들이 깍깍 울어대었다.

"박 생원, 무슨 말을 그렇게 함부로 하는가. 우리는 서원 동기가 아닌가. 대과에 급제하여 함께 벼슬길에 올라야 하지 않겠나. 우리들이 여자 문제에 대해 언급하는 것은 다 자네를 위해서 한 소리이니까 섭섭하게 생각하지 말게."

얼굴을 씻고 난 오동구가 두 사람의 대화에 끼어들었다.

"여러 소리 말고 나에게 맡기게. 자네들에게 피해가 가지 않게 할 것이니까 걱정하지 말라구."

박정대는 오동구와 차동영에게 등을 보이고 돌아섰다. 더 이상 이야기하고 싶지 않다는 태도였다. 그때 기침을 하면서 동주 임주성이 우물가에 나타났다. 박정대, 오동구, 차동영은 임주성을 향하여 공손하게 인사를 올렸다. 안녕히 주무셨느냐는 인사에 자네들도 잘 잤는가, 라고 임주성은 대꾸했다.

"장명수, 최상호, 조민성은 오늘도 선생님을 배알하지 않을 모양이구만."

동주 임주성은 불만스럽다는 태도로 말했다.

"뻔하지요. 너무들 한다니까요. 인사를 드린다고 해서 손해 볼 것 없잖아요. 언제까지 그렇게 나오나 두고 볼 겁니다."

차동영은 북파 유생들의 행동에 대해 이해할 수 없다는 입장이었다.

"유생들은 아직 부족해서 그런다고 치고, 동주 정재용은 뭐야? 왜 향알(香謁)⁹⁾에 나오지 않느냐니까? 아, 판서까지 지낸 사람이 그러면 안 되지. 모범을 보여야 할 나이 먹은 사람이 그러면 못쓰지."

동주 임주성과 동료 정재용은 가까이 있으면서도 먼 사이였다. 동주 임주성은 남파, 정재용은 북파로서 학문적으로 입장을 달리하였고 마음속으로 받드는 스승도 달랐다.

"정재용 나리는 북파 유생들과 행동을 같이 하는 것으로 알고 있는데요. 북파 유생들과 한 통속이잖아요."

"하긴 그렇지. 혹시나 하고 기대한 내가 잘못이지."

동주 임주성은 고개를 끄덕이며 알겠다는 태도였다.

의관을 손질한 남파 일행은 사우(祠宇)로 가서 줄을 섰다. 그들은 사우로 들어서 일체 말을 금하였다. 고개를 약간 숙인 엄숙한 자세로 차례를 기다렸다. 위패 앞에는 봉로(奉爐)와 봉향(奉香)이 준비되어 있었다.

---

9) 매달 삭망에 알묘(謁廟)하는 것.

오동구는 위패 앞으로 가서 봉로(奉爐)에 향(香)을 올렸다. 코를 찌르는 향 냄새가 사우 안으로 퍼져 나갔다. 회색 연기는 퇴계의 영혼처럼 느껴졌다. 존재하지만 손에 잡히지 않는 그런 영혼. 오동구는 향을 올린 다음 재배(再拜)를 하였다. 그 다음은 위패 옆에 붙은 퇴계의 자명(自銘)[10]을 낭독하는 순서다. 오동구는 낭랑한 목소리로 퇴계의 자명을 읽어 내려갔다.

나면서 어리석고 자라면서 병도 많아
중간에 어쩌다가 학문을 즐겼는데,
만년에는 어찌하여 벼슬을 받았던고!
학문은 구할수록 더욱 멀어지고
벼슬은 마다해도 더욱더 주어졌네.
나아가서는 넘어지고 물러서서는 곧게 감추니
나라 은혜 부끄럽고 성현 말씀 두렵구나.
산은 높고 또 높으며 물은 깊고 또 깊어라.
관복을 벗어버려 모든 비방 씻었거니.
내 마음을 제 모르니 나의 가짐 뉘 즐길까!
생각건대 옛사람은 내 마음 이미 알겠거늘
뒷날에 오늘 일을 어찌 몰라줄까 보냐.
근심 속에 낙이 있고 낙 속에 근심이 있는 법
조화 타고 자연으로 돌아가니 무얼 다시 구하랴

---

10) 정순목, 『퇴계 평전』(서울: 지식산업사, 1993), p.2.

生而大癡 壯而多疾 中何嗜學 晩何叨爵

(생이대치 장이다질 중하기학 만하도작)

學求愈邈 爵辭愈嬰 進行之路 退藏之貞

(학구유막 작사유영 진행지겁 퇴장지정)

深慚國恩 亶畏聖言 有山嶷嶷 有水源源

(심참국은 단외성언 유산억억 유수원원)

婆娑初服 脫略衆訕 我懷伊阻 我佩誰玩

(파사초복 탈략중산 아회이조 아패수완)

我思古人 實獲我心 寧知來世 不獲今兮

(아사고인 실획아심 영지래세 불획금혜)

憂中有樂 樂中有憂 乘化歸盡 復何求兮

(우중유락 락중유우 승화귀진 부하구혜)

오동구는 퇴계의 자명을 낭독하고는 밖으로 나왔다. 다른 동료들도 오동구와 같은 배알 의식을 거친다. 매월 초하룻날과 보름날이면 어김없이 사우를 찾는다. 이러한 배알 의식은 산장(원장)이 행공(行公-부임)할 때도 이루어진다.

오동구는 사우 밖에서 서성이며 동료들이 나오기를 기다렸다. 공복감이 느껴지기는 했으나 아까 세수할 때 냉수를 마셔서 그런지 심한 정도는 아니었다.

박정대가 사우에서 나오자 오동구는 그의 곁으로 가까이 다가갔다.

"박 생원, 아침 먹기 전에 나하고 잠시 이야기 좀 하자고."

"그거야 어렵지 않지."

박정대는 오동구의 요구를 기꺼이 받아주었다. 산외서원 취목원(炊木院-부엌) 굴뚝에서는 뿌연 연기가 모락모락 피어오르고 있었다. 오동구는 박정대의 손을 잡고 산외서원문고(山外書院文庫) 쪽으로 끌었다.

"멀리 갈 것 있나."

박정대가 걸음을 세우고 주춤거렸다.

"밖은 춥지 않을까? 서원문고 안으로 들어가서 이야기하자고. 사람들 이목도 있고."

"그래 그럼."

두 사람은 오동재(梧桐齋) 앞을 지나 산외서원문고 쪽으로 발걸음을 옮겼다. 산외서원문고 앞에서 마당을 쓸고 있던 김소목(사내종)이 두 사람 앞으로 뛰어와 머리를 숙였다.

"안녕들 하신가요?"

김소목의 행동은 공손하였지만 어딘가 매끄럽지 못한 구석이 있었다. 머리를 숙였다가 일으켜 세우는 순간 김소목의 눈은 위로 치켜떠 있었다. 뱁새눈에서 반짝하고 섬광이 일었다.

"수고하네."

오동구는 점잖게 말했다. 그러나 박정대는 반응을 보이지 않았다. 그는 무표정이었다. 김소목을 무시하는 듯한 태도였다. 박정대는 가던 걸음을 멈추지 않았다. 오동구는 뭔가 석연치 않은 구석이 있었지만 더이상 신경 쓰지 않기로 하였다. 살다 보면 사람들 사이에서 여러 일들이 비일비재하게 일어나지 않던가.

산외서원문고 안으로 들어섰다. 문고 안에는 사서오경과 기타 시집류외에도 역사서 등 많은 책들이 질서정연하게 꽂혀 있었다. 책꽂이에는 산외서원에서 직접 제작한 책들도 상당수 꽂혀 있었다. 두 사람은 왕골 방석 위에 서로 마주 보고 앉았다.

"내가 자네를 보자고 한 것은 다 친구를 위해서니까 그렇게 알게."

"하지만 오 진사, 솔직히 부담스럽네. 나는 일체 간섭을 받고 싶지 않네. 내 문제를 누구도 해결해 줄 수 없다니까."

"그것은 속단이야. 박 생원이 너무 일방적인 사고를 하고 있다니까."

"아니야 그렇지 않아. 내 말이 맞을 걸세. 누구도 나를 도울 수 없다니까. 내 일은 내 스스로 해결할 수 있을 뿐이야."

박정대는 오동구와 마주 앉은 자세에서 창 쪽으로 몸을 돌렸다.

"그럼 그렇다고 하세. 내가 도움을 줄 수 없다고 하세. 그럼 그 문제라는 것이 무엇인가? 알고나 지내세. 여자 문제인가?"

"그건 아니지. 그것도 문제일 수 있지만 그건 나중 문제야."

"그럼 뭐가 문제란 말인가? 요즈음 자네의 태도가 옛날과 너무나 다르기 때문에 그러는 것이야."

"나는 서원을 언제 갑자기 떠날지도 몰라."

"그러니까 무엇 때문에 그런다는 얘기야? 들려줄 수 없나? 어렵다면 어쩔 수 없지만 가능하다면 동료로서, 친구로서 알고 싶네. 미약한 내가 자네에게 도움을 줄 수 없다고 할지라도 알고 싶다니까. 궁금증 자체로도 무척 안달이 나는구만."

"정 그렇다면 숨길 것도 없지. 무슨 죄를 지은 것도 아니니까."

"뜸 들이지 말고 어서 말해보게. 그럴수록 더욱 궁금하니까."

"오 진사도 성질이 무척 급하구만. 한마디로 말하면 학습에 회의를 느꼈네. 논어, 맹자, 장자, 도덕경, 주역, 서경 등 그런 사상들이 우리

의 삶을 풍부하게 해주는가에 회의를 느꼈다니까. 효(孝)와 교(敎)와 성
(性)과 기(氣)와 도(道), 그런 것들이 어떻다는 거야. 문자의 뜻을 따라가
다 보면 하늘이 나오고 땅도 나오고 인간도 나오지만 결국에는 허공에
서 뱅글뱅글 도는 한밤의 꿈속으로 전락해버린다니까."

"그럼 이막순과 연애를 하는 것도 학습에 회의를 느낀 것과 관련이 있
는 건가?"

"꼭 그렇다고 보기는 어렵지만 관련이 없다고 볼 수도 없겠지."

"하나 더 물어보세. 자네는 아까 자네가 열거한 서적들 속에서 자양
분을 완전히 섭취했다고 생각하는가? 속맛을 보기 전에 겉맛만 보고 경
솔한 반응을 보인다고 생각해보지는 않았는가? 그럴 가능성도 있을 것
같아 물어보네. 우리들은 아직 과정을 밟는 설익은 유생들이란 말이네.
어떤가, 내 말이."

"무슨 말인가 알아듣겠네. 겉맛만 느끼고 경솔하게 나올 수 있다는
것에 동의하네. 그러나 분명한 것은 문자로 만들어진 철학 서적들의 내
용물이 손에 잡히지 않는다는 것이네. 물론 때로는 손에 잡히기도 하
지. 그러나 그것은 허상이란 말이네. 그 실상은 문자의 집 속에서 꿈틀
꿈틀거리다가 손에 잡히기도 하는데 나중에 자고 일어나보면 손가락 사
이로 빠져나가버리고 없다니까. 그 실상의 집은 문자의 얼개 속이 확실
하단 말이네. 나는 그걸 깨달았다니까. 무슨 말인가 알아듣겠는가?"

"글쎄. 어렵기는 하지만 대충 이해할 수 있겠네. 그렇다면 속으로 깊
이 들어가 속맛을 느낀다면 그 내용물이 손에 잡힐 수도 있다는 얘기 아
닌가. 끝까지 가보기도 전에 회의를 품고 방황하는 것은 경솔한 행동이
란 말이네."

"그런 미련이 있어서 내가 지금까지 여기 남아 있는 것이네. 그렇지 않았다면 진작 서원을 뛰쳐나갔을 것이라고. 그러나 왠지 속 깊숙한 곳까지 간다고 할지라도 실상이 손에 잡히지 않을 것 같다네. 그런 믿음이 생긴다고. 겉맛이나 속맛이나 큰 차이가 없을 것 같은 그런 예감이 든단 말이네. 공자, 맹자, 장자, 노자, 주자, 왕양명 등이 속 깊숙한 곳까지 들어가서 실상을 움켜쥔 사람들이라고 하세. 방금 내가 한 말에는 동의하겠는가?"

"큰 이의는 없네. 그렇게 볼 수도 있다고 생각하네. 학문을 집대성하여 하나의 체계를 세운 사람들이니까."

"그분들이 삶의 질을 바꾸어놓지 못했단 말이네. 자유를 구속하는 두 겹, 세 겹의 울타리를 만들기는 했어도."

"그러니까 자네는 삶의 질에 관심이 있다는 거구만."

"거기에 관심이 있다기보다는 거기까지 생각했다고 해야 타당할 걸세. 선배들을 보게. 뛰어난 유학자로서 과거시험에 급제해 벼슬을 했어도 결국 정치판의 당쟁에 휩쓸려 가슴 아프게 사라져 간 분들이 얼마나 많은가. 어떻게 보면 유학 사상이 그분들을 죽음의 계곡으로 데려갔다고 볼 수도 있단 말이네. 백성들을 배부르게 먹일 수 있는 지도자가 되려면 뭔가 새로운 활로를 모색해야 된다고 생각하네. 나에게는 그런 재주가 없으니 답답하다니까. 활로가 있다고 해도 혼자의 힘으로는 아무것도 될 것 같지 않고. 그냥 답답하다니까. 나는 깨달았네. 지금 여기 있는 생명, 그게 중요하다는 것을. 풀 한 포기의 생명일지라도 그게 중요한 것이라니까."

"자네는 정말 달라졌구만. 꼭 시인 같은 이야기를 하는구만. 대충 자네의 심중을 이해하겠네. 자네의 생각이 현실적이지는 못해도 일리가 있기는 하구만. 현실과 동떨어지면 이상 쪽에 가까울 걸세. 어떻게 보면 현실적인 것을 포기한 것이란 말이네. 행복을 포기한 것일 수도 있고, 현실에서 소외되었다고 할 수도 있고. 그러나 자네 혼자 그런 생각을 한다고 누가 알아주겠는가?"

"알아주지 않으면 어떤가. 소신을 가질 수 있다는 것이 중요한 것이지."

"소신이란 말에는 이의가 없네. 사람은 누구나 자유롭게 생각하고 또 생활해나갈 수 있으니까."

"비웃는 건가?"

"무슨 말을 그렇게 하는가?"

"이상한 눈으로 나를 보지 말게. 비웃는다면 나도 자네를 비웃을 거니까 그렇게 알고 있게."

"뭘 잘못 보고 그러는 거야. 나는 자네를 비웃은 적이 없네."

오동구는 어이가 없다는 듯 너털웃음을 지었다.

"그렇다면 다행이고."

박정대도 입꼬리에 배시시 웃음을 물었다.

"자네 요즈음 통 공부를 안 하는 것 같았는데 그 원인을 알게 되었네."

"이제 시원한가?"

"시원하다, 시원하지 않다, 라는 말보다 개운하지 않다, 라는 말이 내 기분에 맞을 것 같구만."

"나는 걱정 말게. 공부를 더 하든 안 하든 내 자유니까. 나도 오래전에 성인이 되었다니까. 내 행동을 내가 책임지면 될 것 아닌가."

"그래도 친구의 입장에서는 그게 아니네."

"알았네. 관심을 가져주어서 고맙구만. 오늘은 그만하자고."

"그러자고."

두 사람은 엉덩이를 툭툭 털고 자리에서 일어났다.

식사 시간에는 북파, 남파 구분 없이 서로 섞이어 식사를 한다. 그러나 북파 유생과 남파 유생이 옆에 붙어 앉을 경우 서로 말을 하지 않는다. 북파나 남파가 같은 파끼리 곁에 앉으면 생활 주변 이야기나 간단한 철학논변을 주고받는 것과 대조적이다.

아침 식사가 끝나고 북파 유생들이 정우(亭宇—휴식처)에 모여 잠시 휴식을 취하였다. 그들은 근래 앉았다 하면 박정대를 화제로 삼아 이야기를 주고받았다. 기다렸던 사건이 터지기라도 한 것처럼 실실 웃어가며 박정대를 구석으로 몰아넣기 일쑤였다.

"박 생원의 표정이 요즈음 어둡더구만. 죄의식을 느끼고 있기 때문일 거야. 계집종을 몰래 건드려보려고 했는데 들통이 났으니 오죽할까."

장명수는 남의 일이라서 그런지 가볍게 말했다.

"훌륭한 스승(퇴계)을 둔 후예의 꼴이 안 되었다니까. 나는 남파에서는 그런 일이 일어나지 않을 것으로 알았는데. 꼭 그렇고 그런 것들이 잘난 척한다니까."

최상호도 가만히 있지 않았다.

"자기들의 스승이 귀하면 우리가 모시는 스승도 귀하다는 것을 알아야지. 왜 무시하냐니까. 한 서원에 두 분을 모시고 신주 배향하면 얼마나 좋냐구. 특별히 돈이 드는 것도 아니구."

조민성은 팔소매를 말아 올리며 열을 내었다.

"임금이 율곡을 문묘종사하라고 윤허해주었는데도 산외서원에서는 모실 수 없으니 안타깝구만. 남파 녀석들 때문이라니까. 율곡을 신주 배향해 드린다고 해서 퇴계에게 해가 돌아가는 것도 아니잖아. 왜 율곡 신주 배향을 반대하냐구. 두 분이 사제지간이니까 나란히 신주 배향해 드린다면 얼마나 보기에도 좋나."

장명수의 입에서는 침이 튀었다.

"끝까지 밀고 나가보자고. 정 빡빡하게 나오면 한 번 붙는 수밖에 없지. 힘으로라도 밀어붙여보자고."

최상호는 주먹을 쥐고 바르르 떨었다.

"자네들 흥분하지 말게. 이성을 잃으면 안 되네. 점잖은 선비들이 자기 하나 이기지 못하고 어떻게 장차 나라의 기둥이 되겠나. 율곡 신주 배향 문제에 대해서는 나도 의견이 같으니까 함께 노력해 보자구."

점잖게 앉아 듣고만 있던 동주 정재용이 나볏하게 의견을 피력했다. 정재용의 손에는 장죽이 들려 있었다. 그는 뻐끔뻐끔 담배를 빨았다. 그러면서 정재용은 하얀 수염을 손으로 연신 쓸어내렸다.

김소목(사내종)은 후목문(後目門-서원 후문)을 빠져나왔다. 걸음을 옮기면서도 자꾸만 뒤를 돌아보았다. 힐끗힐끗 고개를 뒤로 돌리는 김소목의 표정은 잔뜩 굳어 있었다. 자신을 지켜보는 사람은 없는지. 주위에 포진되어 있는 어둠 속에서 누가 불쑥 나타나지나 않을지. 눈썹 같은 달이 동편에 걸려 있기는 하나 주위는 어두웠다. 사뿐사뿐 조심스레 걸음을 옮겼다. 그때마다 그의 발끝에서 어둠이 먹물처럼 일렁이었다.

36

김소목은 대나무 숲에 이르러 청신경을 곤두세우고 주위에 귀를 기울였다. 서걱거리는 바람소리뿐 인기척은 느낄 수 없었다. 김소목은 대나무 숲 속을 살금살금 걸었다. 대나무 가지를 좌우로 헤치고 안으로 조금 들어가자 평평한 곳이 나왔다. 바로 머리 위에는 조각달이 있었다. 김소목은 자리에 앉았다. 해시(밤 9시~11시)가 되지 못하고 지금쯤 술시가 되었을 거라고 짐작했다. 해시가 다가온다고 생각하자 김소목은 가슴이 벌렁벌렁 뛰는 것을 느꼈다.

"막순아, 오늘 밤 해시에 대나무 숲에서 만나자. 할 이야기가 있다. 아주 중요한 것이야."

김소목은 오늘 아침 마당 청소를 하다 우물가에서 걸레를 빨고 있던 이막순에게 다가가 속삭이듯 말했었다.

"싫어. 안 나갈 거야. 끝난 걸 가지고 그래."

이막순이의 태도는 냉갈령스러웠다.

"안 나오면 안 돼. 너를 위해서야. 기다릴게. 안 나오면 알지. 나도 입이 있다는 것을 명심하라고."

김소목은 곧 몸을 돌이켰다. 남의 이목이 있어서 오랫동안 이야기를 주고받을 수 없었다.

김소목은 자리에 앉아 있지를 못하고 심하게 서성거렸다. 팔을 걸어 팔짱을 끼고 이따금 조각달을 쳐다보며 한숨을 뽑았다. 김소목은 이막순이 안 나온다면 낭패다 싶었다. 막순이는 꼭 나올 거야. 나올 거라니까. 내가 얼마나 좋아하는지 막순이는 나를 잘 알고 있으니까. 아니야. 안 나올지도 몰라. 막순이가 좋아하는 남자는 따로 있는 것 같다니까. 그렇다고 막순이를 다른 남자에게 빼앗길 수 없지. 박 생원 그 녀석이야. 그 녀석을 요절내버려야 한다니까. 김소목은 이막순의 마음을 사로잡고 흔드는 남자가 박정대라는 사실에 미치자 가슴 속에서 울화가 치밀어 올랐다. 김소목은 끙끙 앓는 소리를 내며 조각달만 하염없이 쳐다보았다. 이막순은 꼭 나올 수밖에 없을 거야. 내가 미우나 고우나 나타날 수밖에 없을 거라니까. 나하고의 관계를 없었던 것으로 할 수는 없을 테니까.

김소목은 우우, 하고 대나무 숲이 우는 소리에 청신경을 곤두세웠다. 서걱거리는 소리가 아주 가까이에서 들린다고 생각했을 때였다. 어둠 속에서 인기척이 들렸다. 이막순이었다. 이막순이 대나무 숲을 헤치고 나타나 막대기처럼 꼿꼿하게 서 있었다. 그녀는 말이 없었다. 싫은데 억지로 나왔다는 듯 무언의 항거를 하고 있었다. 김소목은 재빨리 그걸 알아차렸다.

"왔으면 앉아라. 너를 무척 기다리고 있었다."

김소목이 이막순의 손목을 잡아 자리에 앉히려 하였다.

"손 잡지 마. 나는 과거의 이막순이 아니야. 그만 만나자고 했잖아."

이막순은 손목을 뿌리치며 강한 거부반응을 보였다.

"막순이 너 많이 변했어. 그러면 못써. 너는 과거로 돌아가야 돼."

"무슨 소리 하는 거야. 내가 어떻다고. 나는 너를 좋아하지 않았어. 네가 나를 좋아한다고 워낙 성화여서 몇 번 만난 것뿐야. 오늘 만나자는 용건이 뭐야. 빨리 말해. 나 갈 거니까."

이막순은 김소목을 향해 등을 보이며 돌아섰다.

"너 박 생원을 만나고 있지. 솔직히 말해봐. 네가 박 생원과 연애한다는 소문이 서원 내에 좍 퍼져 있다는 것을 잘 알고 있겠지."

"그런 소문은 들었지만 그건 사실이 아니야. 나는 만난 적이 없어."

이막순은 큰 소리로 말했다. 그녀는 볼멘 음성이었다.

"나를 속이지 마. 너 정말 거짓말을 할 거니?"

김소목이 이막순의 손목을 힘주어 움켜잡았다.

"놓아, 놓으라고. 싫다니까 그래. 거짓말은 무슨 거짓말을 한다고 그래. 놓아, 놓지 않으면 물어버릴 거야."

이막순이 김소목의 팔 가까이 입을 갖다 대었다. 그러면서 그녀는 세차게 손을 뿌리쳤다. 그렇지만 그녀의 손목은 김소목의 손아귀 속에 있었다.

"막순아, 우리 이러지 말자. 과거로 돌아가자니까. 나는 너를 잊지 못해. 손은 놓아줄 수 있지만 너는 놓아줄 수 없어."

김소목이 슬그머니 손을 놓았다.

"헛소리하지 말어. 정말 네가 싫어졌어. 이제 폭력까지 쓰고."

이막순이 불결하다는 듯 손을 허공에 탈탈 털었다.

"아프게 했다면 미안하다. 너 정말 박 생원을 만나지 않았니?"

"만나지 않았어. 이제 그런 것도 물어보지 말어. 너하고는 말도 하기 싫으니까. 앞으로 나를 보면 모른 척하라고. 나도 너에게 아는 척하지 않을 거니까. 나갈게."

이막순이 대나무 숲 밖으로 뛰었다. 김소목은 그녀의 손을 잡지 않았다. 김소목으로서는 완강하게 거부감을 보이는 이막순을 잡아둘 수 없었다. 힘으로 잡아놓았을 때 역효과가 나타날 우려가 있다고 판단되었기 때문이었다.

이막순이 시야에서 사라지자 김소목은 하늘이 펑 뚫린 것 같은 절망과 만났다. 김소목은 무너지듯 자리에 주저앉았다. 그래. 박정대 때문이야. 나쁜 녀석이라니까. 김소목의 가슴 속에서는 거센 분노가 불길처럼 솟아오르기 시작했다.

요 임금께서는 말씀하셨다.

"이와 같은 때에 등용할 만한 사람이 어디 없겠소?"

방제(放齊)가 말하였다.

"맏아들이신 단주(丹朱)님이 총명하지 않은가 합니다."

요 임금께서는 반문하였다.

"흠, 그 애는 아무런 믿음도 없이 말하고 한 말에 책임을 지지 않소. 그리고 시비를 일삼으니 그 애를 등용할 수 있겠소?"

요 임금님은 다시 말씀하셨다.

"그 누가 능히 나의 일을 도울 수 있겠소?"

환도가 대답했다.

"훌륭한 사람이 있습니다. 백공(百工)을 관장하고 있는 공공(共工)이 백성들의 신망(信望)도 두터울뿐더러 많은 공을 세웠습니다."

요 임금님은 달갑게 여기지 않은 듯 말씀하셨다.

"흠, 귀에 솔깃하게 입발린 소리를 잘하나 실지의 행동은 그와 같지 않소. 외모는 공손하고 반듯하나 그 거만한 마음은 하늘이 높은 줄을 모르는 사람이오."

요 임금님은 여러 신하들에게 물으셨다.

"아, 제후들을 통치하는 사악(四岳)이여! 홍수가 넘실거려 천하를 뒤덮는 듯 하고, 바다와 같은 물줄기는 산을 집어삼킬 듯, 아니 구릉(丘陵)이

낮다는 듯 불어가기만 하오. 거센 물결은 하늘이 낮다는 듯 출렁이니, 아래로 백성들의 탄식이 이만저만이 아니오. 그 누가 있어 능히 이 물을 다스릴 수 있겠소?"

모두 아뢰어 대답했다.

"예, 있습니다. 곤(鯀)이면 능히 다스릴 수 있지 않을까 합니다."

요 임금님께서 말씀하셨다.

"음, 아니 될 거요. 그 사람은 그런 그릇이 못 되어 명(命)을 어기게 되고, 일을 그르쳐 백성을 도탄에 빠뜨릴 것이요."

이에 사악(四岳)이 나서서 대답했다.

"우선 등용해 놓고 볼 일이 아닌가 생각합니다. 시험 삼아 일을 맡겼을지라도 홍수를 능히 다스릴 수 있으면 되지 않겠습니까?"

이윽고 요 임금님의 윤허가 떨어졌다.

"그럼 가서 일해 보시오. 삼가 정성을 들여 홍수를 다스려주시오."

그리하여 곤(鯀)은 꼬박 9년간을 홍수 다스리는 데 애를 썼으나 끝내 성공하지 못하였다.

「제왈(帝曰), 주자약시(疇咨若時) 등용(登庸). 방제왈(放齊曰), 윤자주계명(胤子朱啓明). 제왈(帝曰), 우(吁). 은(嚚) 송가호(訟可乎). 제왈(帝曰), 주자약여채(疇咨若予采). 환도왈(驩兜曰), 도(都), 공공(共工), 방구잔공(方鳩僝功). 제왈(帝曰), 우(吁), 정언용위(靜言庸違), 상공도천(象恭滔天). 제왈(帝曰), 자사악(咨四岳) 상상홍수방할(湯湯洪水方割), 탕탕회산양릉(蕩蕩懷山襄陵), 호호도천(浩浩滔天), 하민기자(下民其咨), 유능비예(有能俾乂), 첨왈(僉曰) 오(於) 곤재(鯀哉). 제왈(帝曰) 우(吁), 불재(咈哉). 방명비족(方命圮族). 악왈(岳曰), 이재(异哉), 시가(試可) 내이(乃已). 제왈(帝曰), 왕흠재(往欽哉). 구재적용(九載績用) 불성(弗成). —」『서경』

「우서」요전 4장)[11]

　글을 읽고 난 동주 임주성이 유생들을 하나하나 일별하며 잠시 침묵을 유지하였다. 그는 유생들에게서 나타날 반응을 기다리고 있었다.

　"동주님, 무슨 내용인가 알 것 같은데요. 유가(儒家)의 이상정치(理想政治)를 담고 있는 것 같습니다."

　오동구가 침묵을 깨뜨렸다.

　"담고 있지. 잘 보았다니까."

　"좀더 구체적으로 말하면 덕치주의를 강조한 내용이구요."

　옆에서 듣고 있던 이수강(李水江)이 아는 체를 했다.

　"그것이 더 압축된 해석이라고 보아야지."

　"서경(書經)에서 강조하는 덕치주의에 문제가 있는 것 아닙니까?"

　이수강이 동주 임주성을 똑바로 응시하였다.

　"문제가 있다니. 유가 철학의 핵심은 덕치주의인데 무슨 문제가 있어."

　동주 임주성은 얼굴에 몹시 불편한 표정을 지었다.

　"이 생원이 무리하게 해석하고 있구만. 문제는 무슨 문제야. 유가의 덕치주의가 없었다면 조선은 유지되기 어려웠을 거야. 정치, 사회, 문화 등 많은 부문이 혼란을 맞이해 나라가 패망의 지경에까지 이르렀을 거야. 틀림없었을 거라니까."

11) 이가원 감수, 「서경」(서울: 홍신문화사, 1986), pp.45-46.

오동구가 이수강의 의견에 반론을 제기하고 나왔다.

"나는 그렇게 생각 안 하네. 유가 사상이 형식을 너무 강조하여 내용이 없는 허학(虛學)에 머물렀다고 보네. 백성이 굶주리고 있는데 나라의 지도자들은 예(禮)와 성(性)과 도(道)를 내세워 싸우고만 있었단 말이네. 그게 실상이라니까. 백성들의 가난은 2차적인 문제로 선반 위에 올라가 있었다구."

이수강이 소리를 높였다. 이수강은 평소 남파나 북파 어디에도 속하지 않는 중립적인 위치에 서 있었다.

"물질이 먼저인가? 사람이 먼저이지. 사람이 먼저 되어야 물질도 있고 예술도 있는 것일세. 사람을 중시한 유가 사상에 무슨 문제가 있다는 말인가?"

오동구는 아예 이수강 쪽으로 돌아앉았다. 동주 임주성은 허리를 꼿꼿하게 세우고 앉아 별 반응을 보이지 않았다. 두 제자의 논변이 재미있다는 듯 한 번 빙긋 웃기만 할 뿐이었다.

"사람이 먼저라는 말에는 동의하네. 그러니까 내가 서원에 들어와 있는 것 아니겠나. 나도 하나의 평범한 유생에 불과하다네. 그렇지만 사람을 너무 중시하다 보니까 사람이 살아가는 데 필요한 경제 문제는 뒤에 있었단 말이네. 사람이 물질보다 중요하다면 사람의 문제를 해결할 수 있는 방법론에 문제가 있단 말이네. 사람의 문제는 사람만 다루어서는 해결되지 않는다니까. 역사가 그 교훈을 말해주고 있네. 백성의 가난을 해결해주지 못하는 왕실은 바람 앞의 등불이란 말이네. 그 바람 앞에 있던 많은 왕실과 그 밑의 신하(정치가)들이 힘없이 꺼져갔네. 예설이나 학문적 대립을 내세워 극렬하게 싸웠던 것도 백성의 가난을 해결해주지 못하고 궁지에 몰려 있었기 때문일세. 궁지에 몰리면 술수를 써서 상대방을 무너뜨리기에 급급했던 것일세. 그렇게 해서 돌파구를 열어갔던 것일세. 그러나 그것은 임시방편이어서 끊임없이 사화와 반정과 반란이 일어났던 것이네. 내 말이 틀렸는가?"

이수강이 이야기의 주도권을 잡았다는 듯 제법 얼굴에 생기를 띠고 있었다. 그는 이따금 동주 임주성을 쳐다보며 표정을 살폈다. 임주성이나 오동구의 표정은 밝지 못했다. 몹시 불만스러운 표정이었다.

"자네는 이단자구만. 배신자란 말이네. 유가 사상을 구린 똥쯤으로 보면서 왜 유가 사상을 배우고 있는가?"

"인신공격하지는 말게. 좋은 말도 많이 있지 않은가. 참된 논변은 우리에게 발전을 가져다주네. 공부를 해야 참된 유가 사상을 구축할 수 있지 않겠나."

"그렇다면 미안하네. 그럼 자네는 뭐가 중요하다는 말인가. 가난을 해결하기 위한 방법이라도 있다는 말인가?"

"있지. 있고말고. 인식의 대전환이 필요하네. 예를 들면 첫째 개방성일세. 군자의 순치된 바람이 아니라 자유로운 바람일세."

"그럼 속박을 벗어난다는 말 아닌가. 위험한 사고를 하지 말게."

"답답하구만. 왜 위험한가. 생각을 바꾸고 차츰 행동이 따라가면 되지 위험하지 않단 말이네. 지금까지는 우리가 이렇게 믿어왔네. 청국이 세계의 중심이라고. 그러나 아닐세. 세계에는 중심이 따로 없단 말이네."

"그것도 위험한 생각일세. 청국이 쳐들어오면 우리 민족이 수난을 당한단 말이네. 말조심하게. 대국을 배신하면 곧 우리 모두 죽음이란 말이네."

"배신, 배신, 하지 말게. 인식을 바꾸는 것이 왜 배신인가. 자네는 사고가 너무 극단적이구만. 듣고만 있게. 지금까지 우리는 주관에 너무 의지했네. 그러나 앞으로는 아닐세. 객관적 합리성이 중요하네. 철저히 검증된 것만 존중 해야 한다는 말이네. 그렇게 해야 과학이 발전하고 생활이 편리해진단 말이네. 그다음은 실용정신일세. 서경(書經)에서는 삶의 중요한 세 가지 일(三事)을 다음과 같이 나누었네. 정덕(正德), 이용(利用), 후생(厚生)의 차례로 선후를 중시했단 말이네. 그러나 여기에 문제가 있네. 이용, 후생, 정덕의 순으로 중요성을 차별화시켜야 된다는 것일세. 내 말 알아듣겠는가?"

"아까 나왔던 이야기구만. 덕치주의보다 현실의 실용적 요구가 중시된다는 이야기로군."

"그걸세. 토지가 도덕규범보다 중요할 수도 있다는 이야기지. 그것뿐이 아니네. 타국을 경멸하고 배척하지 말자는 이야기네. 세련된 외국 문물을 적극 수용하고, 이질 문명을 자유롭게 수용하자는 이야기네."

"자네 말조심하게. 우리는 논변으로 받아들일 수 있지만 낯선 사람에게 잘못 걸리면 매 맞아 죽을 수도 있다는 것을 명심하게. 자네가 한 말들은 시대 상황과 배치되기 때문에 잘못하면 역적으로 몰릴 수도 있다는 말이네."

"그럴 수도 있겠지. 그러나 나는 믿고 있네. 시대가 지금처럼 유지되지는 않을 것으로 보고 있네. 백성이 굶주리고 있는 한 변화는 필연적이거든."

"이 생원은 위험한 인물이구만."

듣고만 있던 동주 임주성이 한마디 하였다.

"저는 선생님께서 그렇게 나오실 줄 알았습니다. 안타깝습니다."

이수강은 동주 임주성을 외면하고 문 쪽을 쳐다보며 한숨을 내쉬었다.

"자네는 서원에서 나가야 되겠구만. 반유가 사상을 가지고 여기에 있을 수 없단 말이네."

동주 임주성은 장죽을 탁자에 탁탁 두드리며 말했다.

"선생님, 무슨 말씀을 그렇게 하십니까. 저는 절대로 나갈 수 없습니다. 제가 한 이야기는 철학적 논변에 불과하니까요. 대과에 급제하여 벼슬을 할 겁니다. 그리하여 조선조 정치판을 바꾸어놓고 말 것입니다. 저의 진로는 누구도 막지 못할 것입니다."

"고집이 어지간하구만. 그럼 잘 해보게. 마음대로 안 될 걸세."

동주 임주성이 자리에서 일어나더니 방 밖으로 스적스적 걸어나갔다.

2

산외서원 후목문(後目門)을 나서면 왼쪽으로 작은 개울물이 흐른다. 그 물가에는 앵두나무밭이 있다. 어른 키 높이의 앵두나무들이 밀집해 있어 그 속에 들어가면 안방에 들어온 듯한 아늑함을 느낀다. 박정대와 이막순이 몰래몰래 만나던 곳이다.

그날도 두 사람은 앵두나무밭에 나타나 손을 맞잡고 체온을 나누었다. 박정대는 손을 맞잡는 정도에서 만족하지 않았다. 박정대는 이막순의 몸을 더듬었다. 박정대는 이미 호흡이 거칠어져 있었다. 호흡이 거칠어진 것은 이막순도 마찬가지였다. 이막순은 박정대의 손이 움직일 때마다 부르르 몸을 떨었다. 나중에는 이막순도 박정대의 몸을 더듬었다. 두 사람은 굶주린 사자처럼 서로의 몸을 탐내었다. 두 사람은 파도를 타고 심하게 출렁거렸다. 두 사람은 해변으로 해변으로 움직여 갔다. 두 발이 푹푹 빠지는 모래사장으로 빠르게 움직여 갔다.

파도가 잔잔해지고 서걱거리는 바람 소리가 들릴 때 두 사람은 붙었던 몸을 떼었다. 박정대와 이막순은 볏짚 위에 나란히 누워 스러져가는 숨을 골랐다. 하늘에는 별들이 촘촘하게 박혀 있었다. 서늘하기는 했으나 심하게 추위를 느낄 정도는 아니었다. 두 사람은 한동안 말없이 하늘만을 응시하며 눈을 깜박거렸다.

박정대로서는 행복하기도 하고 고통스럽기도 하였다. 내가 차라리 선비가 아니라면. 그러면 이막순과 쉽게 혼인할 수도 있을지 모르는데. 선비라는 신분 때문에 주위로부터 비판을 받아야 한다니. 박정대로서는 이막순을 너무도 사랑하고 있기 때문에 선비라는 벽 앞에서 고통스러워하고 있는 것이다. 사랑은 용기 있는 자만 쟁취할 수 있다고 하지 않던가. 박정대는 그 말을 상기했다. 용기를 내야 한다. 사랑하는 것이 무슨 죄짓는 행위도 아니잖은가. 박정대는 입술을 질끈 깨물었다.

그런데 또 하나 마음에 걸리는 것이 있었다. 김소목, 그자가 문제였다. 김소목이 이막순을 좋아한다니. 김소목에게서 이막순을 빼앗아오는 것도 아니잖는가. 박정대는 김소목보다 자신이 먼저 이막순을 사랑했다고 생각했다. 박정대는 그걸 확실한 사실로 믿었다. 오히려 김소목이 박정대 자신에게서 사랑을 빼앗아가려 한다고 생각했다. 박정대는 자신의 가슴 속에서 뜨거워 오는 강한 질투를 느꼈다. 김소목, 그자가 잔미웠다.

박정대는 반듯하게 누워 있는 이막순 쪽으로 돌아누웠다. 박정대는 이막순의 손목을 꼬오옥 잡아주었다.

"막순아, 뭘 보고 있니?"

박정대는 속삭이듯 작게 물었다.

"별을 보고 있었어요. 저기 별 하나 보이지요?"

이막순은 북쪽 하늘에 박힌 유난히 큰 별 하나를 가리켰다.

"저기 말이지?"

박정대도 북쪽 하늘을 가리켰다.

"맞아요. 유난히 큰 별이지요. 별 이름이 뭔지 아세요?"

"모르겠는데."

"왕자님별이어요. 제가 지어준 이름이어요. 박 생원님을 많이 닮았다니까요."

"나를 닮았다고?"

"그래요. 저는 저 별을 볼 때마다 박 생원님을 생각하거든요."

"막순아, 고맙다. 나도 너를 사랑하고 있어."

박정대는 손으로 이막순의 목덜미를 더듬었다.

"박 생원님, 저를 버리시면 안 돼요. 버리시면 저는 죽어버릴 거여요."

"걱정하지 마라. 나는 영원히 네 곁에 있을 것이니까. 그런데 한 가지 물어 볼 것이 있다. 기분 나빠하지는 말거라. 김소목이 너를 좋아한다는 소문이 있던데 그게 사실이냐?"

"무슨 말씀이세요!"

이막순이 움찔 몸을 떨며 놀란 몸짓을 하였다.

"왜 그렇게 놀라느냐. 그런 소문을 들어서 물어본 것뿐이다."

"싫다는데도 치근덕거린다니까요. 신경 쓸 것 없어요. 저에게는 박 생원님뿐이어요. 저를 안아주세요. 그리고 앞으로 김소목의 김 자도 꺼내지 마세요. 불쾌하거든요."

"그래 알았다."

박정대는 이막순을 힘차게 끌어안아 주었다. 박정대는 가슴이 화끈거리는 뜨거움을 느꼈다. 사서오경 속에 빠져 있다가 진사 시험에 급제했을 때의 기쁨, 그걸 희열이라고 한다면 이막순의 가슴에서 전해오는 뜨거움은 음과 양이 접전할 때 느끼는 인간적 감동이었다. 태어나서 처음으로 느껴보는 뜨거운 감동이었다. 이 세상의 어느 것도 이 사랑 위에

군림할 수는 없을 것 같았다. 박정대는 황홀경 속에 빠져 허위적거렸다. 계집종 이막순이라고 하지만 그녀의 가슴에서는 뜨거운 열기와 향긋한 향내가 물씬 풍겼다. 인간의 냄새. 박정대로서는 감동적으로 느껴보는 사람의 냄새였다.

"막순아, 우리 멀리 도망가서 살까?"

"안 돼요. 박 생원님은 꼭 대과시험에 급제해야 돼요. 저 때문에 인생을 망칠 수는 없다니까요."

"인생을 망치다니, 그런 소리 말거라. 벼슬을 해야만 값진 생은 아니란다. 나는 그걸 깨달았다. 사랑하는 사람과 함께 사는 것이 가장 값진 것이라고."

"벼슬을 하셔도 저와 살 수 있잖아요. 도망간다는 말씀은 하지 마세요. 박 생원님, 가요. 그만 일어나자구요."

"그 문제는 차차 생각해보자. 더 있고 싶지만 밤이 깊어지고 있으니 일어나야 되겠지. 가자꾸나."

박정대는 손을 잡고 이막순을 일으켜 세웠다. 두 사람은 앵두나무밭 속을 조심조심 걸어 나왔다. 이막순은 걸음을 옮기면서도 이따금 힐끗힐끗 뒤로 고개를 돌려 북쪽 하늘에 떠 있는 유난히 큰 별을 응시하곤 하였다.

사내는 바스락거리는 소리에 흠칫 놀랐다. 언덕 뒤에 숨어 몸을 낮춘 자세로 앵두나무밭 속 동정을 살폈다. 분명히 앵두나무밭 속에서 바스락거리는 소리가 들렸는데. 이상한 일이었다. 바스락거리는 소리가 들렸지만 인기척은 느끼지 못했던 것이다. 바람 소리였나? 사내는 자신의 귀를 의심했다. 고개를 갸웃거리고 있을 때였다. 다시 바스락거리는 소리가 들렸다. 사내는 빠르게 몸의 자세를 낮추었다. 사내는 앵두나무밭 속에서 일어나는 미세한 동정도 포착해내고 말겠다는 듯 더욱 크게 눈을 부릅떴다. 두 개의 검은 물체가 앵두나무밭 속에서 거연히 모습을 드러냈다. 요것들! 사내는 주먹을 그러쥐고 바르르 떨었다. 사내는 금방 남녀의 신원을 확인할 수 있었다. 박정대와 이막순. 요것들이 으밀아밀 속삭이다 입을 맞추었을 것이구만. 박정대와 이막순이 엉켜 뒹구는 모습을 떠올리자 욱, 하니 울화가 치밀어 올랐다. 박정대, 이놈의 자식을. 사내는 박정대의 영상을 어금니 위에 올려놓고 잘근잘근 씹었다. 박정대와 이막순이 언덕 가까이 다가오자 사내는 더욱 낮게 몸을 낮추었다. 박정대와 이막순, 그들과 시선이라도 맞닥뜨려 불미스럽게 상면하게 된다면 낭패다 싶었다. 사내는 숨을 죽이고 최대한 몸을 웅크린 다음 꼼짝하지 않았다. 앵두나무밭에서 나온 박정대와 이막순이 언덕 위를 유유히 걸어갔다. 그들은 사내의 동정을 전혀 눈치채지 못하고 있는 게 분명했다. 그들이 산외서원 후목문 쪽으로 이동해 가 어느 정도의 거리가 생겼다고 생각되었을 때 사내는 언덕 밑에서 몸을 일으켰다. 사내는 언덕 위로 올라와 박정대와 이막순의 뒤를 밟았다. 사내에게는 어둠 속에 놓인 앞길이 잘 가늠되지 않았다. 어둠 때문만은 아닌 것 같았다. 이막순을 빼앗기는 것이 아닌가. 이막순, 그녀를 빼앗기고는 앞으로 살아갈 수 없을 것 같았다. 절대 이막순을 빼앗길 수 없어. 그녀는 내 짝이야. 나는 누구보다 이막순을 사랑하거든. 막순아, 너는 박정대를 따라가면 안 돼. 못 오를 나무는 쳐다보지도 말라는 말이 있지 않냐. 너는 박정대와 행복할 수 없어.

김소목은 휘청휘청 걸음을 옮겼다. 나의 사랑을 빼앗아간 박정대. 김소목은 박정대가 미웠다. 그래, 질 수 없다니까. 어떤 수를 써서라도 나는 이막순을 내 곁으로 데려오고 말 거야. 김소목은 입술을 지그시 물며 불끈 주먹을 쥐었다. 저기 앞에 걸어가는 박정대. 김소목은 어둠 속에서 어둠으로 움직이는 박정대를 시야에서 놓치지 말아야 한다고 생각했다. 김소목은 빠르게 걸음을 옮기기 시작했다. 선비라는 작자가 일개 계집종을 노리갯감으로 생각하고 희롱하다니. 김소목에게는 박정대가 토끼의 가면을 쓴 이리쯤으로 생각되었다. 이막순을 이리에게 먹히게 할 수는 없잖아. 김소목은 이막순을 구해야 된다고 생각했다. 막순아, 걱정 말거라. 내가 옆에 있다는 것을 명심하거라. 내가 너를 지켜줄 것이다. 사랑하는 막순아, 네가 어쩌다 이리의 꾐에 빠졌니.

앞에 걸어가던 두 사람이 느티나무 밑에 도착해 걸음을 멈추었다. 그때 김소목도 우뚝 걸음을 세우고 낮게 몸의 자세를 낮추었다. 박정대와 이막순은 어둠 속에서 두 개의 어둠으로 서서 속삭이더니 서로 끌어안고 포옹을 하였다. 순간 김소목은 크윽, 하고 구역질을 하였다. 저 자식을! 김소목은 당장 달려가서 박정대의 멱살을 잡고 세차게 흔들다 땅에 패대기쳐버리고 싶었다. 내 사랑을 빼앗아간 약탈자. 김소목은 박정대를 직사하게 패주고 싶었다. 직사하게 패주어도 분이 풀릴 것 같지 않았다.

박정대와 이막순은 포옹을 풀더니 뭐라고 몇 마디 주고받았다. 그러더니 두 사람은 산외서원 후목문 안으로 어둠이 되어 모습을 감추었다.

김소목은 닭 쫓던 개 지붕 쳐다보듯 우두커니 서서 박정대와 이막순을 삼켜버린 후목문을 올려다보았다. 패자의 아픔이라고 할까. 김소목은 그런 기분을 느꼈다. 그러나 김소목은 아직 패배했다고 생각하지 않았다. 박정대와 이막순이 후목문 안으로 들어가 완전히 모습을 감추었다고 생각되었을 때 그때야 김소목은 발걸음을 떼어놓았다. 산장이나 동주, 그 누구도 외출한 사실을 모르고 있었으므로 김소목은 조심스러울 수밖에 없었다.

김소목은 후목문 안으로 들어서서 목격자가 없는지 유심히 주위를 살폈다. 수도헌(修道軒)과 오동재, 그리고 정우가 있는 별채들이 어둠 속에서 큰 어둠으로 웅크리고 있었다. 주위는 쥐죽은 듯 고요했다. 김소목은 뒤꿈치를 들고 사뿐사뿐 걸었다. 인기척을 내지 않기 위해 숨을 죽이고 조심스레 걸음을 옮겼다. 동료들이 어디 갔다 오느냐고 묻는다면 이렇게 대답할 참이었다.

"잠깐 인우간(人雨間-화장실)에 다녀오는 길이야."

박정대는 산장(원장) 이필선의 부름을 받고 그의 방을 찾았다. 산장 이필선은 먹을 갈다 박정대를 맞았다. 박정대가 무릎을 꿇고 앉자 이필선은 편한 자세로 앉으라고 친절을 건넸다. 그러나 박정대는 자세를 바꾸지 않았다.

"괜찮습니다. 불편하지 않습니다. 제가 먹을 갈아드릴게요."

박정대는 이필선에게서 먹을 빼앗아 벼루 위에 휘휘 갈기 시작했다.

"괜찮네. 힘들지 않다니까. 이리 주라고."

이번에는 이필선이 박정대에게서 먹을 빼앗아 갔다. 산장 이필선은 먹을 벼루 위에 올려놓았다.

"내가 자네를 부른 것은 긴한 이야기가 있기 때문일세. 무슨 이야기인지 감을 잡고 있겠지?"

이필선은 덥수룩한 흰 수염을 연신 손으로 쓸어내리며 말했다. 목에 힘을 주고 말하는 그의 자세에서 위엄이 묻어나왔다. 그의 목에서는 이따금 가래 끓는 소리가 들렸다. 그는 70세가 넘은 고령 탓인지 상체를 뒤로 젖힌다거나 앞으로 숙일 때 끙끙 앓는 소리를 내었다.

박정대는 주눅이 든 표정으로 이필선 산장의 눈치만 살필 뿐 쉽게 대답하지 못했다. 박정대로서는 난처한 입장이었다. 모른 척하기도 그렇고 그렇다고 사실을 그대로 시인할 수도 없었다. 박정대는 잠시 머뭇거리지 않을 수 없었다.

"무슨 말씀이신지. 감이 잘 오지 않는데요."

박정대는 모르는 척 시치미를 떼었다. 박정대로서는 처음부터 사실을 시인하고 들어가기가 쑥스러웠던 것이다.

"그럼 내가 말하지. 자네도 서원 내에 어떤 소문이 나도는지 알고 있을 거야. 선비가 체통을 지켜야지 계집종과 놀아난다면 비난을 면치 못할 걸세. 이제 알아듣겠는가?"

이필선 산장은 박정대를 빤히 쳐다보았다. 박정대는 질끈 눈을 감았다 떴다. 박정대로서는 막다른 골목에 이르러 더 이상 피할 수 없다는 절박감과 만났다.

"저는 이막순을 사랑합니다. 서원에서 나가도 좋습니다. 선비의 길을 포기하는 경우가 있더라도 이막순만은 놓칠 수 없습니다."

박정대는 결연한 의지로 말했다. 진심을 밝히고 나자 가슴이 후련했다.

"자네가 단단히 미쳤군. 나는 이해할 수 없네. 왜 하필이면 이막순인가. 이막순이는 계집종 아닌가. 자네하고는 신분이 달라. 양반의 체통을 지켜야 하네."

"저는 양반에 대해 회의를 느낀 게 많습니다. 양반은 왜 일을 안 합니까. 저는 양반이기 이전에 사람입니다. 양반은 버려도 이막순은 버릴 수 없습니다."

"입 닥치게. 큰일 날 소리를 하는구만. 양반들의 얼굴에 똥칠을 하다니. 아니, 선비들의 체통에 그렇게 까맣게 먹칠을 해도 되는 건가. 자네는 맞아 죽을 수도 있네. 말조심하게."

"제가 죄를 짓고 있는 것은 아니잖아요. 사랑하는 것은 죄가 아니니까요."

"여러 말 할 것 없네. 정리하게. 지금 자네는 제정신이 아니란 말이네. 나중에 마음을 가라앉히고 생각해보면 지금 자네가 미쳐 있음을 깨닫게 될 걸세. 나중에 후회하지 말고 정리하게. 여자는 벼슬한 다음에도 많이 있으니. 남녀가 유별하다는 것을 자네는 잘 알 걸세. 여기는 서원이라는 것을 명심하게. 공부 분위기를 깨뜨리면 안 된단 말이네. 이막순이는 안 되니까 그렇게 알고 나가게. 어서 퍼뜩 나가란 말이네. 꼴도 보기 싫네."

산장 이필선은 탁자를 손바닥으로 치며 냉갈령스럽게 말했다.

박정대는 몸을 일으켜 세웠다. 더 이상 대화를 지속할 수 없을 정도로 산장 이필선이 격앙되어 있었다. 박정대는 개가 꼬리를 움츠리고 뒷걸음질하는 자세로 방을 나왔다. 박정대는 밖으로 나와 깊게 숨을 들이쉬었다. 꽉 막힌 가슴이 펑 뚫린 것 같은 상쾌함을 느낄 수 있었다. 정우 쪽으로 걸으며 연신 한숨을 내쉬자 오동구가 다가와 말을 건넸다.

"박 생원, 오시(오전 11시~오후 1시)인데 점심은 먹었는가?"

"점심이 문제인가. 괴롭네."

박정대는 대꾸를 하면서도 오동구를 쳐다보지 않았다. 귀찮으니까 말 걸지 말라는 듯한 태도로. 그러나 오동구는 물러서지 않았다.

"산장님 말씀을 참고하게. 대선배가 하는 이야기 아닌가."

오동구는 산장 이필선과 사전에 교감이 있었기라도 한 것처럼 말했다.

"이렇게 된 마당에 숨길 것이 뭐 있는가. 나는 이막순을 사랑하고 있네."

"자네, 그 사랑이라는 말을 함부로 쓰지 말게. 이막순이 곁에는 김소 목이 있단 말이네. 사랑을 해도 정도를 벗어나 무리를 하면 안 된단 말 이네. 북파 친구들이 요즈음 자네를 얼마나 뒷 담화하고 있는지 아는가. 호기를 잡았다는 듯 떠들고 있단 말이네. 퇴계가 그렇게 가르치던가?"

"왜 퇴계를 들먹거리나. 사랑은 내 의지대로 하는 걸세. 내가 문제가 된다면 서원에서 나가면 되지 않겠나. 허공에서 뱅뱅 돌기만 할 뿐 결 코 손에 잡히지 않는 유가 사상보다 사랑은 얼마나 황홀한가. 자네는 모를 걸세."

"듣기 싫네. 정신 차리게나. 아직은 안 늦었네. 이막순과 정리하게. 남파 유생들도 더 이상 좌시할 수 없다고 이구동성으로 떠들고 있네. 참고 하라구. 다 자네를 위해서 그러니까 말이야. 자네로 인해 남파 유 생들이 욕을 먹지 않게 해주게. 북파에서는 율곡 신주 배향을 요구하며 자네의 과실을 물고 늘어질 걸세. 거기에 대처하려면 우리 남파가 깨끗 해야 되네. 도덕적으로 흠이 없어야 한다니까. 자네 개인만 생각하지 말게. 남파 유생들의 뜻을 대신 전하니까 그렇게 알고 있게. 여러 말 하 고 싶지 않네. 반드시 이막순을 정리해야 하네. 그걸 명심하게. 그럼 난 가네."

오동구는 산외서원문고로 간다면서 빠르게 걸음을 옮겼다. 그는 뒤도 돌아보지 않고 팔을 앞뒤로 당차게 휘두르며 앞만 보고 걸었다. 그의 태도는 칼로 무를 자르듯 매정했고 결연했다.

"내가 그렇게 큰 죄를 지었나?"

　박정대는 오동구의 뒷모습을 보며 혼자 중얼거렸다.

　해가 서산에 걸려 턱걸이를 하고 있었다. 스산하게 불어대던 바람이 한층 잠잠해졌다. 산외서원 취목원(炊木院)에서는 저녁을 준비하는 손길들이 부산하게 움직이었다. 박정대는 공복감도 느낄 수 없었다. 이막순을 정리하라는 압력이 들어왔지만 그렇다고 이막순을 버릴 수는 없었다. 이막순을 정리하지 못하면 서원에서 쫓겨나는 비참한 상황이 전개될 것인데 그때 어떻게 대처해야 할지. 박정대의 마음은 착잡하기만 하였다. 오동재에서 논어를 공부하고 나왔지만 박정대의 머릿속에는 아무것도 남아 있지 않았다. 박정대는 논어 시간 내내 이막순에 대해 생각했던 것이다. 이막순과 함께 서원을 떠나 농사를 지으며 평범한 생활을 한다면 후회를 하지 않을까. 후회할지도 모른다는 생각이 들자 박정대는 이막순을 정리하고 공부에 전념해야 된다는 생각을 했다. 원래 의도했던 벼슬길로 가기 위해서는 이막순을 정리하는 길밖에 없었다. 정리해야 한다, 정리해야 한다! 박정대는 마음속으로 그렇게 다짐했다. 공자님도 네 가지를 끊었다고 하지 않던가. 절사(絕四). 급(急)함이 없고, 필(必)함이 없으니 고(固)함이 없고 아(我)가 없다. 안연(顔淵)에게 가르치기를 '예가 아니거든 보지 말고 비례물시(非禮勿視), 예가 아니거든 듣지 말며 비례물청(非禮勿聽), 예가 아니거든 말하지 말고 비례물언(非禮勿言),

예가 아니거든 움직이지 말라 비례물동(非禮勿動)[12] 하였다. 예가 아니거든 가지 말아야 한다는 것을 박정대는 잘 알고 있었다. 그런데 참으로 묘한 일이었다. 그게 생각대로 잘되지 않았다. 이막순을 정리해야 된다고 생각을 하면 할수록 그녀의 얼굴이 영상 속에서 오롯이 떠올라 그의 마음을 안달 나게 하였다. 이막순을 잊으려 하면 할수록 그녀의 영상이 머릿속을 꽉 메우곤 하였다.

박정대는 오동재 툇마루에 앉아 상념에 빠져들었다. 해가 서산을 넘었다. 서산마루에는 저녁노을이 감빛으로 번져 있었다. 그 노을 속에서 이막순이 빙긋 웃으며 손짓해 부르고 있었다. 박정대는 고개를 좌우로 세차게 저었다. 이막순을 정리할 수 없어. 후회하는 한이 있어도 좋다니까. 막순아, 사랑하는 막순아. 미안하다. 내가 잠시 못된 생각을 했어. 나는 너를 놓지 않을 거야.

박정대는 이막순을 생각하다 곁에 사람이 와 있는 것도 모르고 있었다. 그는 흙먼지가 얼굴에 훅 끼쳐오자 반사적으로,

"누구야?"

하고 소리쳤다. 그의 곁에는 김소목이 와 있었다. 김소목은 대비로 마당을 쓸고 있었다.

"아이구, 죄송합니다! 용서하세요!"

김소목은 공손하게 허리를 꺾었다. 굽실거리면서도 김소목은 눈을

---

12) 박일봉 역, 『논어』(서울: 육문사, 1991), pp.270-271.

치켜뜨고 박정대를 노려보았다. 박정대는 김소목과 시선이 공중에서 맞닥뜨리는 순간 섬뜩한 공포를 느꼈다. 불쾌한 시선이었다.

"너 이놈, 내가 쓰레기냐. 나까지 쓸어버리겠다는 심보지. 내가 네 속을 훤히 들여다보고 있다."

박정대는 김소목의 시선을 제압하기 위해 위압적으로 말했다.

"박 생원님을 제가 감히, 말도 안 됩니다. 죄송합니다!"

김소목은 땅에 엎드려 절이라도 할듯 굽실거렸지만 눈빛만은 매서웠다. 송곳 시선 앞에서 박정대는 부르르 몸을 떨었다.

"소목이 너 잘 만났다. 내가 한 가지 물어볼 것이 있다."

박정대는 김소목에게서 빗자루를 빼앗아 버렸다.

"물어보세요."

"거짓말하면 알지?"

박정대는 빗자루를 높이 들고 아차 하면 김소목에게 위해를 가할 태세였다.

"제가 거짓말을 하다니요. 당치도 않는 말씀입니다."

김소목은 빗자루를 피하려 하지 않았다. 실실 웃으면서도 눈빛만은 매서웠다.

"너만 믿겠다."

박정대는 치켜들었던 빗자루를 슬그머니 땅에 내려놓았다.

"무슨 말씀이신지 궁금하네요."

"감을 잡고 있으면서도 그러는 것 같구나."

"감이 오다니요."

"정말 짐작이 가지 않니?"

"그렇다니까요."

"너도 능구렁이가 다 되었구나. 너 이막순을 사랑하고 있니?"

박정대는 이 대목에서 굳은 표정으로 심각하게 말했다.

"왜 그걸 물으십니까? 박 생원님이 왜 이막순이에 대해 신경을 쓰냐니까요."

김소목은 한번 씩 웃더니 송곳 시선을 박정대의 눈에 꽂았다. 송곳 시선은 박아놓은 말뚝처럼 꼼짝하지 않았다.

"그럴 만한 이유가 있다."

김소목의 송곳 시선을 받은 박정대는 짜릿한 전율을 느꼈다. 박정대는 주춤 한 발짝 뒤로 물러났다.

"이막순을 사랑하시기라도 한다는 얘기입니까?"

"내가 묻고 있지 않으냐. 내 물음에 먼저 대답해라. 그럼 말해주겠다."

"말씀하시기가 거북하신 모양이군요. 저는 소문을 들은 바 있습니다. 사랑은 자유 아닙니까. 박 생원님께서 이막순을 사랑한다고 해서 죄짓는 행위는 아니지요. 그렇지만 사랑한다는 명분으로 여자를 희롱하려 한다면 용서치 못할 것입니다."

"그게 무슨 말이냐? 용서 못 하다니? 네가 이막순의 보호자라도 된다는 이야기이냐?"

"보호자는 아닙니다. 그렇지만 같은 신분에 있기 때문에 드리는 말씀입니다. 우리 노비들을 우습게 보지 마십시오. 큰코다칠 것입니다."

"그래서 결국 내가 묻는 말에는 대답할 수 없다는 이야기구나. 질질 끌고 있는 것 보니까."

"의도적으로 회피한 것은 아닙니다. 이야기하다가 보니까 그렇게 되었습니다. 이막순에게서 손 떼십시오. 박 생원님은 이막순과 어울리지 않습니다. 이막순에게는 다른 남자가 있으니까요. 박 생원님이 이막순을 조강지처로 삼을 수 있다고 생각하십니까? 어려울 것입니다. 현실적으로 그게 어렵다는 이야기입니다. 첩으로 삼을 생각이라면 아예 단념하십시오."

김소목은 박정대에게 꽂은 송곳 시선을 거두지 않았다.

"너 무례하구나. 이막순에게 있다는 다른 남자가 바로 너로구나. 그렇지 않고서야 시시콜콜 이야기할 수 없지. 내 말이 맞느냐?"

"그건 박 생원님 마음대로 생각하십시오."

"이제 알아들었다. 나도 너와 이막순에 대한 소문을 들은 바 있다. 그게 사실이었구나."

박정대도 밀리면 안 된다고 생각하고 맞받아 김소목에게 송곳 시선을 꽂았다.

"어쨌든 이막순을 죽도록 사랑하는 남자가 있다는 것을 명심하십시오. 박 생원님은 일찌감치 이막순이를 포기하는 게 좋을 것입니다. 그렇지 않으면 박 생원님의 신상에 좋지 않은 결과가 미칠 수도 있다니까요."

"이제 협박까지 하는구나. 나는 누구보다 이막순을 사랑한다. 이막순을 행복하게 해줄 수 있다니까. 나는 결코 이막순을 포기할 수 없다. 벼슬길은 포기해도 이막순을 포기할 수는 없다. 너 이막순을 좋아하고 있는 모양인데 절대 이막순이 앞에 얼씬거리면 안 된다. 그때는 내가 너를 가만히 두지 않을 거다. 알아들었냐?"

"……."

김소목은 대꾸가 없었다. 김소목의 표정은 심하게 일그러져 있었다.

"너 끝내 대답을 않는구나. 너는 노비라는 신분을 잊지 말아야 한다. 네가 감히 내 애인에게 눈독을 들이대다니. 이 무례한 놈 같으니라구."

박정대는 빗자루를 집어들어 김소목을 한 대 내려칠 기세였다.

"웃기는 장난 그만하십시오. 양반이 체통을 지켜야지요. 잘못하면 죽을 수가 있으니까요."

김소목은 박정대에게서 빗자루를 낚아챘다. 그는 비로 마당을 쓰는 척하더니 뒤도 돌아보지 않고 인우간 쪽으로 빠르게 걸음을 옮겼다.

"저런, 저런 못된 놈! 저놈을 그냥!"

박정대는 이를 바득바득 갈며 발을 동동 굴렀다.

장명수, 최상호, 조민성 등의 북파 출신 유생들이 한자리에 모였다. 그들의 표정은 한결같이 어두웠다.

"이필선 산장의 태도가 뭐냐고. 숙종 임금님이 율곡, 우계의 문묘종사를 윤허하셨는데 왜 우리 서원에서는 신주 배향이 되지 않나니까."

산외서원 내에서 율곡 신주 배향 문제를 둘러싸고 북파와 남파가 갈등을 빚자 이필선 산장은 중립적 위치에서 문제를 해결하려고 노력했다. 유생 장명수는 그러한 이필선 산장의 태도가 못마땅했던 것이다.

"더 심한 갈등을 막기 위해 그런다고 하지만 답답하더라구."

유생 최상호도 장명수와 같은 생각이었다.

"이필선 산장을 만나 직접 설득해 보자구. 산장을 우리 쪽으로 끌어들여야 한다니까. 그렇게 한 다음 산장이 직접 나서서 남파 유생들을 설득하면 의외로 문제가 쉽게 풀릴지도 모른다구."

조민성 진사였다. 근래 북파 유생들은 앉았다 하면 율곡 신주 배향 문제를 거론하였다. 그들이 얼굴을 맞댄 채 심각해 하고 있는 정우에 남파 유생들은 한 명도 얼씬거리지 않았다.

"그건 안 되네. 이필선 산장이 어떤 분인데. 설득한다고 해서 우리 편이 될 사람이 아니라니까. 힘으로 밀고 들어가서 사우에 신주 배향을 올리는 수밖에 없다고."

장명수는 강경론을 내세웠다.

"그건 안 되네. 서로 충돌하면 큰 사고가 날 수 있다니까. 해보는 데까지는 해보다가 정 안 되면 최후의 수단으로 생각해볼 해결방법이라니까."

최상호는 장명수와 달리 온건론적 입장을 취했다.

"내가 생각할 때는 강경책이 아니면 문제가 해결되지 않을 것 같네. 남파 유생들이 율곡 신주 배향을 결코 허락하지 않을 것이라니까. 외부의 압력에 못 이겨 마지못해 허락하는 경우를 빼면 다른 해결책은 없을 거라구. 두고 보라니까."

조민성은 남파 유생들의 속셈을 간파하고 있는 듯이 보였다.

"그렇다고 처음부터 강경하게 나갈 수는 없잖아. 나라에서 율곡, 우계의 문묘종사를 윤허해준 상태이기 때문에 남파 유생들이 우리의 요구를 받아들일 가능성도 있다니까. 주변 여건이 성숙되면 우리의 요구를 받아들일 수밖에 없을 거야. 우리는 계속 율곡 신주 배향을 요구해야 한다니까. 박정대 사건으로 남파에게도 약점이 있기 때문에 끝까지 반대만 할 수는 없을 것이라구. 갈등이 있다고 해도 인내로 기다리면서 조정과 화해를 통해 합의를 이끌어내야 해. 그게 바람직한 해결방법이라니까."

최상호는 흥분하는 것 없이 점잖은 목소리로 말했다.

"최 진사의 생각대로만 된다면 오죽 좋겠나. 뚜렷한 해결책이 보이지 않아 차선책으로 강경론을 이야기한 것이라구. 강경론이 최선책은 아니지. 그럼 이수강 생원을 남파 쪽에 보내어 설득 작업을 해보는 게 어떻겠나. 이 생원은 남파나 북파 어느 쪽에도 속해 있지 않으니까."

"그 방법도 나쁘지는 않구만. 이 생원은 어느 쪽에도 속해 있지 않지만 율곡 신주 배향 문제에 대해서는 수긍하는 입장이더라구."

최상호는 조민성의 의견에 찬성하는 쪽이었다. 장명수도 거부 반응을 보이지는 않았다. 북파 유생들은 이 문제를 동주 정재용과 상의하여 결정하자는 데에 뜻을 같이 하였다.

북파 유생들은 곧 동주 정재용을 만나보기로 하였다. 그들은 몸을 일으켜 세웠다. 정우를 나오니 앞마당 뜰에 햇빛이 질펀하게 깔려 있었다.

오동재로 찾아가 동주 정재용과 만났다. 정재용은 명상을 하다 북파 유생들을 맞은 듯 조금은 잠이 덜 깬 사람처럼 몽롱해 보였다. 그들이 본론을 이야기하자 정재용은 눈을 크게 떴다. 이야기를 듣고 난 정재용이 말했다.

"어떤 수를 써서라도 율곡 신주 배향 문제는 관철시켜야 하네. 율곡을 받드는 후학들이라면 뜻이 다 같을 걸세."

그들이 제시한 의견에 동주 정재용은 적극 찬성하는 쪽이었다.

"그렇지만 이수강 개인에 대해서는 경계해야 하네. 이 생원은 요즈음 생각하는 것이 전과 많이 달라졌더라구."

그것은 북파 유생들도 같은 생각이었다. 이수강은 양반들에 대해 비판적이지 않았던가. 동주 정재용은 이수강 개인에 대해서는 더 이상 언급을 하지 않았다.

이수강을 내세워 북파 유생들의 요구를 관철시켜보려 했던 계획은 본인을 만나 부탁하는 과정에서 무산되고 말았다. 북파 유생들의 부탁을 받은 이수강의 입장은 단호했다.

"일이 성사되지 않을 것을 뻔히 알면서 내가 왜 앞장서나. 율곡의 사상에 공감하는 바가 많이 있어서 율곡 신주 배향을 찬성하는 쪽이지만 남파 유생들을 설득시킬 수는 없다니까. 워낙 남파 유생들의 뜻이 강경하더라구."

이수강은 절레절레 고개를 저었다. 그는 미안하다는 말과 함께 북파 유생들의 요구를 거절하였다.

숙종 7년(1681년) 9월, 율곡·우계 문묘종사가 윤허되기까지는 남인과 서인 간에 밀고 당기는 많은 소모전이 있었다. 서인들은 율곡·우계 문묘종사를 실현시키려 하였고 남인들은 거기에 반대하여 퇴계 사상의 학문적 우위를 확보함과 동시에 율곡·우계의 문묘종사를 미끼로 권력을 움켜쥐려는 서인들의 계책을 막아보고자 하였다.

어떤 인물이 백성을 위해 일한 결과 그 공이 지대하다면 사(社)에 모셔서 향사(享祀)하였다. 그리고 그 공이 국가를 위한 것이었다면 종묘(宗廟)에 모셔서 향사를 지냈다. 또한 공이 도(道)를 세우는 데 있었다면 문묘(文廟)에 모셔서 향사하는 것이 고금에 통용되는 제사의 원칙이었다. 특히 문묘에 종사 되려면 유학의 도를 발견한 흔적이나 유학을 발양(發揚)한 공이 있어야 했다. 학문과 도덕의 훌륭함이 마땅히 후세에게 귀감이 될 수 있어야 하고 선배들의 학통을 이어받아 후세들에게 길을 열어준, 학문적 공이 있어야 했다. 그리고 온 백성들의 논의가 하나로 결론지어져 이의가 없어야 했다. 학덕이 뛰어난 인물이라도 조건이 엄격하여 문묘에 종사 되기는 매우 어려웠다. 또한 학덕이란 그 기준이 애매하여 가시적인 척도를 갖기가 매우 어려운 것도 사실이었다. 종사될 인물을 선정하기가 어려워 애초부터 시비를 야기할 소지가 다분히 있었다.

그러나 일단 문묘에 종사되면 당사자의 문인(門人)들은 학문적 자긍심을 가질 수 있었고 후손들은 가문의 대단한 명예를 획득하였다. 학자로서 문묘에 종사되는 것은 후손이나 후학들에게는 최대의 영광이었다. 남인과 서인이 자신들의 스승을 문묘에 종사시키려 했던 것도 이와 관련이 있는 것이다. 국조오현(國朝五賢-김굉필, 정여창, 조광조, 이언적, 이황)을 문묘 종사할 때는 논의가 귀일(歸一)되어 별다른 문제를 야기하지 않았다. 그러나 율곡·우계의 문묘종사 건에 대해서는 남인과 서인 간에 시비가 붙어 쉽게 판정이 날 수 없었다. 자파의 학문적 정통성(正統性)과 도덕적 수준의 우열을 다투는 문제였으므로 남인과 서인은 조금도 양보하려 하지 않았던 것이다.

율곡·우계 문묘종사 건이 윤허되지 않고 많은 시간을 끌었던 요인 중의 하나는 서인들의 요구를 받아들여 율곡·우계의 문묘종사를 윤허해주면 서인 세력의 기반이 막강해져 왕실로서는 부담이 크므로 그들을 견제하기 위해 왕실이 지연책을 썼던 점이다.

무력을 동원하여 반정(인조반정)에 성공한 서인들은 대부분 율곡과 우계(성혼)의 후학들이었다. 그들이 율곡·우계를 문묘에 종사(從祀)시키려 하자 세력이 부족하던 남인들은 서인들의 세력이 커지는 것을 막기 위해 결사적으로 문묘종사를 반대하였다. 남인들은 퇴계가 율곡보다 학문상으로 우월하다는 자긍심을 갖고 있었다.

남인의 중심인물인 허목, 윤선도, 윤휴는 율곡과 우계를 강력하게 비판하였다. 그중에서도 허목은 그의 학문 편에서 이렇게 지적했다.

　율곡은 한갓 이기기 위해 큰 논의를 하려고 애썼다. 그의 글에서 '중
요한 길을 찾아 문정(門庭)을 훤히 연 뒤에라야 정해진 방향이 없이 널리
배울 수 있는 것이다.'라고 하였다. 도(道)를 먼저 하고 학문(學問)은 그다
음으로 돌린 것이다. 이런 방법은 불교의 돈오법(頓悟法)이지 공자(孔子)의
가르침은 아니다. 학문을 거꾸로 하는 것이다. 불교는 음류(陰類)가 아니
던가. 귀신을 숭상하는 잡것인 것이다. 불교에는 윤기(倫紀)가 없다. 불
교는 인륜을 크게 해치는 것이다. 율곡은 유자의 탈을 쓴 불자인 것이
다. 유교의 글을 배워 인륜을 잘 지켰지만 율곡은 어지러운 사람이다.
스스로 말하기를 '자신을 바로하고 사물을 바로 보아 성인이 이룬 법도
를 한결같이 따른다.'라고 했다. 그렇지만 그가 쫓는 바는 공손하지도
단정하지도 못하였다. 그의 주위에는 이익을 탐하는 간사한 무리들이
모여들었다. 그는 행동보다 말이 앞선 사람이었다. 퇴락해 가는 것을
붙들고 죽는 사람을 살리기 위해 노력한다고 해놓고 그것을 실천에 옮
기지 못한 사람이었다. 공사(公事)보다 사사(私事)를 내세웠으니 이게 그
의 학문이었다.[13]
　인조 원년(1623년) 3월, 이정귀(李廷龜)의 주청(奏請)으로 율곡에게 영의
정이 추증되었고 4월에는 이귀의 주청으로 우계가 신원(伸冤)되었다. 이
로써 율곡과 우계의 입지(立地)가 한층 높아졌다.

---

[13] 허권수, 『조선 후기 남인과 서인의 학문적 대립』, p.77에서 변용.

이때의 기회를 놓치지 않고 특진관 유순익이 경연(經筵)에서 인조에게 아뢰었다.

"전하, 전하께서는 유학을 숭상하고 도(道)를 중요하게 생각하셔야 하옵니다. 새로운 교화를 펴는 이때 유술(儒術)은 매우 중요하옵니다. 선현(先賢) 율곡을 문묘에 종사하면 선비들이 흡족해 할 것입니다."14)

유순익의 목소리는 공손하였다.

"문묘종사는 가볍게 윤허할 수가 없다. 관계되는 바가 중대함을 알아야 한다."

인조는 유순익을 쳐다보며 말했다.

"율곡의 문집을 읽어 보시면 크게 흡족해하실 것이옵니다. 그의 학문이 깊다는 것을 알 수 있사옵니다. 율곡은 평범한 유자(儒者)가 아니니 속히 종사하는 것이 마땅하옵니다."

이번에는 특진관 이민구(李敏求)가 인조에게 율곡집 읽기를 권유했다.

"율곡을 문묘에 종사하고자 하는 것은 온 나라의 공통된 의견이옵니다. 전에는 공론이 형성되지 않아서 종사하기가 어려웠습니다. 그러나 지금은 다릅니다. 신의 생각으로는 비록 문집을 보지 않았더라도 종사를 속히 윤허하시는 것이 마땅할 것 같사옵니다."15)

---

14) 앞의 책, pp.83-84에서 변용.

---

15) 앞의 책, p.84에서 변용.

검토관(檢討官) 유백증(俞伯曾)도 율곡 문묘종사를 강력히 건의하였다.

"율곡의 문묘종사 요청은 공론에서 나왔습니다. 전하께서도 들으신 바가 있을 것입니다. 지금 의리가 땅에 떨어지고 도학(道學)이 밝혀지지 않아 선비들이 나아갈 길을 잃었습니다. 속히 선비들로 하여금 나아갈 방향을 알게 하소서."

옆에서 듣고만 있던 이경여(李敬輿)도 건의를 하고 나왔다.

"안 된다고 말하는 것은 아니다. 신중을 기하기 위해 뒤로 미루고 있을 뿐이다. 몇 사람의 말만 듣고 쉽게 종사하는 것은 바른 처리 방법이 아니다."

인조는 대신들을 하나하나 일별하며 진지하게 말했다. 그는 끝까지 신중론을 견지하였다. 이때까지는 율곡의 문묘종사만 건의되었지 우계는 거론조차 되지 않은 상태였다. 여기에 대해 서인 사대부들이나 유생들은 이런 말을 하며 돌아다녔다.

"우계는 율곡과 우열을 가릴 수 없을 만큼 뛰어나다. 송나라 장주(長朱)와 함께 문묘에 종사하는 것이 마땅하다."[16]

이러한 여론에 힘입어 우계 문인들이 김집을 찾아갔다. 그들은 김집으로부터 재가를 받았다. 율곡과 우계의 문묘종사를 함께 요구하기로.

박정대와 차동영이 수도헌(修道軒) 마루에 앉아 있었다. 차동영은 몹시 불만스러운 얼굴 표정이었다. 그건 박정대도 마찬가지였다.

---

16) 앞의 책, p.86에서 변용.

"박 생원 정신 차리게. 이막순과 연애를 해서 어떻게 하려고 그러는 가. 여자 때문에 자네 인생을 망칠 수 있어. 북파 유생들이 앉았다 하면 자네 이름을 들먹거리며 우리 남파 유생들을 씹는다네."

차동영이 언성을 높였다. 수도헌에는 두 사람만이 나와 있었다.

"이제 숨길 것도 없네. 나는 이미 마음을 결정했네. 나에게 계속 화살을 쏘아댄다면 나는 중대 결단을 할 수도 있네. 벼슬을 좇는 선비의 길을 포기할 수는 있어도 이막순은 포기할 수 없네. 서원에서 쫓아낸다면 기꺼이 나가주겠네. 어떤가. 속이 시원한가? 나는 속에 들어 있는 것을 싹 털어놓았네."

박정대는 턱을 치켜들고 차동영을 빤히 쳐다보더니 씩 웃었다.

"자네 나를 놀리는가. 심각하게 이야기하는데 웃고 말이야."

"그랬다면 미안하네. 왜 웃음이 나왔는지 나로서도 잘 모르겠네."

"자네 제정신이 아니구만."

"그럴지도 모르지. 며칠 동안 밤잠을 설쳤으니까."

"정신 차려야 하네. 호랑이가 열 번 물어가도 정신만 차리면 산다고 하잖는가. 이막순을 정리하게. 이막순에게는 김소목이 있단 말이네."

"김소목 그놈은 말도 꺼내지 말게. 입맛 떨어지네. 나에게서 이막순을 빼앗아 가려고 하는 놈이라니까."

"자네 완전히 미쳤구만. 계집종 이막순이 아니면 여자가 없는가. 사대부집 딸들이 수두룩하단 말이네. 계집종을 가운데 놓고 자네가 사내종 김소목과 힘겨루기를 해야 되겠는가. 자네에게는 뱃도 자존심도 없단 말인가."

"차 진사, 자네는 잘 모를 걸세. 여자를 잘 모르고 있다니까. 연애를 해보면 알 걸세. 여자라는 깊은 호수에 빠지면 누구도 나오지 못할 걸세. 익사하는 그 희열을 모를 거라구."

"자네는 지금 제정신이 아니야. 그런 마당에 나에게 무슨 할 말이 있다는 말인가. 내 말이나 잘 듣게. 경솔한 생각은 하지 말라구. 어떤 경우에도 대과 시험을 포기해서는 안 되네. 서원을 나간다는 말은 입에 담지도 말라구. 자네 때문에 우리 남파 유생들이 지금 기를 펴지 못하고 있네. 우리로서는 약점이 잡힌 상태라니까. 마주 앉았다 하면 북파 유생들이 율곡 신주 배향을 요구해오는 데 우리들의 약점 때문에 강력히 배척하지 못하고 있다네."

"나 때문에 기가 꺾여 있으면 안 되지. 어떤 경우에도 율곡을 신주 배향할 수 없다니까. 어찌 스승과 제자를 나란히 놓고 제사 지낼 수 있다는 말인가. 법도라는 것이 있지 않느냐구. 율곡 신주 배향만은 절대 불가하네."

"옳은 얘기하는 것 보니까 이제 제정신으로 돌아온 모양이구만. 자네 생각처럼 그렇게 되려면 우리가 깨끗해야 한다니까. 퇴계의 후학들이 깨끗해야 한다니까. 그것만이 퇴계를 영광되게 하는 길이라구."

"차 진사 말이 틀린 얘기는 아니지. 그렇지만 나를 꼭 거기에다 갖다 붙이는가. 여러 말 할 것 없이 나는 이막순을 포기할 수 없네."

"잘 나가다가 왜 옆으로 새나. 이막순을 정리해야 하네. 그렇지 않으면 나중에 엄청 후회할 걸세."

"자네 충고 잘 들었네. 이제 귀에서 거부하는구만. 나 일어나겠네."

패영을 당겨 조이더니 박정대가 먼저 자리에서 벌떡 몸을 일으켜 세웠다.

"박 생원, 잠깐만 앉아보라구. 할 이야기가 남아 있다니까."

차동영은 박정대의 두루마기 자락을 움켜잡았다.

"싫네, 싫어! 자네 말도 듣기 싫다구. 누구도 내 앞길을 막지 못할 걸세."

박정대는 차동영의 손을 뿌리치고 수도헌 뒤뜰 쪽으로 성큼 걸음을 떼어놓았다.

"애물이라니까! 여자에게 빠진 못난 놈 같으니라구!"

차동영은 박정대 뒤에다 대고 종알거렸다.

보리밭 위에서 종달새가 지저귀다가 산외서원 쪽으로 날아갔다. 보리는 하루가 다르게 자라 근 일주일 사이 꽤 파릇파릇해져 있었다. 김소목은 고랑에 깔린 흙가루를 떠서 보리가 자라고 있는 두둑 위에 뿌려주었다. 그렇게 해야 보리가 죽지 않고 자라 많은 수확을 할 수 있었기 때문에 봄이 되면 어김없이 해오던 작업이었다. 친구들은 엎드려 열심히 흙을 뿌려대었다. 그들의 이마 위에서는 구슬땀이 흘렀다. 선선한 바람이 불어오면 이마 위의 땀을 쓱 훔치면서 잠시 허리를 펴고 심호흡을 하였다.

"노비의 신세는 참 처량하다니까. 평생 일만 해야 하니."

"그러게 말이야. 세상은 너무 불공평하다구. 선비들은 일도 안 하고 글이나 읽으면서 편히 먹고 사는데 우리들은 뼈 빠지게 일만 해야 된다니까."

"별소리들을 다 하는구만. 배딱지들이 따뜻하니까 그런 말들이 나올 거야. 굶어죽는 사람들이 얼마나 많은데. 서원 노비로 있으면서 굶지 않고 사는 것을 고맙게 생각해야 하네. 그게 다 선비님들의 은혜 덕분 아닌가. 내 말이 틀렸는가?"

틀렸다고 반박하는 노비는 아무도 없었다. 그들은 그렇게 불만을 토로하며 일을 했다. 조금은 언짢아하고 조금은 고마워하면서. 산외서원 둘레에는 서원전이 있다. 논과 밭에서 계절에 따라 보리, 기장, 쌀, 모시, 삼베, 인삼, 밤 등이 생산된다. 그 생산물로 산외서원이 운영된다. 그러니까 서원전은 유생들과 서원에 딸린 노비들의 밥줄인 셈이었다. 노비들은 날이 밝으면 서원전으로 나와 일을 해야 했다. 깜깜한 밤까지 밭일을 해야 할 때도 많았다. 그래도 그들은 꿋꿋하게 견디어내었다. 서원에서 일할 수 있도록 선택된 덕분에 굶지 않고 살아가고 있다고 여겨 조금의 자부심마저 갖고 있었다.

그날도 밭일이 어둑해진 밤에야 끝이 났다. 달이 떠서 대지에 깔린 초저녁의 어스름을 밀어내주었지만 그것은 잠시였다. 남쪽에서 올라온 구름이 달을 감싸안은 바람에 전방 시야가 잘 가늠되지 않았다. 어둠을 휘저으며 밭둑을 걸어 행길로 나왔다.

그러나 김소목은 미적거리면서 보리밭을 떠나가지 않고 있었다. 그는 손과 발을 개울물에 씻는 척하면서 낙오자가 되었다. 그것은 순전히 김소목 자신의 의도 때문이었다.

"막순아, 일 끝나고 밤에 나 좀 보자. 잠깐이면 돼. 꼭 할 말이 있어. 그냥 가면 네 신상에 해로울 거야. 너는 절대 박정대의 첩이 되어서는 안 돼. 알았지?"

점심시간에 개울로 가서 손을 씻을 때 김소목은 이막순에게 말했었다.

"작업 끝나고 손 씻는 척하면서 뒤에 남으라고. 잠깐이면 돼."

"왜 싫다는데 그러니! 나는 네 꼴도 보기 싫다구! 우리는 옆에 서 있어도 안 돼. 그걸 명심하라구. 지금 한 말은 내 진심이야."

이막순은 앵돌아진 표정으로 쏘아붙이고는 몸을 돌이켜 밭둑을 성큼 성큼 걸어갔다.

"기다릴게, 꼭 남아야 한다!"

김소목은 이막순의 뒤에다 대고 말했지만 그녀는 고갤 뒤로 돌려 시선 한 번 주지 않았었다.

김소목은 어둠 속에 서서 작게 그녀의 이름을 불러보았다.

"막순아, 막순아!"

그러나 어둠 속에서는 인기척조차 느낄 수 없었다. 그녀는 남지 않고 서원으로 일행을 따라 내려간 게 분명했다. 완전히 이막순을 박정대에 게 빼앗긴 게 아닌가 싶어 절망스러웠다. 공복감이 밀려오면서 맥이 탁 풀려 김소목은 땅에 무너지듯 주저앉았다. 아니야, 포기할 수 없어. 이 막순이가 박정대의 첩이 될 수는 없어. 김소목은 끄응, 하고 앓는 소리 를 내며 자리에서 벌떡 몸을 일으켜 세웠다. 그는 서원으로 가기 위해 밭둑을 터덜터덜 내려오기 시작했다.

이막순은 저녁을 먹고 취목원(炊木院)에서 설거지를 하였다. 종일 보리 밭에 흙 뿌리기 작업을 한 뒤끝인데도 이막순은 몸이 피로함을 느끼지 못했다.

"해시(밤 9시~11시)에 만석굴 입구에서 만나자. 늦지 말거라."

박 생원은 빙긋 웃으며 말했었다.

박 생원을 만나 밀회의 시간을 가진다고 생각하자 마냥 마음이 설레 기만 하였다. 영상 속에 박 생원의 얼굴이 삼삼하게 떠올랐다. 이막순 은 빠르게 손을 놀렸다. 서두르기 때문인지 유난히 그릇 부딪치는 소리가 높았다.

"막순아, 왜 그러니? 그릇 깨지겠다. 조심조심 다루어야지."

동료가 의아스런 표정으로 이막순을 응시하였다.

"빨리 끝내고 가서 쉬어야지. 저녁 내내 설거지만 할 거니? 나는 성질이 급해서 말이야."

이막순은 빨리 끝내고 가서 박 생원을 만나야 한다고 말하지 못했다. 아니 말할 수 없었다.

"너 혹시 박 생원을 만나기로 한 것 아니니?"

동료는 눈치가 매우 빨랐다.

"아니야. 빨리 설거지를 끝내고 들어가서 쉬려고 했던 거지."

이막순은 끝까지 사실을 시인하지 않았다.

"아니라고 하니까 다행이야. 너 몸조심해야 돼. 못 오를 나무는 쳐다보지도 말라고 그랬어. 그걸 명심하라구."

"알았어. 걱정 말라구."

이막순은 콧노래를 흥얼거리며 행주로 그릇에 묻은 물기를 훔쳤다.

"요즈음 너에 대한 소문이 뱀 대가리처럼 고개를 쳐들고 있다. 그게 사실이 아니기를 바란다. 헛소문이기를 빌어."

"그럼, 헛소문이지. 누가 나를 함정에 빠뜨리려고 꾸민 모략이라니까."

이막순은 눈을 깜짝깜짝하면서 태연하게 말했다.

"아니 땐 굴뚝에서 연기가 날까?"

동료는 집요한 데가 있었다. 나름대로 감을 잡고 있다는 듯이 물었다.

"나하고는 관계없는 것이라니까."

취목원에서 동료와 얼굴을 맞대고 오랫동안 이야기하다 보면 은연중에 꼬리가 잡힐지도 몰랐다. 불안했다. 자리를 피하는 게 상책이라는 생각이 들었다. 이막순은 인우간(화장실)에 간다면서 도망치듯 취목원을 나왔다.

인우간으로 간다던 이막순은 후목문 밖으로 나왔다. 박 생원이 만나자고 요구한 해시가 가까워져 오고 있었다. 달을 가렸던 구름은 걷히고 없었다. 달빛을 밟으며 이막순은 밤길을 걸었다. 만석굴까지는 멀지 않은 거리였다. 산외서원 후목문 뒤쪽에 상여바위가 있는데 그 바위 앞에 만석굴이 있었다. 서걱거리는 바람 소리에도 그녀는 움찔 놀라곤 하였다. 누가 보는 사람이 없을까? 그녀는 주위를 두리번거리며 사뿐사뿐 걸음을 옮겨 놓았다. 바스락. 뒤에서 인기척이 들렸다. 그녀는 우뚝 걸음을 세웠다. 누가 그녀의 뒤를 미행하는 것만 같았다. 청각을 곤두세우고 주위를 심하게 두리번거렸다. 인기척은 더 이상 들려오지 않았다. 내가 잘못 들은 것일까. 그녀는 자신의 귀를 의심해 보고는 다시 걸음을 옮겨놓기 시작했다.

그 시각 박정대는 만석굴 입구에 이미 도착해 있었다. 박정대는 초조하게 이막순을 기다리고 있었다. 공부에 전념해야 할 선비가 밤에 서원 밖으로 나와 남몰래 여자나 만나고 있다니. 여자를 호수에 비유한다면 그 깊숙한 곳에 자신이 빠져 있다고 박정대는 생각했다. 물에 빠진 그 환희. 선비로서의 박정대는 이미 죽었다고 생각했다. 평범한 남자로서의 박정대, 그게 자신의 참모습일 것이었다. 전락의 기쁨. 박정대는 호수야말로 신비한 골짜기의 귀신이라고 생각했다. 결코 죽지 않는 골짜기의 귀신. 골짜기의 귀신에 몰입되는 황홀한 기쁨, 박정대는 그걸 느꼈다.

박정대는 노자(老子)의 말을 떠올렸다.

"골짜기의 귀신은 죽는 일이 없으니, 이를 일러 검은 암컷이라고 한다. 검은 암컷의 문이야말로 하늘과 땅을 낳은 생명의 근원이라고 말한다. 태고 시절부터 있어왔건만 아무리 써도 지칠 줄을 모른다「곡신불사(谷神不死) 시위현빈(是謂玄牝) 현빈지문(玄牝之門) 시위천지지근(是謂天地之根). 면면약존(綿綿若存) 용지부동(用之不勤).」"[17]

"박 생원님 저 왔어요."

이막순의 가냘픈 음성이 들렸다. 박정대는 반가웠다. 그는 벌떡 일어나 가까이 다가온 이막순의 손목을 덥석 잡았다. 그들 곁에는 만석굴이 입을 쩍 벌리고 있었다. 그들은 만석굴 입구에 나란히 앉았다.

"우리 저 깊은 곳으로 들어갈까?"

박정대는 어둠이 빽빽하게 들어차 있는 만석굴 내부를 가리켰다.

"싫어요, 무서워요."

이막순은 어깨를 부르르 떨었다.

"그래 들어가지 말자구."

박정대는 이막순 곁에 바싹 붙어 앉아 그녀의 목뒤로 팔을 넘겨 어깨를 다소곳하게 감싸 안았다.

"많이 기다렸어요?"

"아니야, 오래 기다리지 않았어."

---

17) 박일봉 역, 「노자 도덕경」(서울: 육문사, 1986), p.27.

"다행이네요."

"누구 따라온 사람은 없었지?"

박정대는 김소목을 염두에 두고 물었다.

"글쎄요. 뒤에서 인기척이 들린 것 같아 두리번거려 보았지만 아무도 발견할 수 없었어요."

"김소목을 조심하라구. 그놈이 막순이를 괴롭힐지도 모르니까."

"알았어요. 김소목은 싫어요. 걔 이야기는 꺼내지도 마세요. 저에게는 박 생원님뿐이라니까요."

"고맙다, 막순아! 나는 너하고 영원히 함께 살거라구. 나만 믿으라니까. 선비와 양반은 포기하는 한이 있어도 너는 포기하지 않을 거야. 이건 내 진심이야."

"무슨 말씀을 그렇게 하세요. 박 생원님은 대과(大科)에 급제해서 벼슬을 하셔야 해요. 그런 말씀은 하지 말라고 했지 않아요."

"나를 생각해주어서 고맙다."

박정대는 이막순을 세차게 끌어안았다. 그는 조심스레 이막순을 뒤로 눕혔다.

박정대와 이막순의 동정을 살피기 위해 다복솔 뒤에 숨어 만석굴 입구를 노려보는 사내가 있었다. 사내는 고개를 좌우상하로 조금씩 움직이며 만석굴 입구의 풍경을 보다 선명히 포착하기 위해 노력했지만 그게 뜻대로 이루어지지 않았다. 상여 바위에서 뻗친 달그림자가 만석굴 입구를 덮쳐 시야를 가로막았던 것이다. 두 남녀를 삼킨 어둠만이 검은 장막처럼 만석굴 입구에 드리워 있었다. 사내는 답답했다. 사내는 다

복솔 뒤에서 기어 나와 조금씩 만석굴 입구 쪽으로 기어가기 시작했다. 그러다가 사내는 여자의 신음소리를 듣고 깜짝 놀라지 않을 수 없었다. 그는 반사적으로 자세를 낮추고 땅에 낮게 엎드리었다. 그래 막순이의 신음소리가 분명해. 신음소리를 내는 여자가 막순이라는 것을 직감하는 순간 사내는 몸이 막대기처럼 뻣뻣하게 굳어버린 것 같은 둔중함을 느꼈다. 사내는 통 몸을 움직일 수 없었다. 사내는 엎드려 한동안 박힌 돌처럼 꼼짝하지 않았다. 머릿속이 텅 비어버린 것만 같았다. 몽둥이로 뒤통수를 한 대 얻어맞은 것 같기도 했고 전류에 감전되어 잠깐 의식을 잃었던 것 같기도 했다. 시간이 가면서 사내는 몸이 조금씩 움직여지는 것을 느낄 수 있었다. 그런 중에도 사내는 앞으로 전진하여 막순이의 상대가 누구인지 남자의 정체를 밝혀야 한다고 생각했다. 사내는 앞으로 조금씩 이동해 갔다. 박정대, 맞아, 그놈일 거야! 그런 생각이 들면서 가슴 깊은 곳에서 강한 분노가 칼끝처럼 곤두섰다. 사랑하는 막순이를 빼앗겼다는 울분을 삼키며 사내는 만석굴 입구 가까이 다가갈 수 있었다. 사내는 청신경을 곤두세우고 만석굴 입구에 귀를 모았다. 신음소리와 헐떡이는 숨결이 가까이에서 들려왔다. 막순이를 구해야 한다, 구해야 한다. 그러나 생각대로 몸이 움직여지지 않았다. 그러쥔 손아귀 속에는 땀이 흥건히 배어 있었다.

"막순아, 너를 사랑한다! 너는 나의 천사다!"

귀에 많이 익은 음성이었다. 박정대의 목소리가 분명했다.

"저도 박 생원님을 사랑해요!"

감격스럽다는 듯 이막순의 음성은 떨리고 있었다.

박정대와 이막순이 서로 사랑한다고 말하자 사내는 숨이 칵 막혀왔다.

사내는 심호흡을 하면서 가슴을 탁탁 쳐주었다. 그러자 가슴이 조금 시원해진 것을 느낄 수 있었다. 그러나 그것도 잠시였다. 이막순을 유린하고 있는 박정대. 사내는 박정대가 미웠다. 당장 달려가서 이놈을 요절 내버려야 한다. 사내가 주먹을 쥔 채 분노하고 있을 때였다. 만석굴 입구 어둠 속에서 두 개의 기다란 어둠이 발딱 일어서는 것이 보였다. 사내는 순간적으로 몸을 작게 웅크리고 바싹 긴장하지 않을 수 없었다. 발각되면 곤란하다. 사내는 슬금슬금 뒤로 물러나기 시작했다.

"누구야!"

인기척을 느꼈던지 만석굴 입구 쪽에서 박정대의 외침소리가 들렸다. 달아나자. 붙잡히면 박정대에게 몰매를 맞을지도 모른다. 사내는 벌떡 일어나 몸을 돌이켰다. 냅다 동산을 뛰어 내려오기 시작했다. 박정대 이놈을, 이놈을 용서할 수 없다니까!

3

북소리가 산외서원 경내를 줴흔들었다. 묘시(오전 5 ~7시)만 되면 북소리는 서원 경내를 흔들다 새벽하늘 저편으로 산산이 부서져 날아갔다. 남파 유생들이 사우(祠宇)로 퇴계를 배알하러 갈 시각이었다. 북파 유생들은 몸을 뒤척거리며 일어날 생각을 하지 않았다. 장명수가 먼저 눈을 비비며 부스스 일어나 앉았다.

"시끄러워서 어디 잠을 자겠나."

장명수는 신경질적인 반응을 보였다.

"오늘은 유난히 소리가 더 크게 들리구만."

최상호도 일어나 앉아 눈을 비벼대었다. 조민성은 코를 골며 자고 있었다.

"남파 녀석들 대단하다니까. 퇴계를 정성으로 모시는 것 하나는 알아주어야 한다니까. 그런데 우리는 뭔가. 율곡을 사우에 제향시키지도 못하고 있으니. 후학으로서 수치라고. 부끄러운 일이라니까. 나라에서 문묘종사를 윤허해주었는데도 신주 배향을 못하고 있으니 한심한 노릇이라고. 가는 데까지 가보자구. 우리도 퇴계의 위패에 배알드리지 않으면 되니까. 저들이 율곡을 배척하는 것이나 우리가 퇴계를 멀리하는 것은 피장파장이라니까."

"그렇게 빳빳하게 나가는 것만 능사는 아니네. 우리가 먼저 버드나무 줄기처럼 나긋나긋한 태도를 취할 수도 있다니까."

최상호는 북파가 한 걸음 뒤로 물러나 양보할 수도 있다는 입장을 취했다.

"왜 아침부터 떠드나."

자고 있던 조민성이 인상을 찌푸리며 자리에 일어나 앉았다.

"잘 일어났구만. 우리 이야기 좀 해보자구. 북파와 남파가 언제까지 원수처럼 굴며 지내야 하나. 오래 지속되면 좋지 않다니까. 남파와 북파가 서로 싸우면 나라에서 부실 서원으로 판정하여 서원전을 환수해 버릴지도 모른다니까. 더 심한 경우에는 서원을 폐쇄시켜 버릴 수도 있구."

"그럼 최 진사는 무슨 묘책이라도 있다는 건가. 버드나무 운운하는데 그게 무슨 뜻인가?"

장명수는 최상호를 빤히 쳐다보았다.

"묘책이라고 할 수도 없지. 이렇게 했으면 하는 나의 생각이 있을 뿐이지."

"그게 뭔데?"

조민성이 턱을 치켜들고 물어왔다.

"우리가 먼저 매끄럽게 나가자는 것이지. 우리가 먼저 사우로 가서 퇴계의 위패에 배알드리자는 것이지. 우리가 공손하게 인사를 드리면 남파 유생들의 태도가 달라질 것이라니까. 사실 퇴계는 국조오현에 속하기 때문에 존경할 만한 인물이거든."

최상호는 장명수와 조민성을 겨끔내기로 쳐다보며 진지하게 말했다.

"퇴계의 인물됨에는 나도 동감이네. 그렇지만 남파 유생들의 태도는 우리와 크게 다르다니까. 율곡의 인물됨을 인정하지 않고 있다구. 율곡이 퇴계의 제자라면서 격을 낮추어 보고 있다니까. 아니 깔본다고 해야 옳을 거야. 그런 상황 속에서 우리가 퇴계에게 인사드리면 남파 유생들은 더욱 어깨에 힘을 주면서 우월성을 가질 것이라구. 남파 유생들의 생각을 우리가 인정해 주는 꼴이 된다니까. 그걸 우리가 알아야 하네. 우리가 이용만 당하고 그러다가 나중에는 일이 더 배배꼬일 수도 있다니까. 끝까지 강경하게 나가야 한다구. 우리로서는 꿀릴 게 하나도 없다구."

장명수는 침을 튀기며 말했다.

"최 진사의 이야기도 조금 일리가 있다고 생각하네. 그렇지만 나는 장 생원의 견해에 공감하네. 우리가 약하게 나가면 남파 유생들이 얕본다니까. 율곡의 사상이나 인품이 퇴계에 비해 뒤떨어진다면 혹 모르지. 내가 생각할 때는 율곡의 사상이나 인품이 퇴계에 비해 앞섰으면 앞섰지 뒤떨어진다고는 생각 안 하니까. 우리가 굽실거리며 고개 숙이고 들어갈 필요가 하나도 없다니까."

조민성은 붉게 상기된 얼굴로 열을 내어 말했다.

"조 진사나 장 생원 이야기에 나도 공감한다구. 이야기 내용에 이의가 있는 것은 아니네. 다만 율곡 신주 배향을 앞당겨 보자는 뜻에서 우리가 유화 자세로 나가자는 것이지."

최상호는 장명수나 조민성과 달리 가라앉은 목소리로 점잖게 말했다. 북파 유생들은 율곡 신주 배향이라는 목적 달성을 위해 묘안을 숙의해 보았지만 뾰족한 비책을 얻어내지 못했다.

남파 유생들은 사우에 있는 퇴계의 위패 앞에서 배알의 예를 행하고 있었다. 유건을 쓰고 도포(道袍)를 입은 다음 손을 씻은 정갈한 모습들이었다. 줄을 서서 기다리고 있다가 차례가 오면 위패 앞에 세 번 향을 올리고 두 번 절을 한다. 사당에는 엄숙한 분위기가 감돌았다. 누구도 입을 열지 않았다. 행동은 조심스러웠고 입은 굳게 닫은 상태여서 실내에는 적막감마저 느껴졌다. 향 연기만 그윽한 냄새를 풍기며 실내 공간을 너울거리고 다녔다.

오동구는 배알의 예가 끝나자 아침 독서를 하기 위해 서원문고로 향했다. 오동구뿐만 아니었다. 배알의 예를 마친 대부분의 남파 유생들은 서원문고로 향했다. 오동구는 앞을 보고 걷다가 누가 뒤에서 부르는 소리에 주춤 걸음을 세웠다. 고갤 돌려 뒤를 응시했다.

"오 진사 같이 가자구."

박정대였다.

"박 생원도 독서하려고? 머리에 잘 들어가지 않을 텐데."

"그게 무슨 뜻인가?"

"알면서 묻는가? 계집에 빠지면 다들 제정신이 아니더구만. 그래서 한 이야기네. 내 이야기가 틀렸는가?"

"틀렸지. 계집에 빠졌지만 나는 제정신이거든."

"좋을 대로 생각하소. 생각은 어디까지나 자유이니까. 지금도 이막순을 만난다면서."

"누가 그러던가?"

두 사람은 앞을 향해 걸음을 떼어놓기 시작했다.

"유생들에게서 들었네. 여러 사람이 이야기를 주고받는 데서 들은 거라 누가 말했는지는 잘 모르겠구만. 기억이 안 난다네. 어쨌든 이막순을 정리하게."

"또 그 소리인가. 나만 보면 그 소리이구만. 좋은 이야기도 한두 번이네. 듣기 싫네. 내가 알아서 할 테니까 간섭 말게."

박정대는 오동구를 향해 불쾌한 표정을 지었다.

"자네 개인만의 문제가 아니네. 우리 남파 유생들의 명예와 관계가 있고 나아가서는 퇴계와 연계된 문제라니까. 우리가 남파 소속이고 퇴계의 후학들이기 때문이네. 더욱이 북파 유생들이 앉았다 하면 자네의 처신을 성토하는 상황에서 그냥 모르는 척 넘어갈 수 있겠나."

"내가 서원을 나가면 되지 않겠나. 여러 소리 말게."

"말을 함부로 하지 말게. 자네를 쫓아낼 줄 몰라서 가만히 있는 줄 아는가. 한 사람의 인재를 여자 문제 때문에 매장시킬 수 없단 말이네. 자네가 여자를 정리하면 될 것을 그러는가. 자네가 그런 식으로 나가면 이막순을 서원에서 쫓아낼 수도 있네. 우리끼리 그런 이야기도 주고받았다니까."

"이막순은 건드리면 안 되네. 그러면 내가 용서 못 하네. 이막순에게 무슨 죄가 있는가. 이막순이 쫓겨나가면 나도 그날 즉시 서원을 나가고 말걸세. 이건 엄포가 아니네. 내 진심이라니까."

두 사람은 서원문고 안으로 들어섰다. 서원문고 안에는 북파 유생들이 앉아 있었다. 오동구나 박정대는 북파 유생들에게 아는 체도 하지 않았다.

"오 진사 나 좀 보자구. 할 이야기가 있다니까."

북파의 장명수가 오동구의 옆구리를 찔벅거렸다. 오동구는 반갑지 않앉지만 별 대꾸 없이 장명수의 뒤를 따랐다.

　장명수와 오동구는 정우로 들어가 마주 보고 앉았다. 아침 시간이라서 그런지 정우를 찾은 유생은 장명수와 오동구뿐이었다. 장명수는 갓을 벗어 방바닥 위에 놓았다. 그는 갓의 철대(갓의 둘레)를 만지작거리며 말했다.

　"오 진사를 보자고 불러내서 미안하네. 다름이 아니라 박 생원 문제 때문에 그러네."

　"대충 감이 오기는 하네. 그렇지만 자네 입으로 직접 말해보게."

　오동구는 유건을 벗어 무릎 위에 놓았다.

　"자네도 들어서 알고 있을 것이네. 선비가 계집종을 건드렸으니 얼마나 말들이 많은가. 어떤 대책을 세워야 할 것 같네."

　"글쎄, 대책이라니?"

　오동구는 장명수가 여유로운 모습인 것과 달리 심각한 표정을 지었다.

　"우리 선비들의 명예에 똥칠을 하고 있다는 것 잘 알 걸세. 풍기문란 죄에 해당된다니까. 박 생원과 이막순을 서원에서 추방해야 하네."

　"자네 말을 너무 함부로 하는구만. 박 생원에게 문제가 있다는 것은 시인하네. 그렇지만 너무 가혹하게 처벌해서야 되겠나. 자네 박정대가 우리 남파라고 해서 말을 함부로 하는 것 같구만. 선비는 앞으로 나라의 일꾼이 될 사람들이 아닌가. 여자 문제 때문에 구만리나 되는 앞길을 망쳐놓을 수는 없지 않은가. 나라를 위해서도 이롭지 않다는 말이네."

　"그럼 자네는 박 생원 문제를 모른 척하고 넘어가자는 이야기인가?"

　"그건 아니지. 경고를 주어 근신시키는 방법도 있고, 본인이 스스로 여자 문제를 해결하게 시간을 줄 수도 있다는 말이네. 글깨나 읽었다는 사람이라 금방 정리할 수 있단 말이네."

"자네는 너무 너그럽게 나오는구만. 사태가 그렇게 간단하지 않단 말이네. 사내종 김소목까지 이막순에게 연루된 모양이야. 그러니까 세 사람이 삼각관계라고 할 수도 있지. 이번 기회에 본때를 보여 주어야 한다니까. 김소목까지 서원에서 추방해야 한다구."

"너무 비정하게 느껴지네. 서원에서 추방한다고 해서 삼각관계가 해결되는 것도 아니잖은가. 근본적인 해결책은 아니란 말이네. 산장님이나 여러 유생들이 동의하면 어쩔 수 없지만. 내 개인적으로는 자네 의견에 반대하네."

"그럼 남파 유생들은 반대만 하는 사람들인가?"

"또 뭘 반대했다고 그러는가?"

"알면서 묻는구만. 율곡 신주 배향을 왜 반대하는가? 박정대를 추방시킬 수 없다면 율곡 신주 배향이라도 받아들여야 하네. 그렇지 않다면 내일 당장 박정대를 서원에서 추방해야 한다니까."

"알아듣겠구만. 박정대 사건을 빌미로 율곡 신주 배향을 관철시키자는 속셈이로군."

"그거야 자네 마음대로 해석하게. 박정대를 추방시킬 수 없다면 율곡 신주 배향이라도 받아들여야 하네. 그렇지 않다면 우리 북파 유생들도 가만히 있지 않을 테니까."

"이제 엄포까지 놓는구만. 자네가 말하는 두 가지는 서로 성질이 달라서 연계시키면 안 될 것 같네. 율곡 문묘종사가 숙종대왕에 의해 윤허되었다고 하지만 우리 서원에서는 퇴계를 줄곧 제향해오지 않았느냐구. 특별한 명분도 없이 율곡 신주 배향을 받아들일 수 없다는 것이 우리의 생각이네. 특히 율곡은 퇴계의 제자가 아닌가. 어떻게 스승과 제자를 나란히 모실 수 있는가. 스승의 그림자는 밟지도 말라고 했지 않느냐구."

"두 분이 사제지간이라고 해도 두 분이 다 존경할 만한 인물이라면 후학들이 두 분을 나란히 신주 배향할 수 있다고 생각하네."

"그건 자네들의 생각이지 우리의 견해는 다르다니까. 율곡이 퇴계의 제자이기 때문에 자네들은 함께 제향을 올려도 무방하다고 하겠지. 그러나 우리의 입장은 달라. 퇴계를 모시는 우리들에게 율곡은 큰 의미가 없다니까. 또한 율곡은 한때 산사에 들어가 불경에 빠졌던 분이기 때문에 엄격히 따져서 순수한 유학자라고 할 수도 없구."

"자네 율곡을 모독할 건가? 율곡이 금강산에 입산했던 것은 어쩔 수 없었던 당시의 일그러진 사회상 탓이었다구. 사화 때문에 많은 인재들이 죽어가는 것을 보고 과거를 포기했던 처지라 자연과 사색에 관심이 갔던 것이지. 그것도 19세에 입산했다 20세에 하산했기 때문에 극히 짧은 기간이었다고. 그것을 문제 삼는 것은 율곡 신주 배향을 반대하기 위한 트집에 불과하다니까. 정 그렇게 나간다면 어쩔 수 없지. 긴 이야기하고 싶지 않네. 난 가겠네."

장명수는 갓을 머리에 쓰더니 자리에서 일어나 몹시 찌푸린 표정으로 정우를 빠져나갔다. 문을 소리가 나게 거칠게 닫고 나가자 오동구로서는 심사가 편치 못했다. 장명수에게 당한 것만 같은 생각이 들어 매우 불쾌했다.

"별꼴을 다 보겠구만."

오동구는 유건을 벽에 때리며 신경질적인 반응을 보였다. 그는 서원문고로 가기 위해 몸을 일으켰다.

　장명수로부터 오동구의 반응에 대해 자세한 이야기를 듣고 난 북파 유생들은 하나같이 불만스러운 표정들이었다. 북파 유생들은 오동구의 반응을 남파 유생들 모두의 뜻으로 받아들였다. 북파 유생들은 율곡 신주 배향을 실현하기 위해 어떤 비책을 써야 할지 몰라 난감한 상태에 빠져 있었다. 박정대 사건을 빌미로 율곡 신주 배향이라는 목적을 실현해 보고자 하였지만 그것도 여의치 않다고 판단했다. 그들이 숙의하여 의견을 개진한 결과 이수강을 이용해 남파 유생들을 설득하자는 데 뜻을 같이하였다. 지난번처럼 이수강이 북파 유생들의 요구를 거절할지 모르지만 다시 한 번 협조를 요청해보기로 하였다.
　장명수가 이수강을 찾아가 직접 만나보았다. 이수강은 정화재(淨化齋)에서 독서를 하다 장명수를 맞았다.
　"자네가 웬일인가?"
　이수강은 장명수가 찾아온 게 의외라는 듯 놀라운 표정을 지었다.
　"나는 오면 안 되는가?"
　장명수는 농조로 빙긋 웃으며 말했다.
　"그럴 리가 있나. 어서 오라고. 오랜만에 나를 찾아와서 그러는 것이지."
　"긴히 할 이야기가 있어서 왔네."
　"그리 앉으라고. 편히 앉게나."
　이수강은 왕골로 만든 방석을 장명수 앞에 내밀었다. 두 사람은 키 낮은 탁자를 가운데 놓고 마주 앉았다. 탁자 위에는 이수광의 지봉유설

(芝峰類說)이 놓여 있었다.

"내가 찾아온 건 다름 아니라 자네에게 부탁할 것이 있어서 왔네."

"나한테 부탁할 것도 있단 말인가? 내가 들어줄 수 있는 내용인지는 몰라도 이야기나 해보게. 궁금하네."

"자네가 내 이야기를 수용할 것으로 믿네. 거북스러운 그런 내용은 아니네. 지난번처럼 거부하지 말기를 바라네."

"신주 배향 문제 때문에 그러는구만."

"바로 그거야. 자네 율곡에 대해 잘 알지?"

"율곡은 나라에서 문묘종사에 모셔진 것으로 알고 있네. 내가 알기로는 성현(聖賢)에 가까운 훌륭한 분이시지. 10만 양병설을 주장한 것만 보아도 미래를 내다보는 통찰력이 뛰어난 분이셨네."

"자네와는 뭐가 조금 통할 것 같구만. 그래서 하는 이야기이네. 협조해주게. 자네가 조금 도와주어야 되겠네. 오동구나 남파 유생들을 설득시켜 달라는 이야기이네. 남파 유생들이 반대하기 때문에 율곡 신주 배향이 되지 않고 있다니까. 또 거부할지 몰라 두려웠지만 용기를 내어 찾아온 것이네. 조금 도와주게."

"글쎄. 이해는 하겠네. 그러나 남파 유생들이 내 이야기를 들을까 싶지 않네. 시도는 해볼 수 있겠지. 두 번째 부탁인데 거절할 수는 없지 않은가."

"고맙네, 고마워."

장명수는 이수강의 손을 덥석 잡았다.

"너무 그러지 말게. 결과가 어떻게 나올지도 모르잖는가."

이수강은 조금 쑥스러운 듯한 표정을 지었다.

"결과는 기다려보아야 되겠지만 선뜻 협조해준다고 하니까 나로서는 얼마나 고마운지 모르네. 자네는 남파나 북파 어느 곳에도 속하지 않기 때문에 일을 잘해낼 수 있을 걸세."

"너무 기대하지 말게. 남파 유생들이 내 말을 듣고 소신을 굽힐 것 같지 않구만. 그러나 시도는 해볼 것이니까 그렇게 알고 있게."

"그럼 그렇게 알고 가겠네."

장명수는 헐렁하게 풀린 오른쪽 발목의 대님을 팽팽하게 당겨 야무지게 조이고는 몸을 일으켜 세웠다. 이수강은 문 앞까지 따라 나와 장명수를 배웅하여 주었다.

장명수로부터 부탁을 받고 나니 이수강은 독서에 정신이 집중되지 않았다. 가볍게 생각하려 해도 신경이 예민한 탓인지 독서가 뜻대로 잘 이루어지지 않았다. 그래서 이수강은 탁자 위에 있는 지봉유설을 덮어 버렸다. 남파 유생들을 모두 모아놓고 이야기를 해야 할지, 아니면 대표격인 한 사람과 진지하게 이야기를 해야 할 것인지도 고민이었다. 그리고 남파 유생들에게 무슨 이야기를 해야 할지 이야기 내용에 대해서도 생각하지 않을 수 없었다. 이야기를 나눌 대상에 대해서는 남파 유생들 모두보다는 대표격인 한 사람과 대화하는 것이 용이할 것 같은 생각이 들었다. 여러 사람이 들고 일어나 반대할 때 적당히 이해시킬 수 있는 대안이 없었던 것이다. 그래서 이수강은 대표격인 남파의 오동구 진사와 이야기를 나누어야겠다고 생각했다. 이야기할 내용은 화해라든가, 퇴·율의 친분 관계를 들어 신주 배향 문제로 접근할 생각이었다.

어느 날 이수강은 점심을 먹고 정화재 툇마루에 걸터앉아 잠시 휴식을 취하고 있었다. 발을 깐닥거리며 앉아 있던 이수강은 정화재 앞 돌팍에 앉아 있는 남파의 오동구를 발견하였다. 오동구는 파란 하늘을 응시하며 작은 소리로 무슨 말인가를 읊조리고 있었다. 방해가 될지 모르지만 조용히 만날 수 있는 기회라고 생각되었다. 그래서 이수강이 먼저 가까이 다가가 말을 걸었다.

"오 진사, 뭐 하는가. 꼭 무슨 도사 같구만."

"이 생원이구만. 도사라니, 놀리지 말게."

"뭘 그렇게 읊조리고 있었나?"

"시경에 나오는 시 한 편을 암송하고 있었네."

"내용이 뭔데?"

"사랑의 노래라고 할 수 있지. 제목은 '장중자(將中子)-임이여 부탁이니 '[18]이고."

"사랑의 노래라고 하니까 더욱 궁금해지는데 한 번 들려줄 수 있나?"

"자네도 어지간히 색을 밝히겠구만. 남자는 누구나 다 그렇지만. 원한다면 들려줄 수는 없어도 보여줄 수는 있지."

오동구는 주머니 속에서 종이를 하나 꺼내 이수강 앞에 펼쳐보였다.

임이여, 부탁이니

---

18) 이원섭 역, 『시경』(서울:민예사, 1986), pp.113-114.

우리 마을 넘나들지 마세요.
내가 심은 개키버들 꺾지 마세요.
개키버들이 아까움은 아니나
부모님 아실까 봐 두려웁군요.
그야 임이 그립지만요.

부모님 말씀도
두려운 걸요.

임이여, 부탁이니
우리 담장 뛰어넘지 마세요.
내가 심은 뽕나무 꺾지 마세요.
뽕나무가 아까움은 아니나
오빠들이 알까 봐 두려웁군요.
그야 임이 그립지만요.
오빠의 말씀도
두려운 걸요.

임이여, 부탁이니
우리 밭에 들어오지 마세요.
내가 심은 박달나무 꺾지 마세요.
박달나무가 아까움은 아니나
남들의 소문이 두려웁군요.

그야 임이 그립지만요.
남의 소문도
두려운 걸요.

장중자혜(將中子兮)

무유아리(無踰我里)

무절아수기(無折我樹杞)

기감애지(豈敢愛之)

외아부모(畏我父母)

중가회야(仲可懷也)

부모지언(父母之言)

역가외야(亦可畏也)

장중자혜(將中子兮)

무유아장(無踰我牆)

무절아수상(無折我樹桑)

기감애지(豈敢愛之)

외아제형(畏我諸兄)

중가회야(仲可懷也)

제형지언(諸兄之言)

역가외야(亦可畏也)

장중자혜(將仲子兮)

무유아원(無踰我園)

무절아수단(無折我樹檀)

기감애지(豈敢愛之)

외인지다언(畏人之多言)

중가회야(仲可懷也)

인지다언(人之多言)

역가외야(亦可畏也)

"남자를 유혹하는 노래 같구만. 속마음을 드러내지 않는 반어적 표현이 인상적인데."

"잘 보았어. 바로 그거라구. 나도 그렇게 생각하고 있다니까."

"시(詩) 이야기는 그 정도로 해두자구. 사실은 할 이야기가 있어."

"나도 짐작하고 있었네. 이야기해보게."

"우리 산외서원 유생들이 몇 명이나 되는가. 작은 집단이 아닌가. 서로 우애는 못할망정 반목하고 지내서야 쓰겠는가."

"대충 감이 오네. 북파 친구들이 자네를 보내던가?"

"그건 아닐세. 지켜보고 있다 답답해서 그러는 것이네. 서로 말도 잘 안 하고 지내니까 옆에서 보는 사람이 안타깝더라구. 내가 미루다가 오늘은 용기를 내었네. 모르는 척하고 있을 수가 없더라구."

"우리야 뭐 잘못한 것 있는가. 우리는 퇴계를 추앙하며 학습에 열의를 다하고 있네. 선배들이 내려준 전통을 잘 지켜가고 있단 말이네. 북파 친구들이 퇴계 위패에 배알도 드리지 않고 자신들의 주장만 내세우니 우리로서는 기분이 좋겠는가. 퇴계를 배척하는 북파 친구들을 어떻게 수용하라는 말인가."

"오 진사의 말에도 일리가 있네. 그러나 화해라는 것은 양보가 없이 이루어질 수 없다고 보네. 자신들의 생각이 옳을망정 상대의 주장과 부딪치면 어쩔 수 없이 양보해야지, 그렇지 않으면 불상사가 일어난단 말이네. 결국 둘 다 피해를 보게 된다니까."

"그러니까 우리보고 양보하라는 이야기이구만."

"그런 뜻도 있지."

"양보할 게 있어야지. 우리는 양보하고 말 것이 없다니까. 우리는 우리의 태도를 꾸준히 견지해왔을 뿐이네. 북파 친구들이 억지를 부리고 있는데 그걸 받아주라는 말인가?"

"아까 이야기 안 했는가. 북파 친구들이 율곡을 신주 배향하자고 그동안 없었던 것을 무리하게 요구해 와도 산외서원의 평화를 위해 남파 친구들이 관용을 베풀 수 있단 말이네. 율곡 문묘종사가 윤허되었기 때문에 북파 유생들은 자신들의 선현을 사우에 배향하고자 하겠지. 무리한 요구지만 있을 수 있는 일이라니까."

"그럼 서원을 하나 설립하여 분가해 가면 그곳에 율곡을 신주 배향할 수 있지 않겠는가. 우리가 안 된다고 하는 것을 집요하게 요구해오는 북파 유생들의 태도는 무엇인가."

"분가라는 말은 헤어지자는 말인데 좋은 방법은 아니잖은가. 그 방법은 최후의 극단을 염두에 두었을 때 생각해볼 수 있다구. 최선을 다해 남파와 북파가 공존할 수 있는 길을 찾아보아야 하지 않겠는가."

"충돌을 막을 수 있는 방법은 분가해 나가는 방법밖에 없을 것 같구만."

"왜 충돌하는가. 그러면 못 쓰네. 예와 덕과 인을 배우고 있는 유생들이 아닌가. 서로 양보하여 우애 있게 지내야 하네. 퇴계와 율곡은 사제지간으로 서신을 왕래하며 철학적 견해를 주고받았네. 두 분이 사제의 정을 나누었으니 그 얼마나 아름다운가. 아까 자네가 나에게 시를 한 수 보여주었는데 나도 자네에게 보여줄 것이 있네."

"무슨 내용인가?"

"궁금하겠지. 성질도 급하구만. 조금만 기다리게."

이수강은 저고리를 헤치고 앞가슴에서 곱게 접힌 별완지(한지)를 꺼내 펼쳐보였다. 별완지에는 글씨들이 까맣게 쓰여 있었다.

"시는 아닌 것 같은데."

오동구는 고개를 쑥 뽑아 별완지 위에 시선을 꽂았다.

"조금 있다가 보라구."

이수강은 별완지를 접었다.

"자네 나를 희롱하는가?"

"무슨 희롱을 한다고 그러는가. 잠시 할 이야기가 있어서 그러네. 별완지 위에는 퇴계와 율곡이 생전에 서로 주고받았던 서신 내용[19]이 기록되어 있네. 내가 정리해온 것이지."

"그런 말을 들으니까 더욱 궁금하구만."

"그래도 기다려야 하네. 내 이야기를 들은 다음 여유를 갖고 천천히

---

19) 이종호, 『율곡』(서울: 지식산업사, 1994), pp.64-65.

읽어보게. 첫 번째 서신은 도산과 강릉을 오고 간 것으로 퇴계가 58세, 율곡이 23세 때인 1558년 되던 해의 일이고, 두 번째 서신은 퇴계가 67세, 율곡이 32세 때인 1567년 되던 해의 일이네. 세 번째는 퇴계가 68세, 율곡이 33세였던 1568년의 일이며 마지막으로 서신이 교환된 것은 퇴계가 별세하던 1570년 즉 퇴계가 70세, 율곡이 35세 되던 해였네. 그럼 읽어보게나. 더 자세한 것은 읽고 나서 이야기하자구."

이수강은 오동구에게 별완지를 펼쳐보였다.

"답답하네. 이리 주게."

오동구는 이수강의 손에서 별완지를 낚아채었다. 그는 눈을 크게 뜨고 별완지를 펼쳤다.

율곡: 사서의 하나인 중용 수장(首章)에 보면 '안이후능려(安而後能慮) — 마음이 편안한 이후라야 능히 생각할 수 있음'이란 말이 나오는데 주자는 공자의 수제자인 안자(顏子)가 아니면 이를 할 수 없다고 한 바 있습니다. 이것의 의미는 무엇입니까?

퇴계: 이를 두 가지로 설명하여 풀이할 수 있네. 즉 '안이후능려'는 학문의 수준이 아직 높지 않은 사람도 할 수 있는 것이지만, 정말로 이를 완벽하게 실천할 수 있는 것은 안자처럼 아는 것이 정밀하고 덕이 높은 현인이라야 가능하네. 그리고 주자가 말한 것은 바로 이 후자를 가리켜 풀이한 것으로, 이를 잘못 생각하여 누구라도 자포자기해서는 안 되네.

율곡: 경이라는 것은 주일무적(主一無適)이라고 풀이하면서, 만약 여러 가지 사물이 한꺼번에 들이닥치면 어떻게 이에 응접하여 대처할 것이

냐고 물으신 바 있으십니다. '주일무적'이란 경의 요체가 되는 방법이고 만 가지 변화에 응대하여 수작하는 것은 경을 활용하는 방법입니다. 경을 활용하는 방법은 고요히 있을 때와 움직일 때의 두 가지 가운데 후자를 공부하는 것인데 이것은 바로 경의 용(用)입니다. 또 고요히 있을 때 주일무적하는 것은 경의 체(體)입니다. 그러나 이 둘은 따로 있는 것이 아닙니다. 동정(動靜) 즉 움직일 때와 고요히 있을 때 한결같이 다름이 없으며, 경의 체와 용은 서로 떠날 수 없습니다.

퇴계: 아무 일 없이 고요히 있을 때는 존양성성(存養惺惺-마음을 모아 깨어 있는 것)을 하고, 강습하며 사물을 응접함에는 마땅한 이치를 생각해야만 하네. 그리고 경의 공부는 동과 정을 통관(洞貫)해야 하네. 그래야 학습하는 데 거의 어긋남이 없을 것이네. 경이란 알기보다 행하기가 어렵고 일시적으로 행하는 것보다 오랫동안 지속하기가 더욱 어려운 것이네. 나도 사실은 말처럼 이것을 행하지 못하고 있네. 자네도 각별히 유념해서 실천에 힘써야 할 걸세.

율곡: 정자(程子)가 궁리의 방법에 대하여 말한 것을 빌려 그에 대하여 알고 싶다고 했으며, 사마광이 옳은 것은 배워야 한다「가자학지(可者學之)」, 라고 말한 것이 있는데, 세상의 이치란 본래 지선(至善)의 것으로 어찌 일찍 옳지 않은 것이 있겠습니까?

퇴계: 궁리는 복잡하여 한 가지로 말할 수 없네. 궁리는 대상이 되는 사물의 복잡성이나 나의 미진함으로 인해 충분히 그 목표를 달성할 수 없는 경우가 있네. 그럴 때는 이렇게 해보는 것이 좋지. 어느 한 사물에 대하여 궁리가 안 된다면 잠시 그것을 버려둔 채 다른 것을 궁리하는

것이 좋네. 이렇게 궁리를 거듭함으로써 자연히 심지(心地)가 점차 밝아지고 의리의 실제도 점차 눈앞에 드러날 때, 전에 궁리하다가 터득하지 못했던 것을 다시 상세히 연구하여 이미 알게 된 도리와 더불어 다시 경험하고 비추어보기도 하면, 터득하지 못했던 것도 부지불식간에 서로 발하는 바가 있어 알게 되네. 사물의 이치는 본질에서 지선이 아닌 것이 없지만, 선이 있으면 악이 있고, 시(是)가 있으면 비(非)가 있는 것이 필연이니, 격물궁리(格物窮理)하는 것도 시비와 선악을 밝혀 선택을 잘하고자 하는 데 까닭이 있네.

율곡: 오타(敖惰)에 대해 묻습니다. 대학(大學) 제8장을 주자가 해석하면서 '사람이 오만할 만한 때에 오만한 것은 인간의 상정(常情)으로서 의당한 바이고 사리의 당연한 것이다.'라고 말한 데에 대해 의문을 갖습니다. 주자는 이렇게 해석하면서 유비(孺悲)라는 사람이 공자를 만나고자 했을 때 병을 핑계로 거절한 뒤, 일부러 들도록 비파를 타며 노래함으로써 상대에 대하여 오만한 태도를 취한 사실(논어-양화편)을 예로 든 바 있습니다. 또한 맹자가 제나라를 떠나고자 할 때 이를 말리는 사람이 앉아서 말을 함에도 거만스레 누워 들은 척도 하지 않은 사실(맹자-공손추장구 하)이 있습니다. 여기서 드는 의문은 성인들의 이와 같은 오만, 말하자면 상대를 가볍게 보아 취하는 오만스런 태도가 과연 문제가 없겠느냐는 것입니다. 공맹의 그런 행위가 과연 오만한 마음에서 나온 것인지, 그럴 리가 없을 텐데 이를 어떻게 보아야 할 것인지, 성인의 언행은 범인들의 모범이 되고 있으니 그들의 언행을 확실히 이해할 필요가 있다고 생각합니다. 저로서는 의문을 갖지 않을 수 없습니다.

퇴계: 주자가 오만할 때를 당해서 오만한 경우 의당한 것이라고 말한 것은 감정에 따라 행동하기 쉬운 보통의 여러 사람을 두고 말한 것일 뿐, 공맹 같은 성인의 행위가 그런 기준에서 행해진다는 것은 아니네. 성인을 포함한 군자는 그 사람의 평범함에 맞추어 나의 예를 행하니 이는 바로 사리의 당연한 법칙이네. 그러므로 예를 든 공맹의 행위는 그들이 오타(敖惰)했다는 것이 아니라, 성인의 오타는 이렇다는 것을 말해 주는 것에 불과하네.

"나로서는 처음 보는 내용이어서 의미가 깊네. 두 분의 철학적 견해와 거취를 논의하는 내용이 들어 있는 것 같구만."

"잘 보았네. 첫 번째와 네 번째 것에는 학문적 견해가 있고 두 번째와 세 번째 것에는 자신들의 거취를 논의한 내용이 들어 있네. 특히 첫 번째 것에서는 20대 초반의 율곡이 주로 자기의 생각을 진술하며 퇴계의 가르침을 구하는 데 비해, 마지막 것에서는 30대 중반에 들어 학문적으로도 어느 정도 자기 체계를 세운 율곡이 퇴계의 학설을 비판하는 면모까지 보이고 있어 흥미롭네."

"스승의 학설을 비판하는 것에 대해 나는 불쾌감을 갖고 있네. 그것은 율곡의 인품 정도를 나타내주는 것으로 보고 있네."

"부정적으로만 보지 말게. 학문적으로는 얼마든지 비판할 수 있는 것 아닌가. 스승은 제자가 자신의 학설을 비판한다고 해서 불쾌하지만은 않을 걸세. 그만큼 제자가 컸다는 것에 대해 뿌듯한 희열을 느낄 수도 있을 걸세. 두 분의 관계가 상당한 단계에까지 이르러 있었던 것은 확실한 사실 같네. 두 분의 관계가 깊었던 만큼 후학들끼리 티격태격 싸운다면 도리가 아니라고 생각하네. 벽을 허물고 후학들끼리 힘을 합쳐 두 분을 함께 받들어 모셔야 된다고 생각하네."

"자네 말이 틀린 데는 없구만. 그렇지만 이제 골이 너무 깊어진 것 같네."

"그런 소리 말고 화합하게. 양보하게. 사우에 두 분의 위패를 함께 모셔도 된다니까."

"나는 싫네. 장명수, 최상호, 조민성을 보게. 그들은 퇴계를 우습게 보고 있단 말이네. 초하룻날이나 보름날 퇴계에게 배알 드리는 것을 집단으로 거부하고 있다니까."

"자네도 고집이 어지간하구만. 그래 그럼 잘해보소. 나는 손 들었네."

이수강은 찍, 침을 내뱉으며 돌팍 위에 오동구와 나란히 앉았던 몸을 일으켜세웠다.

"내가 자네에게 기분 나쁜 것은 없네. 기분이 나쁘다면 북파 친구들이지. 나에게 화를 낼 필요는 없지 않은가."

"듣기 싫네. 내가 어느 정도 이야기를 하면 수긍해야지 그럴 수 있는가. 난 가겠네."

이수강은 화가 난 표정으로 오동구를 노려본 다음 몸을 돌이켜 정화재 쪽으로 성큼성큼 걸음을 떼어놓았다. 그는 뒤도 돌아보지 않았다.

기호학파인 서인들이 율곡 · 우계의 문묘종사를 인조에게 건의하였다. 1625년 인조 3년 때의 일로 최초의 상소 사건이었다. 그 중심인물은 황해도 해주(海州)에 사는 진사 오점 등 40명이었다. 인조는 그들의 건의를 받고 이런 비답(批答)을 내렸다.

상소한 것을 잘 살펴보았다. 너희들의 취지를 충분히 알 수 있었다. 문묘종사는 가볍게 처리할 수 없는 국가의 중대사이다. 스승을 존경하는 너희들의 마음을 충분히 이해할 수 있었다. 종사 문제는 국가의 전례(典禮)가 있기 때문에 신중을 기해야 할 것으로 알고 있다. 너희들은 물러가 학업을 닦도록 하라. 다시는 이러한 상소가 없도록 해야 할 것이니라.[20]

건의는 여기서 끝나지 않았다. 지경연사(知經筵事) 정엽(鄭曄)이 인조를 찾아뵙고 아뢰었다. 인조는 어젯밤 통 잠을 자지 못했는지 눈동자가 벌겋게 충혈되어 있었다.

"아뢰옵기 황송하오나 많은 대신들이 원하는 바이고 사림의 유생들이 간절히 바라는 바여서 소신 말씀 올립니다."

정엽은 엎드려 아미를 숙인 채 연신 굽실거렸다.

"무엇 때문에 그러느냐?"

인조는 빙긋 웃으며 물었다. 인조로서는 대충 감을 잡을 수 있었으나 모르는 척 시치미를 떼었다.

"율곡은 퇴계의 뒤를 이은 우리나라 유학의 산 증인이라고 할 수 있을 만큼 그 족적이 뚜렷하옵니다. 그 성과가 너무 많아 이 자리에서 하나하나 밝힐 수 없을 정도입니다. 그 율곡이 가고 없는 지금 우리들로서

---

20) 허권수, 『조선 후기 남인과 서인의 학문적 대립』, pp.86-87에서 변용.

는 그의 사상과 얼을 이어받아 나라의 기틀을 견실하게 해야 할 필요가 있습니다. 그는 우리의 정신적 기둥이 되기에 충분합니다. 전하께서도 이미 들으신 바 있을 것입니다. 하루빨리 율곡과 우계의 문묘종사를 윤허하여 주시기 바랍니다. 그것만이 휘청거리는 민심을 바로잡을 수 있습니다. 방방곡곡에서 수많은 유생들이 율곡과 우계의 문묘종사를 소원하고 있습니다. 율곡, 우계의 문묘 종사가 지연되면 전국의 유생들이 반발하며 일어날지도 모릅니다. 후환을 없앤다는 뜻에서도 하루빨리 율곡, 우계의 문묘종사를 윤허해주시기 바라옵니다."

"내가 왜 지경연사의 뜻을 모르겠느냐. 나는 대신들이 모였다 하면 율곡, 우계의 문묘종사에 대해 이러쿵저러쿵 떠들어댄다는 것을 잘 알고 있다. 그만큼 율곡, 우계의 문묘종사 문제는 중차대한 사안이어서 신중을 기하고 있을 뿐이다. 더 시간을 갖고 생각해보아야 할 필요가 있으므로 지경연사 앞에서 윤허해줄 수 없는 것이다. 지경연사는 그렇게 알고 물러가 있거라. 필요하다고 판단되면 윤허해줄 것이니라."

"소신 정엽은 전하만 믿고 물러갑니다. 부디 소신의 뜻을 통촉하여주시옵소서."

지경연사 정엽은 엎드려 절을 올리고는 조심스레 일어났다. 그는 허리를 꺾은 자세로 연신 굽실거리며 뒷걸음질 쳤다.

성균관 안에서도 율곡·우계의 문묘종사 문제는 중요한 논점으로 떠올라 있었다. 율곡·우계의 문묘종사를 요구하는 상소를 올려야 한다, 말아야 한다, 로 나뉘어 의견이 상호 충돌하곤 하였다. 유생들 대부분은 율곡·우계의 문묘종사를 요구하고 있었으나 영남 출신 유생들은 거기에 반대하는 입장을 취하고 있었다.

"율곡과 우계를 문묘에 종사하려는 것은 간특한 계략에서 나온 것입니다. 서인들이 자신들의 스승인 율곡과 우계를 문묘에 종사시켜 막대한 세력을 키우고자 하는 속셈에서 나온 것입니다. 많은 인물 중에 왜 하필이면 율곡, 우계입니까. 율곡의 학문적 정통성과 정치적 식견의 우수함을 인조에게 부각시켜 그들의 권력기반을 확고히 하고자 함으로 우리는 율곡, 우계의 문묘종사를 반대하는 것입니다."

영남 출신 유생들은 결사적이었다.

율곡 · 우계를 문묘에 종사시키려 하는 서인계 유생들의 노력은 영남 유생들이라고 하는 벽에 부딪혀 표류하지 않을 수 없었다.

1628년(인조 6년) 5월에 좌찬성(左贊成) 이귀(李貴)는 인조에게 차자(箚子)를 올렸다. 그는 율곡과 우계를 백세(百世)의 유종(儒宗)이라고 치켜세웠다.

선대왕들께서 나라를 발전시켜 억만년 끝없이 이어갈 행복의 터전으로 만들었습니다. 이는 유학(儒學)과 도(道)를 중요하게 여겼기 때문으로 알고 있습니다. 유도(儒道)와 인심(人心)이 기묘사화(己卯士禍) 이후 땅에 떨어졌습니다. 그런 가운데에서도 이황(李滉)은 스스로 학문 연구에 몰두하였습니다. 그리하여 변모를 꾀할 수 있었습니다. 그러한 이황을 깊이 알고 독실하게 좋아했던 사람은 이이와 성혼뿐이었습니다. 이황이 세상을 떠난 뒤부터 두 사람의 덕은 더욱 높아져 백 세의 유종이 되었습니다. 많은 사람들이 그들을 따르며 마음속으로 앙모(仰慕)하였습니다. 삿갓을 쓴 많은 유생들이 그들의 문하(門下)에서 노닐었습니다. 지금 사대부(士大夫)들이 갖고 있는 윤기(倫紀)나 예법(禮法)은 모두 이황, 이이, 성혼에게서 비롯된 것입니다. 불행하게도 두 사람이 시론(時論)에 거슬려 터

무니없는 말을 덮어쓰게 되었습니다. 동서분당(東西分黨) 이후 무리들이 두 사람을 서로 헐뜯었습니다. 사림(士林)이 불안에 떨었습니다. 결국 서로 공격을 일삼으니 기상이 처참하였습니다.[21]

이귀는 남인들의 부당함을 지적했다. 남인들이 선조조(宣祖朝) 동인들의 주장을 그대로 이어받아 두 분의 날조된 결함을 공격하는 것은 옳지 못하다고 하였다. 그것이 사림을 위축되게 한다고 지적했다. 사림의 기상을 높이고 사대부들에게 윤기(倫紀)나 예법(禮法)을 주입하기 위해서도 두 분의 문묘종사는 필요하다고 이귀는 강조했다. 이귀는 반정(反正)의 원훈(元勳)으로서 율곡과 우계의 양문에 출입한 사람이었다. 그는 두 스승의 문묘종사를 위해 적극 노력했다. 병조판서로 있으면서 계미풍우록(癸未風雨錄)이란 책을 편집하기도 하였다. 그리고는 그 책을 인조에게 바쳤다. 계미년(癸未年-1583)에 율곡과 우계가 동인들로부터 억울하게 공격을 받은 일이 있었는데 이귀는 이 점을 글에서 따져 밝히기도 하였다.

김소목은 잠을 제대로 이루지 못했다. 벌써 며칠째였다. 초롱초롱한 의식을 부둥켜안고 뒹굴다 새벽을 맞이하기도 하였다. 새벽에 잠깐씩 눈을 붙이는 것이 고작이었다. 기상을 알리는 북소리가 들리면 김소목은 무거운 몸을 이끌고 밖으로 나와야 했다. 마당 쓸기, 장작 패기, 취목

---

21) 앞의 책, pp.87-88에서 변용.

원에 식수 나르기 등 아침에 할 일들이 적지 않았다. 김소목에게는 밤이 긴 터널처럼 답답하고 지루하게만 느껴졌다. 그는 어둠을 헤집고 부스스 일어나 앉았다. 목 뒤가 뻐근하게 느껴져 손끝으로 지그시 눌러주었다. 시간이 얼마나 되었을까. 축시(밤 1~새벽 3시)쯤이나 되었을 것이라고 생각했다. 한참을 눌러주자 머리가 개운해져 왔다. 그러나 그것도 잠시였다. 김소목은 목을 앞뒤, 좌우로 움직여주었다. 옆에 누워 있는 친구들은 코를 골며 깊은 잠에 빠져 있었다. 김소목은 친구들이 부러웠다. 나도 잠을 자야 할 텐데. 그래야 내일 몸이 가벼울 텐데. 그는 자리에 누워 눈을 감고 잠을 청했다. 그러나 그게 뜻대로 이루어지지 않았다. 눈을 감고 있으면 영상 속에 이막순과 박정대의 얼굴이 오롯이 떠오르는 것이었다. 지금쯤 이막순이 박정대와 함께 잠을 자고 있지는 않은지. 그는 박정대가 싫었다. 이막순을 빼앗아가려고 하는 박정대. 그 늑대와 같은 박정대에게 막순이를 빼앗기지 않기 위해 어떻게 해야 할지. 어떤 방법을 써서라도 이막순을 지켜야 한다고 생각했다. 이막순 그녀가 없이는 살 수 없을 것 같았다. 그녀를 생각할 때마다 호숫가에서 한 마리 학이 하얀 날개를 퍼덕이며 날아올랐다. 막순아, 너는 옛날로 돌아와야 한다. 그렇지 않으면 너는 반드시 후회할 거다. 박정대는 네 짝이 될 수 없다니까. 나는 결코 너를 포기할 수 없어. 김소목은 어떻게 해야 이막순의 마음을 사로잡을 수 있을지 번민 속에서 헤어 나오지 못했다. 그는 뒤척거리다 어느 순간 몽롱한 기분 속으로 빠져들었다. 지그시 눈을 감았다.

낯선 사내가 이막순의 손목을 덥석 잡았다. 사내가 이막순을 풀밭으로 끌고 가 잔디 위에 눕혔다. 이막순은 저항하지 않았다. 약간 긴장된 얼굴 표정, 그게 전부였다. 공포의 그림자는 찾아볼 수 없었다. 사내는 이막순의 배 위에 올라타 슬금슬금 옷을 벗기기 시작했다. 그래도 이막순은 저항하지 않았다. 저러면 안 되는데. 김소목은 순간 이막순을 구해야 한다고 생각했다. 막순아, 너 뭐 하니, 빨리 일어나야지. 이 바보 같은 것! 무력하기만 한 이막순과 폭력을 쓰는 사내가 미웠다. 막순아, 너는 일어나야, 돼. 김소목은 소리 내어 외쳤지만 말소리는 입속에서 뱅그르르 잡아돌 뿐이었다. 사내는 이막순의 마지막 남은 옷을 벗기려 하였다. 안 돼, 안 돼! 저놈을! 김소목은 소리치다 눈을 떴다. 이마가 흥건히 땀으로 젖어 있었다. 이막순을 유린하던 사내는 박정대가 분명했다. 이막순, 그녀를 지키기 위해서는 박정대 그놈을 혼내주어야 한다고 생각했다. 자신의 사랑을 빼앗아간 박정대. 자신을 비참하게 만든 박정대. 자신을 고통스럽게 만든 박정대. 박정대 그놈을 잘근잘근 씹어도 분이 풀릴 것 같지 않았다. 김소목은 주먹을 불끈 쥐고 부르르 떨었다.

이막순은 김소목이 만나자고 한 대나무 숲으로 가지 않고 박정대가 만나자고 한 앵두나무밭으로 향했다. 걸음을 옮길 때마다 발밑에서는 달빛이 안개처럼 일렁이었다. 누가 지켜보지는 않을까 두려웠다. 이막순은 고갤 돌려 힐끗힐끗 뒤를 응시하곤 하였다. 찰랑거리며 흐르는 개울물 소리가 지척에서 들렸다. 이제 다 왔구나. 그녀는 길게 안도의 한숨을 내쉬었다.

이막순은 앵두나무밭에 도착해 청신경을 곤두세우고 조심스레 걸음을 옮겼다. 풀벌레 울음소리가 밤의 고요를 흔들어대고 있었다. 인기척은 들려오지 않았다.

"막순이냐? 나야, 나!"

앵두나무밭 가운데쯤으로 들어가자 박정대의 말소리가 들렸다.

"박 생원님이군요!"

이막순은 반가웠다. 그녀는 빙긋 웃었다.

두 사람은 만나자마자 포옹부터 하였다. 서로의 볼에 가벼운 키스를 했다. 그러고는 자리에 나란히 앉았다. 하늘에는 보름달이 둥실 떠 있었다.

"달이 참 예쁘네요. 복스럽게 생겼다니까요."

이막순은 그윽한 시선으로 달을 응시하였다.

"달이 막순이를 닮았다니까. 둥글둥글한 게 영락없다니까."

"농담도 잘하시네요."

"진짜라니까. 본 대로 느낀 대로 이야기하고 있는 거라구."

"그런데 박 생원님, 큰일 났어요."

"큰일 나다니."

"서원 내에서 우리들 때문에 말이 많은 모양이어요. 모였다 하면 우리들 문제를 가지고 수군수군 속삭인다니까요. 우리를 추방시킨다는 이야기를 들었다니까요."

"그게 두렵나. 추방시키면 우리 둘이 나가서 살자구."

"박 생원님은 계속 공부하셔야 되잖아요. 꼭 대과 시험에 급제해야 된다니까요. 서원에서 나가다니요."

"대과고 벼슬이고 포기하면 되는 거지."

"그런 말씀 마세요. 저 때문에 박 생원님의 앞길이 막히면 안 된다니까요."

"나에게는 대과보다 막순이가 필요하다니까."

"계집 때문에 앞길이 막혀서야 되겠어요. 장차 이 나라의 인물이 되실 생각을 하셔야지요."

"그럼 우리 이렇게 하자구. 장명수, 최상호, 조민성 등 북파 친구들이 우리들을 미끼로 이용해 율곡 신주 배향을 실현시키려 하고 있다니까. 비겁한 놈들이야. 우리 잠시 만나는 것을 자제해야 되겠어. 말들이 잠잠해지면 그때 만나자구. 어때?"

"좋아요. 그러자구요. 그렇다고 저를 잊으면 안 돼요."

"물론이지. 내가 막순이를 잊을 리가 있나."

두 사람은 손을 잡고 나란히 누웠다. 풀벌레 울음소리는 아까보다 많이 낮아져 있었다. 두 사람은 서로 몸을 탐내기 시작했다.

"그럼 오늘 수업을 시작해보자구. 오늘은 본체우주론에 대해 서로 허심탄회하게 이야기를 나누어보자구."

교려재에 모인 유생들 앞에서 동주 정재용이 책장에 눈을 바싹 갖다 대며 말했다.

"먼저 주자가 본 본체우주론을 살펴보자구. 주자는 태극(太極)의 본질을 우주 만물의 근본 원리로 보고 있다. 그리고 우주 만물의 본체는 본연지리(本然之理)라고 했다. 그러니까 태극은 이(理)요, 음양은 기(氣)인 것이다. 태극이 있는 뒤에 음양(陰陽)이 생(生)하는 것이 아니라 동시에 함께 존재하는 것이다. 理는 본체론의 존재가 되고 氣는 우주론의 화생(化生)이 된다. 理와 氣는 불합불리(不合不離)의 존재로 둘이면서 하나이고 하나이면서 둘이다. 여기에서 우주 만물의 본체가 理라고 한 주자(朱子)의 견해는 퇴계와 율곡의 견해와 일치하지만 태극과 음양이 동시에 존재한다는 것은 퇴계와 다르다. 태극이 존재한 후 여기에서 음양이 생한다고 퇴계는 보고 있는 것이다. 그러나 태극과 음양이 동시에 존재한다는 것과 理와 氣가 불합불리(不合不離)하다고 보는 것은 율곡의 견해와 일치한다."

동주 정재용은 입에 침이 마르는지 연신 혀로 입술을 핥았다.

"동주님, 퇴계의 견해가 한층 독창적이고 새롭다고 보는데요. 율곡이 주자의 견해를 그대로 답습한 것과는 차원이 다르다고 봅니다."

남파의 오동구 진사가 낭랑한 목소리로 퇴계를 두둔하고 나왔다.

"그렇게 볼 수도 있지. 그럼 그 근거를 제시해보게."

"태극과 理는 본체론적 존재이며 음양과 氣는 우주론적 존재로 태극과 음양이 동시 존재한다. 음양 즉 氣가 화생하여 만물이 존재한다. 이것은 주자와 율곡의 견해입니다. 율곡이 주자의 견해를 따르고 있는 점과 달리 퇴계는 독창적으로 태극과 理가 본체론적 존재이며 천지 만물을 화생하니 기화(氣化)가 만개한다고 보았습니다. 이것은 퇴계의 천도(天道)입니다. 사람은 천지의 理를 얻어 性으로 삼고 천지의 氣를 얻어 形으로 삼으며 心은 理氣를 겸하고 성정(性情)을 포괄한다고 했습니다. 이것은 퇴계의 인도(人道)입니다."

남파의 오동구 진사는 말을 하면서 힐끗힐끗 북파 유생들을 응시했다.

"퇴계는 독창적인 데 비해 율곡은 주자의 학설을 그대로 답습한 것이라고 비하한 것은 듣기에 거북합니다. 퇴계 성리학의 뒤에는 주자가 있음을 만인이 다 알고 있는 사실입니다. 앞에서 밝힌 천도(天道)와 인도(人道)는 주자의 견해를 그대로 가져온 것입니다. 무엇이 독창적이라는 것입니까? 퇴계와 율곡 성리학(性理學)의 기초는 주자에 있음을 만인이 다 알고 있는 사항이므로 누가 더 독창적이라고 말하고 싶지는 않습니다. 다만 퇴계에 비해 율곡의 견해를 지지하는 후학들이 많으며 율곡은 본체우주론적으로 이론을 전개한다는 점, 그 점이 퇴계에 비해 돋보이는 특징이라고 할 수 있습니다."

북파의 최상호 진사가 볼멘소리로 언성을 높였다.

"서로 견해를 밝히는 것은 좋지만 민감하게 대처하여 듣고 있는 상대방이 거부감을 느끼면 안 되지. 목소리를 낮추어서 조용조용 이야기하자구."

동주 정재용이 남·북파 유생들에게 점잖게 경고했다.

"본체우주론적으로 이론을 전개한 율곡이 퇴계에 비해 돋보인다는 것은 어불성설입니다. 본체론적으로 이론을 전개한 퇴계가 훨씬 돋보인다고 하겠습니다. 왜냐하면 퇴계는 인간을 중심으로 理氣를 해명하여 그 해명을 가지고 자연현상을 추리해나가는 입장인데 비해 율곡은 자연을 중심으로 理氣를 설명함으로써 그 이치를 가지고 인간을 규명하고자 하였습니다. 자연현상의 원리보다 인간의 가치론이 훨씬 우위에 있는 것이지요. 인간이 먼저지 자연이 먼저라고 할 수 없습니다. 자연현상에 인간론을 갖다 붙이는 것은 인간이 자연에 귀속된 일부로서 인간에 대한 소극적 태도에서 비롯된 것이라고 할 수 있습니다. 인간의 가치론을 우위에 두고 자연현상을 바라보고 규명하는 것은 바람직한 미래지향적 학자의 태도라고 칭찬할 만합니다. 퇴계가 율곡보다 한 수 멀리 내다보고 있다고 보아야 합니다."

남파 박정대 생원이 유창하게 의견을 피력했다.

"말도 안 되는 이야기를 전개하는 그것이 어불성설입니다. 율곡은 자연과 인간 중에서 자연이 우위에 있다고 한 적이 없습니다. 理가 氣보다 우위에 있다, 理는 귀하고 氣는 천하다고 퇴계가 주장했지만 율곡은 理와 氣는 귀천(貴賤)을 따질 수 없다고 했습니다. 자연현상이나 인간 자체나 다 중요한 것이라고 본 것이지요. 말도 안 되는 억지 주장을 펼치는 것은 정도가 아니라고 봅니다."

북파 장명수 생원이 얼굴을 붉혔다.

"이러다가 언쟁이 나면 불상사가 발생할 수도 있으니까 조금씩 자제하지. 잠깐 쉬었다가 하자구."

동주 정재용이 자리에서 일어나 주의를 환기시키더니 휘적휘적 밖으로 나갔다.

주역 시간이었다. 교려재(矯勵齋)에 모인 유생들은 동주의 말에 귀를 기울이고 있었다. 여느 때보다 자리는 헐렁하게 비어 있었다. 북파 유생들이 한 사람도 눈에 띄지 않았다.

"역(易)이 동양의 사상계에 미친 영향은 실로 지대하다. 특히 유학에 많은 영향을 주었는데 유교는 역(易)의 우주론적 형이상학을 도입함으로써 노장 및 불교와 함께 동양 사상의 지주가 될 수 있다. 주역은 크게 세 가지로 나누어 볼 수 있다. 점서(占筮)의 원전(原典), 처세훈, 천인지도(天人之道)가 바로 그것이다. 주역은……."

동주 임주성은 수업을 하다 멈추고 잠시 침묵으로 일관했다. 그러다가 그는 무겁게 입을 열었다.

"북파 유생들은 수업에 끝내 출석하지 않을 모양이구만."

몹시 불만스러운 얼굴 표정이었다.

"······."

남파 유생들은 대꾸가 없었다.

"늦어도 너무 늦는다구. 약속이나 한 듯이 북파 유생들이 하나도 나타나지 않는 게 이상하다니까. 오 진사는 무슨 이야기 못 들었나?"

동주 임주성은 오동구를 빤히 쳐다보았다. 오동구는 알고 있을 거라는 표정으로. 그러나 오동구는 동료 유생들의 반응을 살필 뿐 대답이 없었다. 오동구는 주위를 몹시 의식하고 있는 듯이 보였다. 동료 유생들이 눈을 깜빡깜빡하여 신호를 보내자 그때야 오동구는 입을 열었다.

"오늘 북파 유생들이 수업에 불참한 것은 의도적인 행동으로 알고 있습니다. 율곡 신주 배향을 허락해주지 않기 때문에 수업에 불참한 것으로 알고 있습니다."

"그럼 동맹하여 수업을 거부했다는 뜻이구만."

"그렇습니다."

"보통 일이 아닌데. 어떤 대책을 세워야지. 무례한 유생들이라니까. 사전에 연락도 없었다구. 혹시나 하고 나는 기다렸는데 그럴 수 있냐구. 이 임주성을 우습게 본 처사라구. 자, 오늘은 공부를 그만하지."

동주 임주성은 소리가 나게 책을 덮었다. 그는 책을 들고 벌떡 일어나더니 몹시 화가 난 표정으로 당차게 팔을 휘두르며 교려재 밖으로 나가버렸다. 동주 임주성이 나가버리자 교려재에 남은 남파 유생들이 웅성웅성 떠들어대었다.

"이제 단체 행동으로 도전해보겠다는 뜻인데 마음대로 안 될걸."

"웃기는 녀석들이라구. 율곡이 그렇게 안 가르쳤을 텐데 그런다니까. 율곡의 명예를 더럽히는 처사라구. 속 좁은 놈들."

"상대방이 인정해주지 않는 것을 힘으로 쟁취하려고 하면 되나. 성인 군자도 대중이 인정해주어야지 혼자 스스로 성현이 될 수는 없는 것이라구."

"철부지 녀석들이야. 너무 신경 쓸 것 없어. 우리는 우리 식대로 나가면 된다니까."

"그런 식으로 나가면 반발 심리만 생기는 것이라구. 갈수록 우리와의 사이에 간격만 생긴다니까."

유생들이 웅성웅성 떠들고 있을 때 교려재 안으로 산장 이필선이 문을 열고 들어섰다. 그러자 유생들은 일제히 입을 닫고 산장 이필선을 응시하였다. 금세 교려재 안에는 무거운 침묵이 흘렀다. 착 가라앉은 분위기였다. 산장 이필선은 교려재 안으로 들어와서도 자리에 앉지 않았다. 막대기처럼 빳빳하게 서서 이 빠진 자리처럼 생긴 북파 유생들의 빈자리를 노려보았다.

"조선의 미래가 어둡다니까. 젊은 유생들이 그래서야 쓰나. 밤낮으로 학문에 몰두해도 시간이 모자라거늘."

울화가 치밀어오르는 듯 산장 이필선의 음성은 떨렸다. 덥수룩한 흰 수염도 파들파들 떨렸다.

"율곡 신주 배향을 허락해주지 않는다고 동맹으로 수업 거부를 했다고 들었는데 그게 사실인가?"

이필선 산장은 남파 유생들을 하나하나 일별하며 물었다.

"사실입니다."

오동구가 일어나 답했다.

"나라에서 서원전과 노비까지 주면서 공부에 전념하게 해주니까 동맹하여 수업 거부를 하다니. 배은망덕해도 분수가 있지 그럴 수 있느냐구. 너무 하는 것 아닌가. 우리 산외서원이 이렇게 문란해서야 쓰나. 하라는 공부는 안 하고 선비가 계집종과 놀아나지를 않나."

계집종 이야기가 나오자 박정대의 얼굴 표정이 갑자기 굳어졌다.

"맹자께서 말씀하셨네. 사람이란 부끄러워하는 마음이 없어서는 안 된다. 부끄러워할 것 없음을 부끄러이 여긴다면 부끄러움이 없게 될 것이다, 라고「맹자왈(孟子曰), 인불가이무치(人不可以無恥), 무치지치(無恥之恥), 무치의(無恥矣).」[22] 부끄러워할 줄도 모르는 선비들이 우리 서원에 있으니 큰일일세. 여기 남은 유생들은 절대로 그런 못된 짓을 배워서는 안 되네. 내 말을 명심하라구."

산장 이필선은 안타깝다는 듯 끌끌 혀를 차면서 몸을 돌이켜 교려재 밖으로 나갔다. 그러자 착 가라앉은 분위기는 금세 돌변하였다. 남파 유생들은 북파 유생들의 동맹 수업 거부에 대한 부당성을 날카롭게 성토하였다. 교려재 안은 웅성웅성 떠드는 소리들로 가득했다.

북파 유생들은 오동재에 모여 동맹 수업 거부에 대한 의견을 나누었다. 그 자리에는 동주 정재용(북파)도 앉아 있었다. 장명수, 최상호, 조민성 등 북파 유생들은 동주 정재용의 말을 다소곳한 자세로 경청하였다.

"나는 자네들의 뜻을 충분히 이해하네. 나도 자네들과 같은 율곡학파

---

22) 박일봉 역, 「맹자」, p.340.

116

에 속해 있다니까. 누구보다 율곡 신주 배향을 소원하고 있는 사람이 나네. 그렇지만 나는 자네들이 취한 수업 거부 사건을 이해할 수 없네. 율곡 신주 배향을 요구하는 것은 옳지만, 그 방법에 문제가 있어."

동주 정재용은 연신 흰 수염을 쓸어내리며 점잖게 말했다.

"유생들이 수업을 거부하면 서원에서 나가야 한다니까. 그걸 알기나 하는가. 유생들이 학문에 전념해야 하는 것은 기본 중의 기본이란 말이네. 수업 거부 말고 다른 방법이 있을 걸세. 남파 유생들을 설득해야지. 인내심을 가지고 끈질기게 기다려야 한다구. 율곡이 문묘에 종사되기까지 얼마나 많은 시간이 걸렸는가. 그걸 알아야 한다니까."

동주 정재용은 목이 타는지 마른 침을 삼켰다.

"동주님도 저희들의 노력에 협조를 해주셔야 합니다. 강력하게 투쟁해야지 그렇지 않으면 소기의 목적을 성취할 수 없다니까요."

장명수가 눈꼬리를 치켜 올리며 큰 소리로 말했다.

"그건 당연하지. 나도 동주 임주성(남파)과 산장님께 수차례 말씀드려 율곡 신주 배향의 온당성을 강조했네. 앞으로도 마찬가지일 걸세. 노력을 해보다 안 되면 몰라도 벌써부터 극단적인 방법을 취하는 것은 옳은 태도가 아니네. 그걸 명심하게."

"한 가지 궁금한 게 있습니다."

조민성이었다.

"뭔데 그러는가?"

"동주님은 산장님이나 남파 유생들로부터 우리를 설득해달라는 요구를 받은 적이 있습니까?"

조민성이 동주 정재용에게 날카로운 시선을 꽂았다.

"자네는 나를 의심하는가? 나를 남파의 첩자쯤으로 의심하느냐구. 자네의 시선이 조금 불쾌하네. 이 동주 정재용을 뭘로 보는가. 어디 말 좀 해보게."

동주 정재용의 표정이 일그러져 있었다.

"그건 아닙니다. 그냥 물어보았을 뿐입니다. 그렇게 보셨다면 사과드리겠습니다."

"나 그런 사람 아니네. 내 생각을 말하고 있을 뿐이네. 자네들이 나와 같은 학파에 속하기 때문에 걱정이 되어서 한 소리네. 나는 누구로부터 사주를 받은 적이 없네. 그렇게 알고 있게. 자네가 사과하고 나오니까 이해는 하겠네. 그렇지만 조금 찜찜하구만."

동주 정재용의 표정은 밝지 못했다. 그는 더 이상 말하고 싶지 않다면서 몸을 일으켜 오동재 밖으로 나갔다.

북파 유생들이 동맹 수업 거부 사건에 대해 이러쿵저러쿵 이야기를 나누다 막 자리에서 일어나려고 할 때였다. 산장 이필선이 오동재 안으로 들어서더니 침통한 표정으로 입을 열었다.

"잠깐 앉게. 자네들에게 할 이야기가 있네. 한마디로 자네들에게 실망했네. 자네들 정신이 있는가?"

산장 이필선은 북파 유생들을 매서운 눈초리로 노려보았다.

"산장님 때문에 그랬던 것은 아닙니다. 수업 거부를 한 것에 대해서 일단 사과드립니다."

장명수가 일어나 조심스레 입을 열었다.

"자네들을 추방시킬 수도 있다는 것을 명심하게. 여기는 지고한 선비들이 모이는 서원이란 말이네. 목적을 쟁취하기 위해 투쟁하는 곳이 아니라는 것을 명심하게. 자네들 앞으로도 수업 거부를 할 건가?”

　서서 말하던 이필선 산장은 다리가 아픈지 무릎을 주무르더니 바닥에 앉았다.

　“…….”

　북파 유생들은 대꾸가 없었다. 시선을 내리깔고 곁눈질로 동료들의 눈치만 살폈다.

　“내가 이번에는 눈감아주겠네. 그렇지만 앞으로 그런 사건이 발생하면 내가 특단의 조치를 취하겠네. 대답이 없는 걸 보니까 양심들은 있구만.”

　산장 이필선은 몸을 일으켜 뒤도 돌아보지 않고 오동재 밖으로 나갔다. 그에게서는 싸늘한 냉기가 느껴졌다.

　북파 유생들은 향후 대책을 숙의하였지만 뚜렷한 해결책을 얻어내지 못했다. 한 가지 확실하게 뜻을 모은 것은 율곡 신주 배향을 관철시키기 위해 끝까지 최선을 다한다는 내용이었다.

4

오동구는 아침 독서를 하기 위해 산외서원문고로 향했다. 하늘에는 두껍게 먹구름이 걸려 있었다. 세수를 끝낸 뒤였지만 날씨가 흐린 탓인지 기분이 상쾌하지 못했다. 비가 오는 날이나 날씨가 몹시 흐린 날은 늘 그랬다. 오동구는 이런 날이 싫었다. 특히 비가 내리는 날은 싫은 정도를 넘어서 짜증까지 일었다. 실내에 습기가 차면 눅눅하게 느껴져 활동하기가 여간 거북하지 않았다. 화단이나 마당에 물기가 배어 있으면 구질구질하게 느껴져 여간 불쾌한 게 아니었다. 비가 내리려나. 오동구는 연신 하늘을 응시하며 걸음을 옮겼다. 지나가는 구름이면 좋을 텐데. 구름이 조금씩 북동쪽으로 움직이고 있었다. 오동구에게는 구름이 움직이는 게 반가웠다. 취목원 앞 우물가에서는 계집종들이 깔깔거리며 채소를 씻고 있었다. 이막순의 모습도 보였다. 박정대와 놀아난다는 이막순이 그에게는 왠지 불결하고 기분 나쁘게만 보였다.

"진사님, 어디 가시나요?"

마당을 쓸고 있던 사내종이 다가와 오동구에게 공손히 인사를 올렸다. 그의 오른손에는 싸리비가 들려 있었다.

"서원문고에 간다."

오동구는 사내종을 쳐다보지도 않고 건성으로 대꾸했다.

오동구는 문을 열고 서원문고 안으로 들어섰다. 서원문고에는 내사본(內賜本-왕이 하사한 책)과 도상원비본(道上院備本-도에서 내려온 책)이 진열되어 있었다. 책꽂이에 진열되어 있는 책들은 대략 다음과 같았다. 주역대전(周易大全), 춘추부록대전(春秋附錄大全), 호전대전(胡全大全), 호전소전(胡全小全), 예기대전(禮記大全), 당판소전(唐板小全), 시대전(詩大全), 대문(大文), 서대전(書大全), 대학(大學), 중용(中庸), 맹자대전(孟子大全), 주자대전(朱子大全), 소학(小學), 동국통감(東國通鑑) 등 42종 500여 권이었다.

오동구는 내사본이 비치된 책장으로 가다 기이한 물체를 발견하였다. 삼베로 덮여 있는 그 물체는 바닥으로부터 소복하게 올라와 있어 그 부피감을 느낄 수 있었다. 무엇일까? 궁금증을 자아내게 하였다. 책은 아닌 것 같은데? 오동구는 물체 가까이 다가가 발끝으로 툭 건드려보았다. 발끝이 물체에 닿는 순간 물컹한 느낌이 들면서 온몸에 찌르르한 전율이 일었다. 꼭 똥을 밟아버린 것 같은 느낌이었다. 그렇다고 그냥 지나칠 수는 없었다. 물체가 무엇인지 알아내기 위해 오동구는 발끝으로 툭툭 건드려보았다. 그러다가 오동구는 삼베 끝으로 사람의 발가락이 삐죽이 고갤 내밀고 있는 것을 발견하였다. 그 순간 오동구는 비명을 지를 뻔하였다. 그러고는 어, 하면서 오동구는 움찔 놀라지 않을 수 없었다. 반사적으로 그는 주춤 뒤로 한 걸음 물러났다. 사람이 누워 있다니. 왠지 불길한 생각이 앞섰다. 문득 시체일지도 모른다고 생각했다. 오싹 소름이 돋았다. 부르르 진저리를 쳤다. 누가 죽었단 말인가? 아니면 자고 있는 걸까? 시체라면 어떻게 해야 한단 말인가. 아니 아직 죽지 않았을지도 모른다. 그렇다면 이렇게 보고만 있어서는 안 되지 않은가.

오동구는 용기를 내어 한 걸음 앞으로 다가갔다. 그리고는 삼베 끝을 잡고 조심스레 들어올렸다. 삼베를 걷어내자 시퍼렇게 죽어 있는, 사람의 시체가 모습을 드러냈다. 그는 질끈 눈을 감아버렸다. 누구란 말인가. 내가 이러면 안 되지. 침착해야 한다. 오동구는 눈을 뜨고 시체를 찬찬히 내려다보았다. 매우 낯익은 얼굴이었다. 이럴 수가. 그의 벌린 입이 좀처럼 다물어지지 않았다. 박정대, 그의 목에는 시퍼렇게 멍이 들어 있었다. 목 졸려 숨진 것이 분명해 보였다. 그렇다면 누가 죽였단 말인가. 박정대가 죽다니 믿어지지 않았다. 그의 다리가 후들후들 떨렸다. 어젯밤까지 건강하게 살아 있던 박정대가 아니었던가. 그는 몸을 돌이켜 서원문고 밖으로 나왔다.

이막순은 박정대의 소식을 듣고는 흙담이 무너지듯 비그르르 주저앉았다. 주저앉아 신음하다 그녀는 아예 뒤로 벌렁 누워버렸다.

"막순아, 정신 차려! 너까지 죽으면 안 돼."

오동구가 이막순의 팔을 잡고 흔들자 그녀는 국수 가락처럼 흐물거렸다. 김소목은 이막순의 반응과는 대조적이었다.

"박 생원님이 죽었단 말이요? 어떡하다가 죽었단가요?"

김소목은 덤덤한 태도로 물었다.

"어떻게 해서 죽은 것인지 아직 모르고 있지. 내가 보기에 타살은 확실해 보여."

박정대와 김소목은 이막순을 가운데 놓고 줄다리기를 하잖았던가. 오동구는 문득 그 관계를 떠올렸다. 그러자 곧 김소목이 범인일지도 모른다는 생각이 들었다. 오동구는 김소목의 표정을 유심히 살폈다.

"오 진사님, 왜 저를 그렇게 찬찬히 쳐다봅니까? 제가 범인이라도 된 다는 말입니까?"

김소목은 눈을 치켜뜨고 불쾌한 표정을 지었다.

"내가 그랬었나? 무의식적으로 그랬던 것이니까 이해하게."

"너무 뜻밖에 발생한 사건이라 조금 어리둥절합니다. 그럼 어제저녁 에 피살 되었을까요?"

"글쎄. 많은 시간이 흐른 것 같지는 않아."

"그럼 범인이 서원 내에 있을 가능성이 높겠네요?"

"생각해보니까 그렇구만. 자네는 어제저녁에 어디에 있었나?"

"왜 저한테 그걸 물으십니까? 저를 심문하는 것 같아서 조금 불쾌하 네요."

"말하기 싫으면 그만두고. 의심이 가서 물어본 것은 아니니까. 이해 하라구. 그냥 궁금해서 물었던 거야."

"저는 어제저녁 저희들 방에서 잠을 잤습니다. 그게 전부라니까요."

"그랬었군. 범인을 잡아야 할 텐데 큰일일세."

오동구는 김소목과 이야기하면서 어떤 단서 하나 찾아낼 수 없었다. 그는 김소목을 의심하지 않으려 하였지만 그게 마음대로 되지 않았다. 김소목이 이막순을 좋아한다는 사실을 알고 있어서 그런지 그가 자꾸만 범인처럼 느껴졌던 것이다.

관가의 관원과 포졸들이 산외서원에 들이닥쳤다. 신고를 받고 달려온 그들은 사건 현장에 새끼줄을 치고 누구도 접근하지 못하도록 하였다. 그들은 사건 현장을 유심히 살피며 범인이 남긴 증거물을 찾기 위해 노력했다. 그들은 머리카락 한 올까지도 소중하게 다루었다. 목에 퍼런 멍이 들어 있는 걸로 보아서 목 졸라 죽인 타살 사건으로 잠정 결론을 내렸다. 관원들은 현장 조사가 끝나자 검시를 해야 한다면서 시체를 싣고 관가로 떠나갔다. 그리고 일부는 남아서 더 조사할 것이 있다면서 이것저것 묻기를 서슴지 않았다. 그들은 수도헌 앞마당에 서원 내의 유생들, 동주들, 산장, 노비들을 모아놓고 말했다.

"살인 사건이 분명합니다. 불미스런 사건이 아닐 수 없습니다. 꼭 범인을 잡아내어야 합니다. 그렇게 하려면 여러분들이 적극 협조해주셔야 합니다."

서원 내의 가족들은 모두 머리를 숙인 채 침통한 표정이었다. 사람들 속에서 이막순의 모습은 보이지 않았다. 사건 소식을 듣고 기절한 이막순은 그 충격 속에서 헤어나지 못하고 있다고 했다. 사람들의 눈초리는 김소목에게 쏠렸지만 당사자인 그는 오히려 태연스럽게 행동하였다.

"산장님만 남고 나머지분들은 각자 자리로 돌아가십시오."

관원이 위엄 있는 목소리로 말했다. 한 방울씩 빗방울이 듣기 시작했다. 비구름이 남서쪽에서 짐승의 무리처럼 몰려오고 있었다.

"비가 오는데 어디로 들어가서 이야기합시다."

"정우로 모시겠습니다. 가시지오."

산장 이필선은 정우가 있는 후목문 쪽을 가리켰다. 관원은 산장 이필선의 안내를 받아 정우로 발걸음을 떼어놓았다. 빗방울이 차츰 굵어지고 있었다. 남서쪽 서원전이 있는 보리밭 쪽에서 빗줄기가 뿌옇게 몰아오고 있었다.

관원과 산장은 정우로 들어가 마주 보고 앉았다. 관원은 손에 들고 있던 대검을 바닥에 놓았다. 산장 이필선은 그 대검을 보자 섬뜩한 느낌이 들었다.

"산장님은 내가 묻는 모든 것에 사실대로 답해주셔야 합니다. 그래야 범인을 잡는 데 도움이 된다는 말입니다."

"물론이지요. 이 늙은이는 거짓말을 할 줄 모릅니다."

"거짓말을 하면 산장님 신상에 좋지 않다는 것을 명심하세요."

"알겠습니다."

"박정대 생원의 여자관계, 성격, 친구관계, 근래 싸웠던 사건, 산외서원 내의 갈등 등을 물을 텐데 거기에 조금도 거짓이 없어야 합니다. 그럼 슬슬 이야기를 시작해볼까요."

관원은 대검을 들었다 놓으며 잠시 말을 끊었다.

산외서원은 뒤숭숭한 분위기였다. 삼삼오오 모여 앉으면 박정대 사건을 입에 담았다. 범인이 누구일거라는 둥, 박정대의 행실이 나빴다는 둥, 범인을 잡아 엄벌에 처해야 한다는 둥, 내부 소행일 가능성이 크다는 둥 수군수군 속닥거렸다. 그 반응이 남파와 북파 간 약간의 차이가 있었다. 남파 유생들의 얼굴이 더욱 침통하였다.

오동재에 모인 남파 유생들은 눈시울을 붉혔다. 그들은 아까운 동료 하나를 잃었다는 애석한 사실에 가슴이 갈기갈기 찢겨나가는 아픔을 느꼈다.

"아픈 마음이야 말로 다 할 수 있나. 그렇다고 우리가 슬퍼만 하고 있을 수는 없지. 지혜를 발휘해서 향후 대책을 세워야지. 우선 범인부터 잡아야 하네. 박정대 생원이 억울하게 죽으면 안 된다니까. 관원들의 요구에 협조를 아끼지 말아야 하네. 범인이 누구라고 생각하는가? 어디 짚이는 곳이 없나?"

그런 중에도 흥분을 가라앉히고 침착하게 나온 사람은 오동구였다.

"김소목일 가능성이 높고 그렇지 않다면 북파 유생들일 거야. 우리 남파를 못마땅하게 생각하고 있는 사람들은 북파 유생들뿐이니까."

평정을 되찾은 차동영도 한마디 하였다.

"누구라고 단정 지어 사람을 의심하는 것은 곤란하지. 본인들이 들으면 얼마나 불쾌하겠나. 때때로 사건은 예상할 수 없었던 곳에서 실마리를 찾기도 한다니까. 말들 조심하게."

"그건 맞는 이야기야. 아직 어떤 조사 결과도 나온 게 없으니까."

"향후 대책이란 것도 범인을 잡아야지 그 이전에는 특별한 대책이 없구만."

남파 유생들은 서로의 얼굴을 쳐다보며 향후 대책을 논의했지만 뾰족한 수를 찾아내지 못했다.

그래도 남파에 비해 북파 유생들은 분위기가 좋은 편이었다.

"우리들 중에 범인이 있을 것으로 오해받을지도 모른다구. 남파 유생들과 사이가 썩 좋은 편이 아니었으니까."

"그건 사실이지. 각별히 행동을 조심해야 한다구. 억울하게 누명을 쓰는 일이 없어야 하니까."

"남파 녀석들, 우리들의 요구를 받아주지 않아서 죄 받은 거라구."

"어이, 말조심하게. 지금 농담할 땐가. 남파 유생들이 들으면 노발대발한다구."

"그런데 조금 아쉬운 게 있구만. 박정대 연애 사건을 미끼로 율곡 신주 배향을 허락받아내려 했는데 이제 그러한 명분도 없어졌다니까."

"그러한 면도 있지. 그렇지만 어쩌겠나. 이미 엎질러진 물인데. 율곡의 우월성을 내세워 신주 배향을 허락받을 수밖에."

"살인 사건이 난 마당에 어찌 신주 배향을 거론하고 그러나. 그 문제는 박정대의 장례식을 마친 뒤에 거론해도 되니까 우리들이 조금 자제하자구."

장명수였다. 장명수의 의견에 북파 유생들은 고개를 끄덕이며 공감을 표시하였다.

이막순은 냉수를 숨도 쉬지 않고 벌컥벌컥 들이켰다. 그러고는 연신 가슴을 손바닥으로 쓸어내렸다.

"막순아, 정신 차려라. 그러다가 너까지 죽어."

"박 생원님이 돌아가셨는데 내가 살아서 뭐하니. 나도 죽어야 한다니까."

이막순에게는 동료의 말이 귀에 잘 들어오지 않았다.

"무슨 걱정이니. 너에게는 김소목이 있는데."

"너 지금 뭐라고 했니? 김소목이라고 했니?"

이막순은 동료를 매섭게 노려보았다.

"그래 김소목이라고 했어. 뭐가 잘못되었니?"

"맞아. 그놈이야! 그놈이 범인이라니까. 틀림없을 거야. 내가 그놈을 짝짝 찢어 죽여버릴 거야."

이막순은 취목원 문을 열고 밖으로 나왔다. 그녀는 후목문 쪽으로 향했다. 후목문 가까운 곳에는 밤나무 숲이 있었다. 이막순은 그곳에서 짚신을 만들고 있던 김소목에게로 다가가서 다짜고짜 멱살부터 잡았다. 짚신을 만들고 있던 사내종들이 놀란 듯 눈을 크게 떴다.

"살인자, 악마, 그리고 도깨비 같은 놈의 새끼야! 말해봐! 네가 죽였지? 다 알고 있다구."

이막순은 소리 지르며 악다구니를 퍼부었다.

"막순아, 이것 놓아라. 그건 오해야. 나는 죽이지 않았어."

왠지 김소목은 풀이 죽은 음성이었다. 그는 거세게 저항하지 않았다.

"거짓말 말어, 새끼야! 너는 나쁜 놈의 새끼야! 너는 죽어야 돼."

이막순은 김소목의 멱살을 잡고 사정없이 흔들었다. 나중에는 힘이 달리는지 멱살을 잡고 대롱대롱 매달렸다. 이막순은 결사적이었다. 김소목은 이막순을 뿌리치지도 않고 아예 몸을 맡겨버렸다는 듯 가만히 있었다. 지나치다 싶었는지 지켜보고 있던 김소목의 동료들이 이막순을 떼어놓았다.

"놓아라, 이놈들아! 저놈은 살인자란 말이다."

이막순은 김소목의 동료들에게 손목이 잡혀 꼼짝하지 못했다. 김소목의 동료들은 이막순을 취목원으로 옮겼다.

박정대 사건이 터진 뒤부터 산외서원에는 관원들이 수시로 들락거렸다. 그들은 조사할 게 있다면서 유생이든, 동주이든, 유사이든 간에 닥치는 대로 연행해 갔다. 의심을 받고 있는 사람들은 한번씩 연행되어 조사를 받고 와야 했다.

하루는 관원 일행이 산외서원을 찾아왔다. 그중에서 한 명이 이필선 산장에게 은밀하게 만날 것을 요구하였다. 여기에 이필선 산장은 순순히 응했다.

두 사람은 정우에서 만났다. 마주 앉은 두 사람 사이에는 두 개의 찻잔이 나란히 놓여 있었다. 정우에는 왠지 모를 긴장감이 감돌았다.

"은밀히 산장님을 뵙자고 한 것은 다름이 아니라 박정대의 정확한 사인이 밝혀졌기 때문입니다."

"뭣 때문입니까?"

이필선 산장은 눈을 크게 뜨고 관원을 올려다보았다.

"아마 짐작하고 계셨을 겁니다. 손으로 목을 졸라 죽인 타살 사건으로 최종 결론을 내렸습니다. 부검 결과 다른 소견은 없습니다. 목 졸라 죽인 단순한 살인 사건입니다."

"……."

이필선 산장은 고개만 끄덕일 뿐 별 대꾸가 없었다.

"의문 나는 점이 있으시면 물어보세요."

"그런 것은 없습니다."

"용의자로 추정되는 사람이라도 있나요?"

"글쎄요. 말씀드리기가 좀 그렇네요."

"나는 산장님이 누구를 용의자로 생각하고 있는지 알고 있습니다. 알아맞혀 볼까요?"

"말씀해보세요."

"김소목일 겁니다. 맞습니까?"

"우리 서원 내에서 가장 의심을 받고 있는 것은 사실입니다. 이막순을 가운데 놓고 박정대와 갈등했었으니까요."

"일차 소환 때 기본적인 것은 다 조사해놓았습니다. 저희를 믿으십시오. 곧 사건이 해결될 것입니다."

"속히 범인이 잡히면 좋겠습니다. 부탁드립니다. 살인범이 서원 내에 있다고 생각하면 소름이 끼칩니다."

"걱정 마십시오. 우리는 확실한 증거물을 확보했습니다. 현장에서 범인의 것으로 보이는 증거물을 하나 확보해 보관하고 있습니다. 사건 해결은 저희들에게 맡기시고 산장님께서는 박정대의 시신이나 찾아가십시오. 장례식을 치러야 되지 않겠습니까."

"알겠습니다. 물론 장례식을 치러야지요. 가족들과 상의해 그 문제는 우리가 해결하겠습니다."

"제 이야기는 이상입니다. 가면서 김소목을 연행해갈 테니까 그렇게 알고 계십시오."

"빠른 시일 내에 범인을 잡아주십시오. 그것만 바랄 뿐입니다."

"범인을 잡는 것은 시간문제이니까 그렇게 알고 계십시오."

관원은 대검을 들고 자리에서 일어났다. 찻잔에는 손도 대지 않은 상태였다. 관원은 정우 문을 열고 밖으로 나갔다. 산장 이필선이 관원의 뒤를 따랐다. 밖에는 포졸들이 대기하고 있었다. 포졸들의 손에는 창이 들려 있었다.

"너희들은 지금부터 사내종 김소목을 끌고오도록 한다."

관원이 지시를 내리자 포졸들은 알겠다며 힘주어 대답하고는 빠르게 몸을 움직였다.

"산장님은 이제 가셔서 일을 보십시오."

"아닙니다. 가시는 것을 보아야지요."

산장 이필선은 관원의 곁을 떠나가지 않았다.

포졸들이 김소목을 개처럼 질질 끌고 관원 앞에 나타났다. 김소목은 관원 앞에서 고개를 들지 못했다.

"저놈을 포승줄로 단단히 묶도록 하라."

관원이 소리를 높였다. 그러자 포졸들이 신속하게 움직이었다.

김소목이 포승줄에 묶이자 관원이 말했다.

"그럼 저놈을 끌고 관으로 가자꾸나."

김소목은 고개를 숙인 채 일체 저항하지 않았다.

"너는 너의 죄상을 잘 알렸다. 증거물을 확보했으니, 너는 이제 빠져나가지 못할 것이다."

관원 일행이 김소목을 끌고 의인문을 빠져나갔다.

김소목이 2차 연행되어 갔다는 소식은 금세 서원 안에 퍼졌다. 내놓고 떠들지는 못해도 모였다 하면 김소목을 화제로 수군수군 귀엣말을 나누었다.

박정대가 남기고 간 옷과 신발, 갓, 탕건, 책 등의 유품을 소각하기 위해 방을 정리하였다. 오동구는 그의 소지품을 정리하다 박정대의 체취를 느끼고는 슬픈 비애감 속으로 빠져들어야 했다. 나도 언제 이렇게 갈지 모르잖는가. 유한할 수밖에 없는 인간의 한계 앞에서 오동구는 풀잎처럼 연약한 자신의 모습을 발견하고는 아득한 느낌 속으로 빠져들었다. 오동구는 살랑살랑 부는 손바닥만 한 바람에서도 살아있는 생동감을 느낄 수 있었다. 오동구에게는 파란 하늘과 푸른 나뭇잎들이 예사롭게 보이지 않았다. 영원한 역사 속에서 60평생이라고 하는 것은 극히 짧은 기간이 아닌가. 그 짧은 기간 동안에 서로 사랑하며 살지 못하고 티격태격 싸워야 하는 사람들의 일상이 속 좁게만 보였다. 무얼 아는 체하고, 무얼 잘난 척하며 사는가. 자신만만한 사람들. 그들이 안쓰럽게 생각되었다. 그런데 나도 그렇게 살아왔지 않은가. 오동구는 자기 자신이 안쓰러운 그런 가엾은 존재라는 사실을 깨달았다.

오동구는 책을 정리하면서 연신 한숨을 쉬었다. 예상보다 박정대의 책은 많았다. 책을 새끼줄로 꽁꽁 묶었다. 책을 방 밖으로 내놓고는 방 구석구석을 걸레로 훔쳤다. 그러다가 오동구는 책상 뒤에 박힌 박정대의 잡기장 한 권을 발견하였다. 잡기장 둘레에는 까맣게 때가 묻어 있었다. 잡기장을 들어 탁탁 두드리자 먼지들이 하얗게 날아올랐다. 걸레로 잡기장의 겉면을 닦았다. 박정대의 누런 손때는 쉽게 지워지지 않았다. 오동구는 호기심이 일어 잡기장을 들고 첫 장을 넘겨보았다.

이(理)라는 것은 형이상(形而上)의 도이고, 기(氣)라는 것은 형이하(形而下)의 그릇(器)이다. 도라는 것은 모든 사물을 낳게 하는 근본이고 그릇이라 함은 사물을 담는 방이다. 그러므로 사람과 사물이 생길 때는 반드시 이(理)를 품수한 다음에 성(性)이 있게 되고, 반드시 기(氣)를 품수한 다음에 형(形)이 있게 되는 것이다. 인간의 성(性)이나 형(形)은 비록 일신을 벗어나지 않지만, 도(道)와 기(器) 사이에는 매우 분명한 구별이 있어서 뒤섞이지 않는다는 것이다.[23]

---

23) 정순목, 「퇴계 평전」(서울: 지식산업사, 1993), p.259.

오동구는 여기까지 읽다 잡기장을 넘겼다. 대충 잡기장을 넘기면서 내용을 훑어보았다. 일기투의 문장, 책에서 인용해온 문장, 사단칠정 논변에 대하여, 양명학에 대하여, 연애론에 대하여, 철학 그 허구에 대하여 등 다양한 내용들이 무질서하게 쓰여 있었다. 특히 관심을 끄는 부분은 연애론과 철학 그 허구에 대하여, 라는 대목이었다. 그러나 지금은 박정대의 소지품을 옮겨 소각해야 하므로 잡기장을 읽고 있을 시간적 여유가 없었다. 그래서 오동구는 박정대가 남기고 간 잡기장을 고이 선반 위에 올려놓았다. 나중에 시간을 갖고 차근차근 읽어보아야겠다는 생각에서였다. 잡기장을 읽다 보면 살인 사건의 범인을 잡을 수 있는 결정적 단서가 나올지도 모를 일이었다. 박정대가 공부를 등한시하고 연애에 빠졌던 이유는 무엇 때문이었을까? 분명 박정대는 공부보다 연애가 중요하다고 생각한 게 틀림없었다. 생전에 그가 보였던 행동에서 그걸 유추해볼 수 있었다. 박정대의 잡기장은 관심을 끌기에 충분했다.

나중에는 차동영과 또 다른 남파 유생이 함께 참여하여 박정대의 유품들을 정리하였다. 여러 사람이 함께 힘을 합쳐 유품을 정리하자 한층 속도감이 붙었다. 소각시킬 유품들은 사내종들을 시켜 후목문 뒤 개울가로 가져가게 했다.

개울가에 쌓아놓은 유품들은 불이 붙자 금세 벌겋게 타올랐다. 불은 지지직거리며 붉은 혀를 날름거렸다. 남파 유생들은 어두운 표정으로 벌건 불꽃을 지켜보았다.

"오 진사, 박 생원 가족들에게서는 연락이 없지?"

차동영이 긴 막대기로 타들어 가는 책들을 헤집으며 물었다.

"연락을 취하러 간 사람이 지금껏 돌아오지 않고 있다니까. 연락을 했는지 못했는지 알 길이 없다구."

오동구도 막대기로 연신 불꽃을 헤집었다.

"관에서 박정대 사건에 대해 무슨 냄새를 맡은 것 같지?"

"글쎄. 김소목을 2차 연행해 가는 것 보니까 뭔가 실마리를 잡은 것 같더라구. 곧 결과가 나오겠지. 그때 자세한 것을 알게 될 거야."

거세게 타들어 가던 불꽃이 많이 수그러졌다. 오동구는 불꽃을 보면서 우리 인생도 저처럼 거세게 타오르다 어느 순간 수그러져 나중에는 흔적도 없이 사라질 것으로 생각했다.

"차 진사, 나 먼저 갈 테니까 뒷정리하고 오라구. 불씨가 조금도 남아 있으면 안 되니까 그걸 명심해."

"알았어. 걱정 말고 먼저 가. 여기는 나한테 맡기고."

오동구는 차동영에게 뒷정리를 당부하고 서원으로 들어가기 위해 몸을 돌이켰다. 그는 걸어가면서 박정대의 잡기장을 생각했다. 선반 위에 올려놓았던 박정대의 잡기장을 어서 빨리 뒤적거려보고 싶은 충동이 강하게 일었다. 북서쪽에서 살랑살랑 불어오던 바람이 귀밑을 건드려왔다. 바람 속에는 유품 타는 냄새가 진하게 배어 있었다. 오동구는 걸음을 떼어놓으며 유품 타는 냄새를 맡고 연신 코끝을 벌름거렸다. 이것이 마지막 가는 사람의 냄새이거늘. 박정대의 영혼도 바람 속에 밴 유품 타는 냄새처럼 공기 속 깊이깊이 스며들어 가리라.

오동구는 서원에 도착해 선반 위에 올려놓았던 박정대의 잡기장부터 끌어내렸다. 그는 잡기장을 들고 자신의 방으로 향했다. 서원 분위기가 약간 뒤숭숭한 것은 사실이지만 잡기장 속에 기록된 내용들이 궁금해

읽지 않고는 견딜 수 없을 것 같았다.

오동구는 방에 도착해 자리에 앉자마자 잡기장을 펼쳤다.

채절재(蔡節齊)의 말에 의하면, 먼저 이가 있고 다음에 기가 있는 것은 형이상·하를 말한 것이고, 이와 기가 있으면 '함께 있다'는 말은 도가 곧 기(器)라는 뜻이다. 대체로 이와 기의 선후 관계를 나누어 말하지 않을 것 같으면, 이와 기가 분명하지 않을 것이며, 합하여 말하지 않을 것 같으면 이와 기는 판연히 다른 물질이 될 것이다. 그것은 마치 인간의 성(性)과 정(情)의 경우에도 미발(未發-발하지 않을 때는 성), 이발(발하고 나면 정)의 선후가 있는 것으로, 성과 정이 동시에 있다고 할 수 없는 것과 같다.

그러나 정의 근본은 실지로 성에 갖추어져 있으므로, 성이 있으면 정이 있다. 있으면 함께 있다, 도는 기(器)이다, 라는 말은 모두 정자(程子)의 말이다.

어떤 사람이 주자에게 묻기를,

"반드시 이가 있고 난 다음에 기가 있습니까?"

하였더니 주자는,

"이와 기는 원래 선후가 없다고 말할 수 있지만, 그러나 기가 어디서부터 왔는가를 따진다면, 모름지기 이(理)가 먼저라고 말해야 할 것이다. 그렇지만 이는 홀로 존재하는 것이 아니라 기 속에 존재하는 것이므로 기가 없으면 이는 거주할 곳이 없는 것이다. 이와 기는 원래 섞일 수 없는 것(불상잡-不相雜)이면서 떨어질 수 없는 것(불상리-不相離)인데, 나누어 보면(불상잡-不相雜) 확실히 두 물건이지만(불상리-不相離), 합하여 보면(불상리-不相離) 하나의 물건이다."[24]

라고 하였다.

성리학의 중심 논제는 모든 인간이 천부적으로 도덕 실천의 의무와 능력을 타고났다고 하는 성선설이다.[25]

성리학은 공자, 맹자 이후 인간의 윤리적 삶의 문제를 계승하는 한편 한대(漢代)에 발달하기 시작한 우주론(宇宙論)을 함께 접수함으로써 삼라만상의 다양한 세계를 일관된 체계 속에서 설명하려는 노력을 기울였다.[26]

퇴계는 인간의 감정 가운데 희로애락(喜怒哀樂)과 같은 자연감정을 칠정(七情)이라 하고 그것은 모두 기에 원인이 되어 발효된다고 보았다. 또한 그는 측은, 수오, 사양, 시비지심과 같이 인의예지(仁義禮智)의 도덕 원리에 합치하는 사단은 이의 발동에 의해 일어난다고 보았다.

---

24) 앞의 책, pp.259-260.

---

25) 김현, 『임성주의 생의 철학』(서울: 한길사, 1995), p.28.

---

26) 앞의 책, p.29.

그러나 율곡은 달랐다. 인간의 감정은 도덕적인 것, 비도덕적인 것의 구분 없이 모두 다 기의 발동에서 발생하는 것이라고 생각했다. 이때 기의 발동이 이가 정하는 원리에 그대로 합치하는 것을 사단이라 하고 그 합치여부를 따지지 않고 발생한 감정 전체를 일컬어 칠정이라고 주장했다.[27]

사단칠정논변은 주자학에 내재된, 즉 이를 중시하여 성선을 확보한다는 윤리적 입장과 기를 위주로 하여 사실 세계를 논리적으로 해명하려는 이론적 입장 사이의 갈등이 드러난 것이라고 할 수 있다.[28]

율곡-기발이승일도설(氣發理乘一途說)
어린아이가 우물에 빠지는 것을 보면 측은히 여기는 마음을 가지게 된다. 그러한 사건을 목격하고서 측은히 여기게 되는 것은 기의 작용에 의한 것이니 이것을 이른바 기의 발현이라고 한다. 그런데 그때 그것을 측은히 여기는 마음의 근원은 인(仁)이니 이것을 일컬어 이가 기의 발현에 올라탔다고 하는 것이다.[29]

---

27) 앞의 책, p.28.

---

28) 앞의 책, p.31.

---

29) 앞의 책, p.35.

주자학의 전통적인 심성 수양법은 경(敬)의 공부이다. 이천(伊川)은 그 공부의 구체적인 내용을 주일(主一)이라고 정의하였다. 이것은 외물에 이끌려 마음을 이리저리 방황하게 하는 것을 막고 내 마음의 내면에 집중하여 그것을 바르고 우뚝하게 세우는 것을 말한다.[30]

　제자 공손추(公孫丑)가,

"제나라의 재상과 같은 큰 지위를 얻게 되면 마음이 흔들리지 않겠습니까?"

하고 묻자 맹자는,

"내 나이 사십이니 마음이 흔들릴 리 없다."

라고 대답했다. 이렇게 해서 시작된 부동심장(不動心章)의 대화에서 맹자는 자기 자신의 부동심의 비결에 대해, 뜻을 부지하고 기를 난폭하게 하지 않는다「지기지 무포기기(持其志 無暴其氣)」라고 했다. 이어서 맹자는 자신의 기에 대해 '이 기의 됨됨이는 의(義)와 도(道)를 짝함에 있으니 이것이 없으면 굶주린다. 이것은 의가 모여서 생겨나는 것이다.'라고 하였다.[31]

---

30) 앞의 책, pp.170-171.

---

31) 앞의 책, p.168.

오동구는 잡기장을 덮었다. 밖에서 자신을 부르는 소리가 들렸기 때문이었다. 잡기장을 탁자 밑에 넣어두고는 밖으로 나왔다. 동주 임주성이었다. 나무 그림자가 처마 밑을 핥고 있었다.

"부르셨습니까?"

"오 진사는 한가하구만. 지금 방에 들어가 있을 만큼 여유롭지 못할 텐데."

동주 임주성은 흰 수염을 쓸어내리며 나무라는 투로 말했다.

"볼 일이 있어서 잠깐 들어갔었습니다. 무슨 일 생겼습니까?"

"별다른 일은 아니야. 동주회의가 있거든. 애들(사내종) 시켜서 사우를 청소하다 왔는데 오 진사가 한 번 가보라구."

"그렇게 하지요. 염려 마시고 회의에 들어가십시오."

오동구는 사우로 향했고 동주 임주성은 수도헌으로 걸음을 옮겼다. 수도헌에는 동주들과 산장, 유사가 모여 있었다. 산외서원의 간부회의인 셈이었다. 움직이는 것과 말하는 등의 행동거지가 조심스러운 분위기였다. 동주회의는 한 달에 1회 정도가 열린다. 특별한 일이 있을 때는 언제고 모일 수 있다. 모임에 참석한 사람들은 앉은뱅이 탁자를 중심으로 빙 둘러앉아 있었다. 산장 이필선은 사각 탁자의 세로 부분에 앉아 있었다.

"다 모인 것 같은데 회의를 시작해 봅시다. 회의는 우리가 늘 해온 대로 자유롭게 이야기하는 식으로 진행하겠습니다."

유사가 먼저 말문을 열었다.

"불미스러운 일이 생겨 산장으로서 얼굴을 내놓기가 부끄럽습니다. 수차례 이야기했지만 우리들이 많이 반성해야 될 것 같습니다. 조사 결과는 속단할 수 없지만 김소목이 지금까지 돌아오지 못하는 것을 보니까 사건과 무관하지 않은 것 같습니다. 예견된 사건이었는데 미리 막지 못한 게 안타깝습니다. 치정 관계는 항상 불행하게 끝나니까요. 이 늙은이의 능력에 한계가 있는 것 같습니다. 정말 미안하게 생각합니다."

산장 이필선은 점잖은 목소리로 말했다.

"산외서원의 산장으로서 일리 있는 말씀을 하셨습니다. 그렇지만 지금 현재 가장 중요한 것은 사건의 뒷수습인 것 같습니다. 오늘 회의도 그것 때문에 열리는 거구요."

동주 임주성의 말에 모두 고개를 끄덕이며 공감할 수 있다는 태도였다.

"오늘 중으로 박정대의 시신을 관에서 인수해 와야 될 것 같습니다."

동주 정재용이었다.

"그 문제는 애들(사내종)을 시켜서 제가 인수해오도록 할 테니까 걱정하지 마십시오."

동주 임주성은 박정대가 남파 소속이기 때문에 자신이 관에 가야 된다고 생각하고 있었다.

"범인은 김소목이 확실합니까?"

유사 김욱동이었다.

"아직 확실한 것은 모릅니다. 그럴 가능성이 높다고 보고 있습니다. 김소목이 관으로 끌려가서 직사하게 매를 맞았다는 소문이 있더라구요. 골병들었다는 소식도 있구요."

동주 조필구였다.

"박정대 집에서는 아무 연락이 없는데 어떻게 합니까? 무작정 기다릴 수는 없잖아요."

입을 닫고 있던 동주 강경식도 한마디 하였다.

"연락이 없으면 우리 식대로 장례를 치러야 합니다. 연락을 간 사람도 행방이 묘연하니까요."

산장 이필선이 좌중을 둘러보며 말했다.

"그리고 말입니다. 문제를 일으킨 이막순을 그냥 그대로 둘 수는 없잖습니까? 어떤 대책이 있어야지요. 구체적으로 말하면 서원에서 추방을 한다든가 해야 될 것 같습니다. 시범적으로 본때를 보여주어야 이와 유사한 사건의 재발을 막을 수 있다 그 말입니다."

유사 김욱동이 강경한 어조로 말했다.

"김 유사의 말이 옳습니다. 노비들은 엄하게 다스려야 합니다. 감히 계집종이 선비를 좋아할 수 있습니까. 이번 사건도 이막순이 발단이었다고 보아야 할 겁니다. 중대한 사태가 발생했는데 그냥 넘어갈 수는 없다고 봅니다."

동주 임주성은 유사 김욱동의 말에 동조하고 나왔다.

"나 정재용도 앞에서 이야기한 분들과 뜻을 같이합니다. 오늘 당장 추방시켜 버립시다."

동주 정재용은 흥분된 어조로 침을 튀기며 말했다.

"무척 성질이 급하십니다. 오늘 당장은 어렵겠지요. 이막순을 추방하는 것에 이의가 없습니까?"

산장 이필선의 물음에 이의를 제기하는 사람은 없었다. 만장일치로 이막순을 추방시키자고 합의하였다.

"언제까지 수업을 중단합니까?"

동주 임주성은 산장 이필선을 빤히 쳐다보며 물었다.

"장례식이 끝나고 뒤숭숭한 서원 분위기가 조금 가라앉으면 수업을 시작합시다. 지금은 어디 수업이 되겠습니까."

산장 이필선은 이야기를 해놓고 좌중을 둘러보았다. 또 할 이야기가 없느냐는 듯한 표정으로. 누구도 수업을 강행해야 한다고 주장하지는 않았다. 그는 잠시 율곡 신주 배향 문제를 생각했다. 작은 서원 내에서 남파와 북파로 나뉘어 티격태격 불협화음을 내는 것에 대하여 언급할 것인지 생각해보았다. 그러나 곧 그는 고개를 젓고 말았다. 첨예하게 대립하는 문제를 거론하면 동주회의를 엉망으로 만들어버릴 수도 있다고 판단했다. 남파니 북파니 하면서 대립하지 말고 양보하여 화목하게 지내야 한다고 말하고 싶었지만 참기로 하였다.

동주회의가 끝났을 때는 해가 서산을 넘은 뒤였다. 어스름이 슬금슬금 내려앉고 있었다. 조금 더 있으면 산외서원이 어둠 속에 묻히리라. 참으로 소식은 빨랐다. 이막순을 추방시키기로 결의한 동주회의 내용이 곧 본인에게 전달되었다. 동주들이 직접 이막순 본인에게 전달한 사실이 없는데도 회의 내용은 입에서 입으로 네발 달린 짐승처럼 엉금엉금 기어가 이막순의 귓속으로 들어갔다.

이막순은 그 소식을 듣고도 덤덤한 표정을 지었다. 올 것이 왔다는 식의 태도였다. 오히려 옆에서 지켜보던 동료들이 울상을 지으며 어두운 표정이었다.

"막순아, 말해봐라. 왜 말이 없냐. 아무렇지도 않니?"

"이럴 줄 알고 있었어. 어차피 여기서는 살지 못해."

이막순은 침착하기까지 하였다.

"이 바보, 네가 무슨 죄를 지은 것도 아니잖아. 너를 왜 추방하냐구.

네가 박 생원님을 죽인 것도 아니구."

"죄가 있다면 박 생원님을 좋아한 것이지."

"왜 그게 죄가 되니? 한 가지 있다면 풍기문란죄가 있다고 하겠지. 그렇지만 너무 한 것 아니니?"

"너희들은 가만히 있어. 내 문제는 내가 알아서 할 테니까. 나도 생각이 있다구."

이막순은 먼 산을 쳐다보며 무표정한 얼굴로 말했다.

관으로부터 인수해온 시신을 널 속에 넣어 상여바위 밑으로 옮겼다. 상여도 없이 손으로 직접 들어 옮긴 것이었다. 시신을 옮길 때 서원의 사내종들이 끙끙대며 진땀을 흘렸다.

장지에는 동주와 유생들 대부분이 참석하여 애도하였다. 누구보다 남파 유생들이 동료를 잃은 슬픔으로 마음 아파하였다. 상여바위 밑 만석굴 옆에는 펑퍼짐한 땅이 있었는데 그곳이 바로 박정대가 누울 땅이었다. 일꾼들이 직육면체 모양으로 땅을 파헤치고 있었다. 지관이 구덩이 옆에 서서 이렇게 하라 저렇게 하라 하면서 일꾼들에게 작업을 지시하였다. 늦게 나타난 박정대의 가족들이 오열하기 시작했다. 특히 박정대의 어머니는 손으로 땅을 치며 울었다.

구덩이가 어느 정도 완성되었다고 생각했는지 지관이 큰 소리로 말했다.

"관을 넣어 봅시다!"

사내종들이 관을 조심스레 들어 구덩이 속에 넣었다. 동료 유생들은 옆에 서서 침통한 표정으로 이따금 먼 하늘을 응시하곤 하였다. 사내종들은 새끼줄을 잡고 관을 들었다 놓았다 하면서 지관의 말에 따랐다.

"됐어요!"

지관이 손을 들어 움직임을 멈추라는 신호를 보냈다. 그러자 관이 일시에 움직임을 멈추었다. 지관의 요구에 따라 관 위에는 붉은 천이 깔렸다. 술을 뿌리는 등 몇 가지 의식이 끝나자 지관이 말했다.

"대표 되시는 한 분만 앞으로 나오세요!"

박정대의 아버지가 지관 앞으로 나아갔다. 지관은 그의 손에 삽을 쥐어주었다.

"흙을 떠서 서너 삽 뿌려주세요."

박정대의 아버지는 삽을 들고 흙을 떠서 붉은 천 위에 뿌렸다. 그렇게 하기를 세 번.

"됐습니다!"

지관은 박정대의 아버지에게서 삽을 빼앗아 갔다.

"그럼 지금부터 관을 흙으로 덮을 겁니다. 흙을 관 위에 던져주세요."

지관의 말이 끝나기 무섭게 요란한 삽질이 시작되었다.

오동구가 서원에 도착해 우물가에서 손을 씻고 있을 때였다. 계집종이 다가와 오동구에게 말을 건넸다.

"오 진사님, 박 생원님을 죽인 범인이 자백을 했다는데요. 예상했던 대로 범인은 김소목이구요."

계집종은 숨도 쉬지 않고 빠르게 말했다.

"그걸 어떻게 알고 있냐? 그게 사실이냐?"

"관가에서 사람이 다녀갔어요. 아까 산에 가셨을 때 왔다니까요. 김소목은 처형될 거라고 하던데요."

"사람을 죽였으니까 그놈도 당연히 죽어야 하겠지."

"박정대의 손에 김소목의 머리카락이 한 움큼 쥐어 있었다고 하더라구요. 반항하면서 머리카락을 뽑은 모양이어요."

"증거물을 확보했다더니 그거였구나. 사건의 진상이 밝혀져서 다행이구나."

오동구는 계집종으로부터 밝혀진 사건의 진상을 듣고 나자 피로가 풀리고 술이 확 깨는 기분이었다. 손을 씻고 방으로 향하는 발걸음이 한층 가볍게 느껴졌다. 박정대, 꿈을 펴보지 못하고 삶을 마감해버린 불운의 사나이. 그것도 타의에 의해 삶이 마감되다니. 오동구는 자신의 방으로 들어가 잠시 바닥에 몸을 뉘였다. 그때 문득 오동구는 박정대의 잡기장을 떠올렸다. 오동구는 박정대를 알고 싶다는 강한 충동을 느꼈다. 그래서 오동구는 박정대의 잡기장을 꺼내 펼쳐 들었다.

○○○○년 □월 △일

후목문 뒤 개울가로 가면 기분이 상쾌해지곤 하였다. 대과란 무엇이고 벼슬이란 무엇인가. 물속에서 뜬구름이 자맥질했다. 햇빛 좋은 아침이나 달 밝은 저녁이면 작은 나뭇잎이 물굽이를 따라 떠내려오기도 했다. 그 나뭇잎을 바라보다가 어느 순간 조그마한 배를 타고 동동 떠내려가는 내 모습을 상상하곤 하였다.

○○○○년 □월 △일

선이니 악이니 하는 것들은 주관에 지나지 않는다. 철저한 객관은 홍미롭지 못하다. 이니 기니 본질이니 형상이니 하는 것들은 주관일 뿐이며 사물의 본질을 파악하는 척도는 되지 못한다. 본질에 접근하려는 노력일 뿐이다. 이니 기니 하며 아무리 논쟁을 해도 입을 채우는 곡식의 양에는 변화가 없다. 손에 잡히지 않는 심성의 구덩이에 빠져 심성론을 논해도 끝내 배는 불러오지 않는다. 논쟁에 빠져 있을 때는 배가 불러오는 것처럼 느껴지기는 하나 그것은 어디까지나 일시적인 현상이다. 그때 때로는 먼 이국에 와 있는 것 같은 몽상에 빠지기도 한다. 그러나 잠시 정신을 차리고 보면 제 자리에 서 있다. 허망하고 난감하지 않을 수 없다. 겨울날 아랫목에 손을 넣으면 따끈따끈한 열기와 만난다. 그것처럼 확실하게 손에 잡혀 오는 것은 없다. 손에 잡히는 것만 신봉하지는 않지만, 그것만큼 마음을 안온하고 따뜻하게 해주는 것은 없다. 때로는 사람이 그리울 때 그런 생각을 한다.

　○○○○년　□월 △일

　물(物)과 마주한다는 설은, 소이연(所以然)과 소당연(所當然)의 이치를 모두 물에 둔 것이므로 이는 곧 근본이 없는 주장이다. 양지(良知)의 학문은 그 소이연과 소당연의 이치가 모두 물에 있다고 주장한다. 그러나 그 근원은 모두 마음에서 나온 것이어서 마음을 근본으로 삼는 것이다. 즉 이 마음이 통솔하는 우두머리이며 본원이 된다.

　모든 이(범리-凡理) 가운데서 생리(生理)를 주로 삼고 생리 가운데서 진리(眞理)를 택하면 이것이 바로 이다.[32]

---

32) 김교빈, 『양명학자 정제두의 철학 사상』(서울: 한길사, 1995), pp.26-27.

주자는 조리 있게 통하는 것(조통-條通)을 이라고 여겼다. 조리 있는 궤적을 이라고 한다면 그것은 물리일 뿐이다. 물리는 각각의 사물에 들어 있는 기가 움직여가는 조리 있는 궤적이다. 그러나 물리는 헛된 조리이며 빈 도에 지나지 않는다. 즉 만물에 일관된 흐름으로 작용하는 존재법칙이기는 하지만 그것을 담고 있는 개체의 제한성을 넘어 모든 존재에 보편적으로 작용할 수 있는 것이 아니다. 그러므로 조통은 물질 일반에서 객관적으로 드러나는 물리적이며 제한된 법칙을 의미한다.[33]

일반적으로 이니 성이니 하는 것들은 생리일 뿐이다.[34]

물리와 생리의 차이가 생명력을 바탕으로 한 능동성의 유무에서 오는 것이라면 생리 속에 다시 도덕성의 유무를 통한 차이가 존재함을 명백히 한 것이다.[35]

이는 물리, 생리, 진리라고 하는 3단계로 구성되어 있다. 물리는 자연의 객관적인 필연법칙이다. 이것은 무생물과 생물로 나누어 생각해

---

[33] 앞의 책, p.33.

[34] 앞의 책, p.37.

[35] 앞의 책, p.39.

볼 수 있다. 생리는 인간(생물)에게만 있는 도덕적 능동성이다. 생리는 도덕적 행위에서만 제 모습이 드러나고 비도덕적 행위에서는 드러나지 않는 존재이다. 그러나 비도덕적 행위도 존재하는데 그 속에 악이 섞여 있는 경우이다. 선과 악이 섞인 곳에서 선한 부분만 뽑아낼 필요가 있으며 이 부분이 바로 진리이다.[36]

박정대의 잡기장은 여러 가지로 자유롭게 기록해놓은 메모지의 한계를 벗어나지 못하고 있었다. 단시간에 읽을 수 있는 적은 분량도 아니었다. 오동구는 누가 부르는 소리를 듣고 잡기장을 덮었다.

"오 진사님, 빨리 나와 보세요. 빨리요!"

매우 다급한 음성이었다. 동동 발 구르는 소리도 들렸다. 그는 자리에서 일어나 밖으로 나왔다.

"왜 이렇게 소란스럽냐!"

그는 나무라듯 큰소리로 외쳤다. 그의 앞에는 계집종이 서 있었다.

"오 진사님, 이것 좀 보세요."

계집종은 오동구 앞에 쪽지를 건넸다.

"무엇인데 그러느냐."

오동구는 쪽지를 받아 펼쳐들었다.

「저는 서원을 떠납니다. 며칠 후면 이 세상 사람이 아닐지도 모릅니다. 선비님들께 걱정만 끼쳐드리고 떠나가게 되어 죄송합니다. 안녕히

---

36) 앞의 책, pp.51-52.

계세요. 이막순 올림.」

"오 진사님 어떻게 해야지요?"

"어떻게 하긴. 이막순이는 제 발로 잘 걸어나갔다. 눈치가 빠른 애야. 그러지 않았다면 서원에서 강제로 추방시켰을 것이다."

오동구는 예상할 수 있었다는 듯 태연스럽게 말했다.

"지금쯤 막순이 언니는 죽었을지도 모른다니까요. 죽어버린다는 말을 수시로 했으니까요."

"그러니까 막순이가 언제쯤 떠나갔다는 이야기냐?"

"서원 가족들이 박 생원님을 장사 지내기 위해 만석굴에 갔을 때 떠난 것 같아요. 쪽지는 조금 전에 발견했구요."

"이막순은 박 생원이 서원을 떠나가니까 자기도 떠난 것이 아니겠느냐. 너무 심려 말거라. 사람이 목숨을 끊기가 쉬운 게 아니란다. 죽지는 않을 거다. 쪽지는 나에게 주고 가서 네 일이나 보거라."

"알겠습니다요, 진사님."

계집종은 머리 숙여 공손히 인사를 건네고는 몸을 돌이켜 취목원 쪽으로 걸어갔다.

김소목이 관가로 끌려가고 박정대가 상여바위 밑에 시신으로 묻혔으며 이막순이 제 발로 서원을 떠나갔다. 짧은 시간에 많은 일이 일어난 셈이었다. 이막순이 서원을 떠난 사건에 대해서는 다들 고개를 끄덕이며 그렇게 될 수밖에 없었을 거라는 태도를 취했다.

"백여우 같은 년! 고년이 두 남자를 잡아먹었다니까!"

"이막순은 강제로 추방시켰어야 했었다니까."

"이막순이도 죽어야 한다구. 지금쯤 어디 호수에 빠져 죽었는지도 모르지. 팅팅 불은 시체가 나무토막처럼 동동 떠다니고 있는지도 모르는 일이라니까."

이막순의 소식을 접한 유생들은 가혹한 말을 서슴없이 하였다. 오동구도 이막순이 미운 게 사실이었다. 이막순만 없었다면 박정대는 지금쯤 건강하게 살아있을 것만 같았다.

"걔가 문제였어. 얼굴이 반반한 게 사람을 잡아먹겠더라구."

오동구는 정화재 앞 돌팍에 혼자 앉아 중얼거렸다.

수도헌에서 유생들과 동주들 모두가 참여하는 전체회의가 열렸다. 회의는 유사 김욱동의 사회로 진행되었다. 간단히 인사말을 끝낸 산장 이필선은 여느 때보다 풀이 죽어 있었다. 노령 탓만은 아닌 것 같았다. 박정대 사건에 대해 산장 이필선은 책임을 통감한다고 말했다. 그가 특히 강조한 것은 서원 내 유생들 간의 단결과 우애였다. 그 이유는 서원 내의 북파와 남파 유생들을 의식했기 때문일 것이다. 그의 강조에도 불구하고 남파나 북파가 얼마나 화합할지는 모를 일이었다. 박정대 사건이 마무리되었다고는 하지만 그 여파로 인한 것인지 회의 분위기가 착 가라앉아 있었다. 침통한 정도는 아니었지만 유생들과 동주들의 표정은 대체로 어두웠다. 남파와 북파가 모여앉으면 왠지 관계가 매끄럽지 못했다. 그 점 또한 회의 분위기를 가라앉게 하는 데 한몫을 하였다. 남파와 북파 유생들 사이에서 그래도 조금 부담이 없는 인물은 어느 파에도 속하지 않은 이수강이었다.

"불미스러운 사건이 마무리되었으니 이제 그것에 대해서는 잊읍시다. 내일부터라도 수업을 시작해야 합니다. 우리 서원이 옛날처럼 활기를 되찾아야 한다는 말입니다."

이수강은 일어나서 또박또박 자신의 소신을 피력했다.

"저도 거기에 동감입니다. 강학(講學)을 시작하는 게 무엇보다 급선무라고 생각합니다."

차동영이 이수강의 뒤를 이어 발언했다. 그는 말을 해놓고 북파 유생들의 반응을 살폈다.

"곧 강학을 시작해야 된다는 것에 반대할 사람은 없을 것입니다. 어쩜 그것은 당연한 이야기일 겁니다. 이번 사건을 반성하고 새로운 대책을 세우는 것이 앞으로를 위해서 무엇보다 중요하다고 봅니다."

북파의 장명수였다.

"장 생원의 말에 귀를 기울여야 될 것 같습니다. 풍기문란죄 같은 것이 발생했을 때 남녀를 막론하고 엄하게 처벌해야 된다고 생각합니다. 그런 사건이 발생하면 당사자들을 서원에서 즉각 추방시켜야 된다고 생각합니다."

"조민성 진사의 말에 동의합니다. 지금까지는 그런 사건에 대해 너무 관대하지 않았나 생각합니다. 서원의 기강이 똑바로 서야 강학이고 무엇이고 이루어지지 않겠습니까."

북파의 최상호였다. 북파 유생들이 풍기문란죄에 대하여 엄하게 대처해야 된다고 주장하는 것에 대해 남파 유생들도 대체로 호의적이었다.

"이번 사건을 계기로 유생들 각자가 각성해야 된다고 보네. 제재를 가한다고 해서 그 문제가 근본적으로 해결되는 것은 아니네. 그러니까 제재보다 각성이 더 중요한 것이지. 끊을 것은 끊을 줄 알고 절제할 것은 절제할 줄 알아야 한다니까. 유학을 공부한다는 사람들이 그 문제

하나 극복하지 못한다면 큰 도(道)의 광장으로 들어갈 수 없을 걸세."

동주 임주성이 흰 수염을 쓸어내리며 점잖게 말했다.

"나도 임 동주님의 말씀에 공감하네. 우리 유생들은 멀리 볼 줄 알아야 한다구. 학문하는 길이 그렇게 간단하지 않지. 한눈 팔면서 큰 공부를 할 수 없네. 유생들은 명심해야 할 걸세."

동주 정재용의 말에서는 무게감이 느껴졌다. 나이를 많이 먹고 공부를 오래한 경륜 때문이리라.

"유생들은 두 동주님의 말씀을 잘 들어야 할 걸세. 앞으로는 여러 사람이 제의한 대로 풍기문란죄에 대해서는 엄벌을 내리겠네. 그렇게 알고 각별히 행동에 신경을 쓰라구."

산장 이필선이 강경한 어조로 말했다.

"제가 한 말씀 드리겠습니다."

오동구가 일어나 좌중을 둘러보며 말머리를 꺼냈다.

"박정대 사건을 단순한 풍기문란죄로 보면 안 될 것 같습니다. 박정대 생원은 본인 그 자체에 문제가 있었던 것 같습니다. 박정대 생원의 잡기장을 보니까 조금 이해가 가더라구요. 연애를 해서 박 생원이 학습을 소홀히 하는 등 제반 문제가 발생했던 것이 아니고 박 생원 그 자체에 문제가 있어서 연애를 했던 것이고 그 결과는 비참하게 끝난 것이 아닌가 생각합니다. 박 생원은 유학 그 자체에 회의를 품었던 것 같습니다. 성리학 자체를 말장난으로 보고 인간적인 것에 좀 더 매력을 느꼈던 것입니다. 바람을 말로 설명하는 것보다 바람을 손으로 느끼고 싶었나 봅니다. 그러니까 본질보다는 존재 쪽에 관심이 있었던 것이지요. 그가 그런 생각을 하고 있을 때 감미롭게 다가온 건 바로 이막순이었습니다. 박정대는 그런 이막순에게 빠져들 수밖에 없었습니다. 그러니까 박정대는 이상과 현실의 괴리 속에 빠져 익사했다고도 볼 수 있지요. 본질이 이상 쪽이라면 존재는 현실 쪽이 아니겠습니까."

"오 진사가 박 생원의 잡기장을 읽어보았다면 앞에서 한 이야기들이 타당하겠지요. 저도 공부를 하면서 느낀 일입니다. 논어니, 맹자니, 주역이니, 시경이니, 서경이니, 성리학이니, 양명학이니 하는 것들을 공부해보아도 우리 생활을 윤택하게 해주는 것에 대해서는 입을 함구하고 있다 그 말입니다. 박정대가 성리학에 대해 회의를 느꼈다면 그럴수도 있다고 봅니다. 우리는 이제 좀 더 새로운 시각으로 학문에 임해야 되겠지요."

생원 이수강이 오동구의 말을 받아 생기 있게 이야기를 전개하였다.

"우리가 회의를 하는 것은 철학 논쟁을 하자는 것이 아닙니다. 현실적인 이야기를 해야 되지 않을까 생각합니다. 노비 관리 문제라든가, 유생들 관리 문제라든가, 서원의 재정 문제라든가, 유생들이 서원에 입문할 때의 엄선 절차 등에 대해 이야기의 초점을 맞추어나가면 좋겠습니다."

유사 김욱동이 오동구와 이수강을 응시하며 꾸짖듯 말했다.

"김 유사의 말도 일리가 있네. 그렇지만 그러한 이야기는 동주회의에서 거론하는 게 옳다고 보네. 오늘 회의에서는 하고 싶은 이야기를 마음껏 할 수 있어야 될 걸세. 내 이야기가 틀렸는가?"

동주 정재용은 유사 김욱동을 빤히 쳐다보았다. 유사 김욱동은 벌건 얼굴로 몹시 당황해하였다. 그러나 그는 대꾸를 하지 않았다. 동주 정재용의 요구를 수용할 수 있다는 태도였다. 동주 정재용의 요구에 이의를 제기하는 사람은 없었다.

"아까 산장님께서 단결과 우애를 강조하신 바 있습니다. 매우 민감하고 중요한 이야기라고 생각합니다. 그 우애를 실현시키기 위해서는 우리들이 요구하는 율곡 신주 배향을 받아들여야 된다고 봅니다. 율곡은 나라에서도 인정하여 문묘종사에 모셔졌습니다. 저희들로서는 못 모실 이유가 없다고 봅니다. 스승과 제자 관계인 퇴·율 두 분을 사우에 나란히 모신다면 보기에도 좋고 서원 내에서 우리들이 화합할 수 있으니 얼마나 좋은 일입니까."

북파의 장명수가 민감한 문제를 거론하고 나왔다. 그러자 남파 유생들의 표정이 금세 돌변하여 벌게졌다.

"북파의 입장에서만 이야기를 하는데 그것은 잘못입니다. 우리가 모시는 분이 없다면 모르지만 우리는 엄연히 퇴계를 받들고 있지 않습니까. 거기에 율곡을 신주 배향하자고 요구하는 것은 우리의 퇴계 어른을 우습게 보는 처사입니다. 퇴계 어른 옆에 제자를 어떻게 나란히 모실 수 있다는 말입니까. 우리로서는 율곡을 인정할 수 없다 그 말입니다."

남파의 차동영이 언성을 높였다.

"제가 생각할 때는 남파 유생들이 끝까지 기득권을 유지하려고 하는 게 잘못이라고 봅니다. 율곡이 문묘종사에 모셔진 것만 보아도 시대가 많이 변했습니다. 시대의 흐름에 따라가는 게 순리라고 봅니다. 남파와 북파는 학파가 다르고 스승이 다른 게 사실입니다. 그건 누구나 인정할 겁니다. 시대가 변한 만큼 우리는 율곡의 권위를 인정받고 싶습니다. 우리의 어른을 우리의 신주로 받들어 모시고 싶은 것입니다. 후학으로서 당연한 도리가 아니고 무엇이겠습니까. 입장을 바꾸어서 생각해보면 남파가 우리의 입장이 되어도 마찬가지일 것입니다. 우리는 우리의 어른을 우리 앞에 모시고 싶은 소박한 꿈을 갖고 있습니다. 율곡 신주 배향은 반드시 받아들여져야 합니다. 반드시 말입니다."

북파의 조민성은 침을 튀겨가며 열변을 토했다.

"율곡 신주 배향 문제가 대두되기 전에는 우리들이 별문제 없이 오순도순 잘 지내왔지 않습니까. 왜 갑자기 그 문제를 들고 나와서 서원의 화합을 깨느냐 그 말입니다. 우리 산외서원은 퇴계를 모시는 유생들의 배움터입니다. 더도 덜도 아닙니다. 그 어떠한 것도 수용할 수 없는 오직 퇴계 어른을 모시는 서원이란 말입니다."

오동구는 기존의 입장을 확인하는 선에서 이야기를 끝냈다.

"남파에서는 양보할 수 없다는 뜻인데 좋습니다. 가는 데까지 가봅시다. 누가 이기나 봅시다. 우리의 요구를 반드시 관철시키고 말 것입니다."

북파의 최상호는 눈을 부릅뜨고 남파 유생들을 노려보았다. 회의 분위기는 금세 험악해졌다. 팽팽한 긴장감마저 느껴졌다.

"어느 쪽이 양보해야 합니다. 그래야 화합할 수 있다니까요. 한 서원에서 두 분을 신주로 모실 수도 있는 것입니다. 제가 생각할 때는 남파가 양보하는 게 도리라고 봅니다."

어느 쪽에도 속하지 않는 이수강이 남파에게 양보를 요구하고 나왔다. 그러자 남파 유생들이 발끈하여 일어섰다. 무슨 소리냐, 정신 있는 소리냐, 말도 안되는 소리 집어치워라, 면서 성난 사냥개처럼 씩씩거렸다. 우리는 절대 양보할 수 없다, 없었던 것을 새로 요구하고 나오는 북파가 양보해야 한다, 라고 말하더니 집단으로 퇴장해버렸다. 썰물처럼 갑자기 빠져나가버린 남파 유생들로 인해 회의는 어수선하게 되어버렸다. 북파 유생들은 남파 유생들의 경거망동을 성토하고 나왔다. 거기에 산장과 일부 동주들까지 합세하여 남파 유생들에게 질타를 가하였다.

5

1635년(인조 13년) 5월. 율곡과 우계를 문묘에 종사해야 한다는 분위기가 고조되어 갔다. 그 분위기를 타고 성균관의 서인계(西人系) 유생(儒生) 송시영(宋時瑩) 등 270여 명이 연명 상소하였다.

(전략) 선성(先聖)과 선사(先師)가 문묘에 종사되고부터 후대의 유현(儒賢)들도 문묘에 종사될 수 있었습니다. 신라시대의 최치원과 설총, 고려시대의 안유와 정몽주, 우리 조정의 김굉필, 정여창, 조광조, 이언적, 이황 등이 그들입니다. 또한 명종, 선조 때에 유림(儒林)의 종장(宗匠)이 된 이이와 성혼이 있습니다. 이이는 어려서부터 영리하여 그 자질이 뛰어났습니다. 그때부터 이이는 도(道)를 구하고자 하였습니다. 속학(俗學)의 비루(鄙陋)함을 싫어하여 백가를 섭렵하다가 이교(異敎)에 출입하였습니다. 거기에서 이이는 도를 얻었습니다. 이이는 지행(知行)이 일치하고 앞일을 훤히 꿰뚫어 볼 줄 알았습니다. 규모가 크고 뜻이 장대하였습니다. 임금을 섬기고, 백성을 돌보며, 밝은 미래를 열기 위해 최선을 다했습니다. 이이는 작은 성취에 안주하지 않았습니다. 정주(程朱)의 학맥에서 깊이 얻은 바가 있었습니다. 그의 저술인 『격몽요결』은 일상 과정에 매우 절실한 책이고 『성학집요(聖學輯要)』는 제왕의 학문 요체가 다 갖추

어져 있으므로 『대학연의(大學衍義)』보다 못하지 않습니다. 『동호문답(東湖問答)』은 체(體)를 밝히고 용(用)에 맞게 내용을 선정했습니다. 사단칠정(四端七情)에 관한 여러 논의를 결단할 수 있었습니다. 이런 책들을 고찰하면 이이를 자세히 알 수 있을 것입니다.

그는 벼슬에 별로 뜻이 없었습니다. 벼슬을 하기 위해 나아가는 때보다 물러나는 때가 많았습니다. 나중에 선조 임금으로부터 지우(知遇)를 입기도 하였습니다. 계미년 변란이 일어났을 때 병조판서로서 치밀하게 대처하였습니다. 선조 임금의 신임이 두터웠습니다. 그러자 뭇 사람들이 이이를 시기하고 모함하여 배척했습니다. 그 도가 심하여 결과를 예측할 수 없었습니다. 그때 선조 임금이 이이를 살펴주었습니다. 사정(邪正)이 절로 판별되었습니다. 그렇지만 그는 복이 없는 사람이었습니다. 배운 바를 다 시행해보지 못했으니까요. 선비들이 지금도 그 점을 안타깝게 생각하고 있습니다.

신(臣) 성혼은 돈후장중(敦厚莊重)하고 독학역행(篤學力行)하게 행동했습니다. 행동함에 있어서는 『소학』과 『가례』로 준칙을 삼았습니다. 그로서는 부끄러울 것이 없었습니다. 그는 어른을 공경하는 일에도 소홀하지 않았습니다. 행동함에 있어서 안과 밖이 일치되어 뭇 사람들의 귀감이 되었습니다. 그래서 이이는 성혼을 따라갈 수 없는 큰 위인이라고 칭찬하는 것을 잊지 않았습니다. 그는 이이와 일찍부터 사귀어 왔습니다. 강마(講磨)하고 절차(切磋)하며 뜻이 같고 도가 합치되었습니다. 이이는 세상에 나아가 정치에 참여하였고 성혼은 시골에 묻혀 경을 읽었습니다. 임금의 부름을 받고 가끔 한성에 왔지만 뜻은 늘 산에 있었습니다.

계미년에 이이가 모함을 당한 일이 있었는데 그때 성혼이 소를 올려

이이를 변호해주었습니다. 그런 일로 해서 한쪽 편 사람들이 성혼을 미워했습니다. 이홍로의 참소가 있었고 정인홍의 모함이 있었습니다. 성혼은 억울한 죽음을 당하지 않을 수 없었습니다. 원통함을 끌어안고 지하에 묻힌 지 수십 년이 되었습니다. 우리 거룩하신 임금께서 즉위하셔서야 비로소 신원(伸冤)되었습니다. (중략)

두 사람의 공과 덕은 지대한데도 불구하고 지금까지 높여 보답하는 예가 없었습니다. 이것은 우리들의 죄이고 태평성대의 흠입니다. 지금 임금님의 교화가 세상을 밝게 해주고 있습니다. 선비들의 기풍을 진작시킬 수 있는 좋은 기회입니다. 우리 모두는 이번 기회에 도맥(道脈)을 북돋울 수 있도록 해야 할 것입니다. 이에 죽음을 무릅쓰고 소를 올리는 것입니다. 전하께서는 유학의 중요함을 인식하시어 선비들의 피어린 정성을 굽어 살펴주시옵소서.37)

송시영이 소수(疏首)가 되어 연명 상소했지만 그때 실질적 지휘자는 김집(金集-김장생의 아들)이었다. 그러니까 그때 상소할 때의 배후에는 서인 집권 세력이 포진되어 있었던 것이다.

송시영의 상소에 대하여 인조는 이렇게 비답을 내렸다.

이이나 성혼은 착한 사람들이다. 그렇지만 도덕이 높지 않고 흠이

---

37) 허권수, 『조선 후기 남인과 서인의 학문적 대립』, pp.89-91에서 변용.

있다. 뭇 사람들의 비방(誹謗)이 따르고 있다「도덕미고(道德未高) 자루유방 (疵累有謗).」그런 상황 속에서 문묘종사를 가볍게 처리할 수 없다.[38]

인조는 서인 집권 세력들을 염두에 두지 않고서 율곡, 우계를 아무런 부담 없이 깎아내렸다. 여기에 서인 집권 세력들은 가만히 있지 않았다. 인조가 지적한 말의 부당함을 집단적으로 엄중 항의했던 것이다.

서인계 유생들이 율곡 · 우계의 문묘종사를 건의하는 상소를 하자 남인계(退溪學派) 유생들이 가만히 있지 않았다. 남인계 유생들은 건복(巾服) 차림으로 대궐을 지나 동학(東學)으로 가서 율곡 · 우계의 문묘종사를 반대하는 상소를 올렸다. 소수(疏首)는 채진후(蔡振後)였다.

송시영 등은 성균관 유생들이 원점(圓點)[39]할 때 상소할 계획을 세웠습니다. 계략이 숨어 있다고밖에 볼 수 없었습니다. 여러 선비들이 분해하였습니다. 신 등은 이이와 성혼의 학문을 잘 알지 못합니다. 그렇지만 이이의 사직소나 선조대왕이 성혼에게 내린 교서(敎書)를 보면 문제가 있음을 쉽게 발견할 수 있습니다. 이이가 무진년(1568년)에 부교리를 사직하는 소에서,

---

38) 앞의 책, p.93에서 변용.

---

39) 성균관에서 출결을 표시하기 위해 찍던 점.

"어린 시절 도(道)를 구하기 위해 백가(百家)를 두루 넘나들었지만 귀착할 곳을 찾지 못했습니다. 어머니를 일찍 여의고 슬퍼하다 그 슬픔을 막기 위해 절에 들어가 불경을 읽게 되었습니다. 장부를 다 버려도 그 더러움을 씻을 수가 없었습니다. 집으로 돌아와서는 죽고만 싶었습니다. 나만큼 불교에 깊이 빠져본 사람도 없을 것입니다."[40]

라고 했습니다. 어찌 자기를 알지 못한다고 하겠습니까. 그것뿐이 아닙니다. 진사로 뽑혀 문묘에 배알하려고 했을 때 그게 허락되지 않은 적이 있다고 합니다. 문묘에 배알하는 것도 허락되지 않았는데 하물며 종사되어서야 되겠습니까? 이이는 종사하는 데 합당하지 않음을 알 수가 있습니다.

임인년(1602년)에 있었던 일입니다. 양사(兩司)에서 선조대왕에게 건의했습니다. 성혼의 관작을 삭탈해야 한다고. 선조대왕은 여기에 이렇게 비답을 내렸습니다.

"못된 사람들과 당파를 만들고 결국 임금을 버렸으니 죄를 준다. 임진년 왜적이 한성에 쳐들어왔을 때 재신(宰臣) 반열(班列)의 신하로 지척에 있으면서도 달려와 보지 않았다. 또한 대가(大駕)[41]가 그의 거처 근처를 지나가는 날에도 나와 보지 않았다. 그 뒤 왕세자가 이천(伊川)에 머

---

40) 정순목, 퇴계 평전(서울: 지식산업사, 1993), p.189에서 변용.

---

41) 임금이 타는 수레.

물 때였다. 성혼은 부르는 명을 받고도 말이 없다는 핑계로 오지 않았다. 말을 보내어 거듭 불렀지만 끝내 오지 않았다. 그러다가 성천으로 옮겨 머무르고 있을 때에야 겨우 왔다. 북쪽 왜적이 장치(獐峙)를 넘으려 한다는 소식을 듣고 나서였다. 왕세자가 용강으로 옮겨갈 때도 가까이에서 모시지 않았다. 임금과 나라를 잊고 자신의 안위만을 염두에 두었으니 마땅히 벌을 받아야 할 것이다. 마땅히 천벌을 받아야 할 것이다."

관직에서 쫓겨난 뒤 생원 한효상이 신원(伸冤)해 달라는 뜻으로 상소하였습니다. 거기에 선조대왕께서 비답을 내리셨습니다.

"너희들이 성혼을 구제하려 하지만 간흉(奸兇)과 결탁한 그의 죄는 덮을 수 없을 것이다. 죄를 감추려 하면 더욱 드러난다. 성혼을 굉유(宏儒)[42]라고 한 것은 선비를 모욕한 말이다. 간흉과 내통했으며 임금을 버렸으니 굉유라는 말은 성혼에게 어울리지 않는다. 그는 양묵(楊墨)의 무리이다."

임금만이 신하를 제일 잘 안다고 하였습니다. 성혼을 문묘에 종사하는 것은 합당하지 않습니다.

지금까지 밝힌 것들은 그냥 사실일 뿐입니다. 두 신하에게 억울함을 덮어씌우려는 것이 아닙니다. 오직 진실을 밝혀보자는 데 뜻이 있습니다. (중략) 성균관에서 회의하던 중에 재임 윤유근(尹惟謹) 등이 거친 음성으로 얼굴빛을 붉히며,

"생각이 다르거든 나가라."

---

42) 대유학자.

했습니다. 신 등은 그들에게 배척을 당해 좁은 구석으로 쫓겨나올 수밖에 없었습니다. 그들은 신 등을 무시하고, 삭적(削籍)하고, 또한 유벌[43]을 내리기도 하였습니다. 신 등은 쫓겨서 동학(東學)으로 갔습니다. 그러나 거기에서도 쫓겨날 수밖에 없었습니다.

그럴 수 있습니까. 성균관은 모든 선비들이 관계하는 곳인데 저들이 독차지할 수 있다는 말입니까? 흥분한 저희들로서는 가만히 있을 수 없었습니다. 엎드려 바라옵니다. 신 등의 공변(公辨)된 논의를 살펴주시옵소서. 그러면 유학의 발전에 큰 도움이 될 것이옵니다.[44]

채진후 등 남인계 유생들이 올린 상소 내용을 간추려 보면 두 가지였다. 하나는 이이가 불경에 빠졌다는 점이었다. 그리고 다른 하나는 성혼이 기축옥사(己丑獄事) 때 간흉 정철에게 붙어 최영경을 죽인 일과 임진왜란 때 임금을 호종(扈從)하지 않고 자신의 안전만을 도모했다는 점이었다.

채진후 등의 소에 대해서 인조는 이런 비답을 내렸다.

이이와 성혼을 문묘에 종사하자는 건의는 현실적으로 알맞지 않다. 그 불가함을 알고 있느니라.

---

43) 예전에 유생(儒生)들이 정한 벌칙을 이르던 말로 부황(付黃), 삭적(削籍) 따위가 있다.

---

44) 허권수, 앞의 책, pp.94-96에서 변용.

오동구는 팔짱을 끼고는 방 안을 바장이었다. 그의 마음은 매우 혼란스러웠다. 심신을 수련한다는 서원이 이렇게 난잡해서야. 그는 서원에 들어오기 전 그걸 예상하지 못했었다. 조용한 서원에 들어와 글을 읽으며 깊은 세계 속으로 침잠해 들어가고 싶었었다. 그런데 그게 아니었다. 서원의 집채들은 전원 속에 박혀 한가로움을 느끼게 해주었지만 실제 속 그림은 그렇지가 못했다. 갈등과 반목, 그리고 사랑싸움, 세상 속에 있을 수 있는 그런 것들이 서원 내에도 있었다. 오동구로서는 실망하지 않을 수 없었다. 갈등과 반목 속에서 글을 배운 사람들이 나라의 인재가 된다면 그 나라가 제대로 운영될 수 있을까. 선배들이 그런 전철(前轍)을 밟지 않았을까. 그래서 유독 당파 싸움이 심한 것이 아닐까. 그렇다고 서원을 뛰쳐나가면 무슨 뾰족한 수가 있는 것도 아니잖는가. 사람이 있는 곳이면 왜 피비린내 나는 갈등이 존재하는가. 미워하고 시기하고 때로는 그리워하고, 참으로 알 수 없는 일이었다. 갈등이 없는 곳에서 편안히 살 수는 없을까. 갈등이 없는 곳을 사람이 사는 세상이라고 할 수 있을까.

박정대도 그런 갈등 속에 빠졌던 것이 아닌가. 박정대가 이막순을 좋아했던 것은 단순한 사랑놀이가 아닌 듯이 보였다. 박정대에게서 그런 것을 느낄 수 있었다. 사람들이 천하게 생각하는 계집종 이막순을 박정대는 진정으로 사랑했던 것이 아닐까. 박정대로서는 이막순을 사랑하는 것이 무엇보다 소중했던 것이 아니었을까. 대과를 목표로 공부하던 박정대가 그런 생각을 했다면 보통 가볍게 생각할 수 있는 문제가 아닌 듯이 보였다. 오동구는 박정대에 대해 더 알고 싶었다.

그는 선반 위에 올려진 박정대의 잡기장을 끌어내렸다. 별완지의 세로 부분에 구멍을 내어 모시줄로 묶은 잡기장에는 눅눅한 습기가 배어 있었다. 그러고 보니까 잡기장뿐만이 아니었다. 어제 내린 비 탓으로 구석진 곳에는 눅눅한 습기가 배어 있었다. 방 안에서는 퀴퀴한 냄새가 났다. 오동구는 코끝을 벌름거리며 퀴퀴한 냄새를 털어버리기 위해 노력했다. 그러나 그건 허사였다. 어디나 사람이 사는 곳이면 그런 냄새가 나겠지. 정도의 차이는 있겠지만 햇빛이 쩽쩽 내리쪼이는 맑은 날이 계속된다고 해도 그런 냄새로부터 영원히 벗어날 수는 없을 것 같았다. 오동구는 그런 냄새로부터 자유로울 수 없음을 깨달았다. 오동구는 그런 냄새가 사람의 냄새일 거라고 생각했다.

오동구는 앉은뱅이 탁자 앞에 앉아 박정대의 잡기장을 펼쳐들었다.

-황하가 넓다 함은-[45]
황하가 넓다 함은 누구의 말?
갈대 하나로도 건너갈 것을.
송나라가 멀다 함은 누구의 말?
제쳐 딛고 보아도 바라볼 수 있을 것을.

황하가 넓다 함은 누구의 말?
조그만 쪽배 하나 못 띄울 것을.
송나라가 멀다 함은 누구의 말?
아침이 다하기 전 가서 닿을 것을.

---

45) 이원섭 역, 시경(서울: 민예사, 1986), pp.98-99.

－하광(河廣)－

수위하광(誰謂河廣)

일위항지(一葦抗之)

수위송원(誰謂宋遠)

기여망지(跂予望之)

수위하광(誰謂河廣)

증불용도(曾不容刀)

수위송원(誰謂宋遠)

증불숭조(曾不崇朝)

○○○○년 □월 △일

　사람을 사랑하는 것은 죄가 아니다. 사랑해야 하는 사람이 따로 있는 것도 아니고 사랑하지 말아야 할 사람이 따로 있는 것도 아니다. 사랑의 종류가 다를 뿐이다. 공자, 맹자, 노자, 장자, 율곡, 퇴계에게도 여인이 있었을 것이다. 마음속으로 그리워한 여인들이 있었을 것이다. 다만 그들은 시간 속에서 실종되었을 뿐이다. 황하가 아무리 넓다 해도 갈대 하나면 건너갈 수 있다. 공맹을 통해 삶의 진리를 깨닫는 것보다 여인의 살결에서 따스함을 느끼는 것이 훨씬 더 감동적이고 황홀하다. 그 황홀함이 지금껏 조선과 송나라를 지켜왔다. 그 황홀함을 느끼면 육신이 새털처럼 가벼워진다. 나는 그걸 체험했다. 이(理)와 기(氣)와 사단(四端)과 칠정(七情)을 생각하면 내가 나 자신으로부터 떠나간다. 목적이 있어 태어난 게 아니고 이유가 있어 살아가는 것도 아니다. 때로는 존경하는 퇴계조차도 우습게 보일 때가 있다. 물론 공자도, 맹자도. 밖에서 발걸음 소리가 들린다. 그녀의 숨결이 느껴진다. 그녀가 나를 나 자신이게 만든다.

○○○○년 □ 월 △일

울타리 밑에 달개비 하나가 자라나 가냘픈 몸매를 흔들고 있다. 흰 바탕에 청록색 무늬가 있는 꽃을 세 개 달고 있다. 바람이 자면 달개비는 다소곳하게 고갤 숙이고 수줍어한다. 달개비는 말이 없다. 달개비는 살아있는 생명체다. 달개비는 서두르지 않는다. 가냘픈 몸매이지만 청순한 달개비. 달개비는 아름다운 생명이다.

이웃 고을에 온역(장티푸스)이 들어와 많은 사람들이 죽었다는 소식을 들었다. 그래서 그런지 유독 달개비 하나가 시선을 끈다.

제자가 퇴계에게 물었다.

"종일 마음(心)을 붙잡아두면 하루 종일 가만히 있어도 가끔 정신이 어둡고 아득해져서 맑은 기상이 없어지니, 어떻게 하면 좋겠습니까?"

"경 읽는 공부를 소홀히 했기 때문이다. 억지로 마음(心)을 잡으려 하면 이런 병이 생기는 것이다. 마치 물결이 모래를 흘리고 골짜기에 안개가 오르는 것 같아서, 스스로 어두워지게 되는 것이다."

"어떻게 하면 이 병을 고칠 수 있겠습니까?"

"다른 방법이 없느니라. 정자(程子)의 말에 이런 게 있다. 흩어진 마음(心)이 거두는 마음을 찾는 까닭, 그것이 바로 흩어진 마음을 거두는 법이 되는 것이다. 그렇다면 경(敬)을 갖고자 하는 까닭이 경을 가지는 법이 되는 것이니, 경을 가지는 법은 옛날 선비들의 말에 내포되어 있느니라. 대개 이런 병이 있는 것은 다름이 아니라, 조망(助忘) 때문에 이루어지는 것인데, 그중에서도 망(忘)의 병이 더욱 심한 것이다. 이 조망의 병만 없으면 어지러운 마음의 병도 없어질 것이다."[46]

　퇴계: 이(理)는 순선(純善)하고 기(氣)는 선악(善惡)을 겸한다.
　율곡: 우주 천지는 이(理)와 기(氣)로 구성되어 있고 사람 역시 이(理)와 기(氣)로써 이루어져 있다. 사람의 마음 역시 기(氣)가 발하여 이(理)가 올라탄 것이다.

　퇴계: 의리(義理)를 강조하고 천리(天理)를 높이며 하학상달적(下學上達的)인 방법을 중시. 수신적(修身的)이며 교육적임.
　율곡: 천(天)과 인(人)을 관통시키며 내외일치를 주장. 치인(治人)의 정치 방면에 영향을 미침.

　오동구가 박정대의 잡기장을 읽고 있다가 밖에서 시끄럽게 들려오는 여자들의 말소리에 움찔 놀랐다. 경박스럽게 들리는 말소리가 많이 귀에 익었다. 계집종들이로구나. 오동구는 불쾌했다. 금방이라도 뛰어나가서 호통을 쳐주고 싶었다. 그렇지만 글을 읽는 선비 신분인지라 그렇게 할 수도 없었다. 끙끙 앓으며 치밀어 오르는 울화를 참아내었다. 좀

<hr />

46) 정순목, 『퇴계 평전』(서울: 지식산업사, 1993), p.189에서 변용.

처럼 계집종들의 말소리는 수그러들 기미를 보이지 않았다. 계집종들은 오동구가 들으라고 일부러 방문 앞 토방 위에 올라서 떠들어대는 것 같았다.

"김찬식 수령이 방번전(防番錢)[47]을 받아 착복했다고 하더라."

"그것만 먹었으면 다행이라고. 은결채(隱結債)[48]도 삼켰다고 했다니까."

"도둑놈들!"

"너 뭐라고 했니? 너 죽고 싶니? 말조심해야 한다. 증거도 없으면서 그러면 죽는 수가 있으니까 명심하라구."

"아랫마을에 소문이 자자한 모양이더라. 갈치배미(서원답)로 일 나갔다가 들었다니까. 나 혼자만 들은 것도 아니다."

계집종들은 끝이 없을 듯 떠들어대었다. 오동구로서는 떠드는 소리를 계속 듣고 있기가 힘들었다. 정신이 혼란스러웠다. 그래서 그는 문을 열고 밖으로 나왔다. 그는 점잖은 목소리로 말했다.

"너희들 조용히 할 수 없겠니?"

오동구의 말에 계집종들이 일제히 몸을 돌렸다. 그녀들은 놀란 표정으로 오동구를 응시하였다.

"오 진사님, 죄송했습니다. 오 진사님이 그 방에 계신지 몰랐구만요."

---

47) 지방에서 병졸을 뽑아 서울로 보낼 때에 그것을 면제해주고 받는 돈.

---

48) 세금의 대상에서 불법으로 제외된 경작지인데 수령이 은밀히 세금을 받아 착복하는 것.

계집종 하나가 오동구에게 변명을 하고 나왔다. 오동구는 일그러진 얼굴 표정을 풀지 않았다.

"얘들아, 가자."

계집종들은 고개를 숙인 채 취목원 쪽으로 이동해갔다.

"참 그것들 참새처럼 짹짹거리는구만."

오동구는 계집종들의 뒷모습을 바라보며 중얼거렸다. 그는 마루에 서서 한참 동안 움직이지 않았다. 계집종들의 말이 사실일지도 모른다고 생각했다. 오동구도 서원 밖으로 나가 마을 사람들로부터 그런 내용을 들은 바가 있기 때문이었다. 그게 사실이라면 보통 문제가 아니잖은가. 눈 감고 모른 척할 수는 없다. 그런 생각을 하면서 걸음을 떼어놓으려 하는데 가벼운 물체가 발등을 덮어왔다. 이게 뭐람. 대님이 풀어져 발등 위에 걸려 있었으며 바짓가랑이는 밑으로 축 내려와 있었다. 오동구는 상체를 앞으로 숙였다. 바짓가랑이를 끌어올린 다음 끝을 잡고 발목에 휘휘 감았다. 그런 다음 같은 부위에 대님을 대고 칭칭 감았다.

"오 진사 뭐 하는가?"

차동영이 오동구 곁으로 다가와 마루턱에 걸터앉았다.

"대님이 풀려서 매느라구. 요것이 가끔 지랄을 떤다니깐."

오동구는 대님 끝을 당겨 세게 조이고는 매듭을 지었다. 그는 상체를 일으켜 세웠다.

"오 진사, 이야기 들어서 알고 있겠지."

"무슨 이야기?"

"김찬식 수령에 대해서 말이야."

"탐관오리라는 소문이 있던데 그게 사실인 모양이지? 내 방 앞에서 계집종들이 떠들다 돌아갔다니까. 방번전과 은결채를 착복했다고 하더구만. 나는 지금 두 번째 들은 거라구. 설마설마했더니 그게 사실인 모양이구만."

"그것뿐이 아닌 모양이야. 내가 마을에 나가 직접 확인하고 오는 길이라니까. 평민복으로 갈아입고 객주에 들러 술을 한잔하는 척하면서 확인해보았다니까. 나도 처음에는 설마설마했지. 그런데 그게 사실이더라구. 장세전(場稅錢)⁴⁹⁾까지 먹어 치운 모양이야."

"그럼 이대로 있을 수가 없지 않은가."

"대책을 세워야지. 백성들의 피를 빨아먹는 탐관오리는 혼내주어야 한다니까."

"어떻게 혼내준다는 말인가?"

"주상께 상소문을 올리자구."

"그것 좋은 생각이구만. 좀 더 사실 여부를 알아본 다음에 상소문을 올리자구."

두 사람은 의견일치를 본 셈이었다. 서로를 바라보고 빙긋 웃었다.

"그런데 장애물이 있다니까. 북파 유생들이 동의해줄지 의문이니."

"그건 염려 안 해도 될 것 같네. 북파 유생들에게 이해관계가 없기 때문에 쉽게 응할 거네. 이수강을 중간에 넣어서 이야기해 보자구."

"그것도 좋지."

---

49) 장터에서 장사하는 사람들로부터 거두어들이는 일종의 자릿세.

하늘은 높고 푸르렀다. 금빛 햇살이 마당에 질펀히 깔려 있었다. 마당 앞에 서 있는 오동나무 가지들이 바람을 안고 한들한들 움직였다. 서원 경내는 고요하기 이를 데 없었다.

차동영이 이수강을 만나 자세한 이야기를 하기로 하였다. 북파와는 매끄럽지 못한 관계이므로 남파가 추진하는 일을 무조건 반대할 수도 있을 것이었다. 그러나 그러한 가능성은 희박했다. 상소문건은 남파나 북파 모두에게 이해 관계가 없기 때문이었다. 그래도 혹시 반대하고 나올지도 모른다는 노파심 때문에 이수강이 나서는 게 좋겠다고 생각했던 것이다.

의인문 쪽에서 말 울음소리가 들렸다. 그리고 이어서 덜거덕거리는 말발굽 소리가 연속적으로 들렸다. 의인문 주위가 소란스러웠다.

"이리 오너라! 사또께서 행차하셨느니라!"

외침소리는 의인문 쪽에서 들려온 게 분명했다.

서원 사내종들은 본채 마당에서 풀을 뽑고 있었다. 사또 행차라니. 그들은 하던 작업을 멈추고 의인문 쪽으로 뛰었다. 사또는 탐관오리로 소문이 나 지탄의 대상이 되고 있지만 무섭기로도 유명했다. 그래서 사람들은 함부로 그를 비난하지 못했다.

사내종들은 문밖으로 나가보았다. 수령이 교마(轎馬)[50] 위에 올라 내려다보고 있었다. 교마 주위는 관가에서 나온 사람들로 에워싸 있었다.

---

50) 수령이 타는 말.

"산장님 계시느냐?"

관원 하나가 교마 앞으로 나오며 물었다.

"네, 계시옵니다."

서원의 사내종들은 상체를 꺾은 채 굽실거렸다.

"그럼 뭣 하느냐. 어서 가서 나오시도록 전하지 않고. 사또께서 서원을 찾아 오셨다고 어서 가서 전하라."

관원은 큰소리로 외쳤다.

"네, 알겠습니다요."

사내종 하나가 의인문 안으로 뛰어들어갔다.

"사또, 서원 안으로 들어가시지요. 문밖에 서 있을 필요가 없잖습니까."

"무슨 말을 그렇게 하느냐. 여기는 선비들이 공부하는 곳이다. 예도를 지킬 줄 알아야 한다. 안에서 들어오라는 말이 있어야 들어가는 것이 아니겠느냐."

김찬식 수령은 목에 힘을 주고 근엄하게 말했다.

수령의 말에 관원들은 아무런 대꾸도 하지 않았다. 관원들은 할 말을 잃고 수령만 우두커니 쳐다보았다. 그들은 오늘따라 김찬식 수령의 행동이 이상하다고 생각했다. 평소 무례하기 짝이 없던 김찬식 수령이 아니었던가. 김찬식 수령은 평소 그가 보여주었던 것과는 다른 예상 밖의 행동을 하고 있었다. 수령을 모시고 온 관원들로서는 어리둥절할 수밖에 없었다.

"서원에 있는 유생들은 보통 사람들과 다르다. 앞으로 큰 벼슬을 할 분들이 여기에 계신단다. 그걸 알고 있느냐?"

"알고 있습니다."

"그럼 되었구나."

그때 서원 안으로 뛰어들어갔던 사내종이 헐떡거리며 달려왔다. 그는 다급한 음성으로 말했다.

"산장님께서 들어오시라는데요."

사내종은 수령 앞에서 고개를 똑바로 들지 못했다.

"알았다."

김찬식 수령은 교마 위에서 뛰어내렸다. 관원들이 김찬식 수령 가까이 모여들었다.

"조금 떨어지거라. 바짝 붙어설 필요가 없다. 자 들어가자꾸나."

수령 일행이 걸어서 서원 안으로 들어섰다. 그들은 수도헌 쪽으로 걸음을 옮겼다. 수도헌 가까이 다가가자 산장 이필선, 동주 임주성, 동주 정재용이 걸어 나와 수령 일행을 맞이했다. 유생들의 모습은 눈에 띄지 않았다.

"사또, 어서 오시지요."

산장 이필선이 허리 숙여 공손하게 예의를 표했다. 동주들은 말없이 허리만 숙였다.

"반갑습니다, 산장님. 진작 찾아뵈야 하는 건데 늦었습니다."

김찬식 수령도 공손하게 허리를 숙였다.

사또가 서원을 방문했다는 소식은 제법 대단한 이야기거리였다. 노비들은 대 어른이 찾아왔다면서 흥분하고 있는 눈치들이었다. 그들은 청소를 한다, 먹을 것을 준비한다 하면서 수선을 떨었다. 그러나 유생들은 달랐다. 수령이 인사차 서원을 찾아왔다는 소식을 듣고도 꼼짝하지 않았다. 오히려 그들은 독서를 하다 책을 놓고 김찬식 수령을 비판했다.

산외서원문고에는 남·북파 모든 유생들이 모여 있었다.

차동영의 부탁을 받은 이수강이 먼저 입을 열었다.

"김찬식 수령이 탐관오리라는 것은 다들 알고 있겠지. 서원 밖으로 나가보면 금방 확인할 수 있다니까. 원성이 높은 수령을 이대로 두면 안 된다니까. 오늘 우리가 김찬식 수령을 외면한 것은 잘한 일들이라구. 수령이 각성할 수 있도록 기회를 주어야 한다구. 우리가 외면한 것에 대해서 느끼는 바가 있을 것이거든. 장 생원은 김찬식 수령에 대해서 어떻게 생각하나?"

"이 생원의 생각과 비슷해. 탐관오리인 것은 분명하니까 하루빨리 조정에 알려야 한다구. 목을 잘라야 한다니까."

북파의 장명수는 목을 자르는 시늉을 해보였다.

"오늘 우리 서원을 찾아온 것도 자신의 약점을 감추기 위한 것이 아닐까."

북파의 최상호였다. 유생들은 항간에 떠도는 말을 듣고 김찬식 수령의 과실을 알고 있는 터라 별 이의를 제기하지 않았다.

"조정에 알리려면 상소문을 올리는 방법밖에는 없지 않겠나. 산외서원 유생들 전원의 이름으로 연명 날인하여 상소를 올리자구."

이수강의 제안에 모두 좋다면서 박수를 쳤다.

"상소문은 누가 작성할 것이며 누가 한성으로 봉송할 것인지 봉소대원도 뽑아두는 것이 좋겠네."

오동구가 구체적인 문제를 들고 나왔다.

"상소문은 나와 조 진사가 공동으로 만들어보겠네."

최상호가 조민성의 손을 잡으며 말했다.

"그럼 봉소대원은 누가 하겠나?"

앞으로 나서는 사람이 없었다.

"그럼 내가 맡지."

이수강이 말했다. 그러자 다들 이수강에게 수고해 달라면서 격려를 아끼지 않았다.

유생들이 산외서원문고에서 이런 이야기들을 하고 있을 때 김찬식 수령은 수도헌에서 산장 이필선과 찻잔을 가운데 놓고 앉아 이야기를 나누고 있었다.

"어려운 점이 있으면 말씀해주세요. 힘이 닿는 데까지는 도와드리겠습니다."

김찬식 수령은 산장 이필선을 응시하며 밝게 웃었다.

"큰 어려움은 없습니다. 바쁘실 텐데 관심을 갖고 찾아주셔서 감사합니다. 저희들보다는 일반 백성들에게 관심을 가져주십시오."

산장 이필선은 김찬식 수령의 소행에 대해 알고 있는 터라 뼈가 있는 말을 던졌다.

"무슨 말씀이신지 알아듣겠습니다. 그렇지만 장차 이 나라의 일꾼들이 여기에서 나올 것인데 모른 척할 수는 없잖습니까. 늘 이곳 서원에 신경이 쓰이던데요. 진작 찾아와야 하는 건데 늦었습니다."

"사또께서 이런 하찮은 곳에까지 신경을 쓰시다니 믿어지지 않습니다. 저희들은 조용히 심신을 수련하는 일에만 정성을 쏟고 있거든요."

"너무 겸손의 말씀입니다. 산장님과 동주님들은 과거에 판서까지 지내신 분들로 알고 있습니다. 저에게는 부족한 점이 많이 있습니다. 많이 채찍질하여 주십시오."

김찬식 수령은 끝까지 공손함을 잃지 않았다. 그는 부스럭거리더니 주머니에서 물건을 하나 꺼내 이필선 산장 앞으로 슬그머니 내밀었다.

"이게 뭡니까?"

이필선 산장은 눈을 크게 뜨고 물었다.

"인사로 작은 선물을 하나 준비해왔습니다. 서원을 꾸려가는 데 보태 쓰십시오."

김찬식 수령은 작은 소리로 속삭이듯 말했다.

"뭔데요? 펴보아도 되겠지요?"

"나중에 펴보십시오."

"궁금해서 펴보아야지 견딜 수 있나요."

이필선 산장은 포장지를 뜯으려고 선물을 집어들었다.

"금과 은이 조금씩 들어 있습니다. 나중에 펴보세요."

"저는 그런 것 받지 않습니다. 가지고 가세요."

이필선 산장은 선물을 김찬식 수령 앞으로 내밀며 눈꼬리를 치켜올렸다.

"성의로 드리는 것인데요. 부담 없이 받아주십시오."

"안 됩니다. 절대 그런 것은 받지 않습니다. 이러시려면 앞으로는 찾아오지 마십시오."

이필선 산장이 얼굴을 붉히며 먼저 자리에서 몸을 일으켰다.

"그럼 어쩔 수 없군요. 낯 뜨거운 일이지만 다시 넣겠습니다. 순수한 뜻으로 그랬던 것이니까 이해해 주십시오."

김찬식 수령은 선물을 집어다가 재빨리 주머니에 넣었다. 그의 얼굴 빛은 창백하기 그지없었다. 그때야 이필선 산장은 다시 자리에 앉았다.

그로서는 김찬식 수령을 똑바로 응시하기가 왠지 쑥스러웠다. 그래서 그는 문밖의 풍경들을 이따금 힐끗힐끗 쳐다보곤 하였다.

"그럼 선물 이야기는 없었던 것으로 하겠습니다."

"진작 그렇게 나오셔야지요. 그런 것 주고받으면 서로 불편하거든요."

"제가 생각이 짧았습니다. 그 점 이해해 주십시오. 그런데 유생들이 통 보이지 않네요."

김찬식 수령은 유생들이 한 명도 눈에 띄지 않자 몹시 신경이 쓰이는 모양이었다.

"미처 연락이 가지 못한 모양입니다. 사또께서 불시에 찾아오셨기 때문일 겁니다."

"그럴 수도 있겠네요. 그럼 저 가보겠습니다. 안녕히 계십시오."

김찬식 수령은 벌떡 몸을 일으켜 세웠다. 그는 산장 이필선에게 공손한 태도로 고개 숙여 인사를 올린 다음 몸을 돌이켰다. 처음 들어올 때와 달리 그의 표정은 많이 굳어 있었다. 그가 나오자 대기하고 있던 관원들이 다가와 굽실거리며 신을 내밀었다.

김찬식 수령은 신을 신고 의인문 쪽으로 향하려다 다시 고개 숙여 인사를 건넸다.

"산장님, 안녕히 계십시오. 나오실 필요 없습니다. 들어가세요. 저는 가보겠습니다."

김찬식 수령은 관원들에게 둘러싸여 의인문 쪽으로 걸음을 옮겼다.

산장 이필선과 동주들은 김찬식 수령이 나오지 말고 들어가라며 성화였지만 의인문 밖에까지 따라 나와 배웅하여 주었다. 수령에 대한 소문이 좋지 않아 냉대하여 보내고 싶은 마음이 간절하였지만 일단 서원을 찾아온 손님이기 때문에 최소한의 예의는 지켜주어야 한다고 생각했던 것이다.

　수도헌에서 동주회의가 열렸다. 긴 앉은뱅이 탁자를 가운데 놓고 서로 마주 앉아 이야기를 주고받았다.
　"박정대 사건으로 우리 서원이 아직도 안정을 찾지 못하고 있습니다. 동주님들이 적극 협조해주셔야 될 것 같습니다. 무엇보다도 남녀 문제가 생기지 않도록 사전에 충분한 훈화가 있어야 될 것 같습니다. 박정대 사건 같은 불미스러운 일이 다시는 일어나지 않도록 해야 합니다. 공부에 몰두해도 시간이 모자라거늘 한눈 팔면서 글을 읽으면 그 결과는 뻔할 것입니다. 한눈 팔면서 어떻게 도를 깨우칠 수 있다는 말입니까. 나라에서 노비와 논밭까지 주면서 공부시키는데 그래서야 되겠습니까. 선비는 매일 글을 읽고 수시로 심신을 돌아다보아야 할 것입니다."
　산장 이필선의 목소리는 나이 탓인지 힘이 없었고 맥이 탁 풀린 듯했다. 옆에서 듣기에도 답답할 정도였다. 수염뿐만 아니라 윗눈썹까지 하얀 게 더욱 나이를 느끼게 해주었다.
　"지금 유생들이 조정에 상소문을 올리려 하고 있습니다. 여러분들은 그걸 알고 계셨나요?"
　유사 김욱동이 좌중의 눈치를 살피며 물었다. 그러자 동주들과 산장은 서로를 바라보며 생소하다는 반응을 보였다.
　"상소문의 내용이 무엇인지 알고 있나요?"
　산장 이필선이 김욱동에게 물었다.
　"김찬식 수령에 대한 것으로 알고 있습니다. 수령의 부정을 조정에 알려 그의 해임을 요구하는 것으로 알고 있습니다. 아까 산장님께서 좋은 말씀들을 많이 해주셨는데 그것보다는 상소문 사건을 어떻게 대처해 나가느냐가 더 급선무라고 봅니다."

"김 유사는 상소문을 올리면 큰 문제가 발생할 것처럼 보고 있는데 그건 염려할 것 없습니다. 아무런 문제도 되지 않는다 그 말입니다. 우리는 모른 척하고 있으면 됩니다. 김찬식 수령은 고을 사람들로부터 인심을 잃은 지 오래입니다. 이번에 쓴맛을 한 번 보여주어야 합니다."

동주 임주성이 소리를 높였다.

"저도 임 동주의 말에 동의합니다. 우리는 모른 척하고 있으면 되는 것입니다. 대처하고 말 것도 없다 그 말입니다."

동주 정재용도 임주성과 같은 입장이었다.

"김 유사는 왜 그런 이야기를 동주회의에서 꺼내고 그럽니까. 아예 모른 척 하고 넘어갔으면 될 일 아닙니까."

산장 이필선이 김욱동에게 꾸짖듯 말했다.

"산장님, 걱정할 것 없습니다. 왕실을 비판하는 내용이 아니니까요. 탐관오리를 잡아들여야 한다는 내용이기 때문에 오히려 상 받을 일입니다."

동주 임주성이 웃으며 가볍게 말했다.

"그럴까요?"

산장 이필선은 고개를 갸웃거리며 석연치 않다는 태도를 취했다. 별 것 아니라는 태도로 가벼운 반응을 보인 동주 임주성과는 대조적이었다. 유사 김욱동은 산장 이필선으로부터 추궁조의 말을 들은 탓인지 굳은 표정을 풀지 않았다.

모든 동주들은 유생들의 상소문 사건에 대해 모른 척하기로 의견을 모았다. 산장 이필선과 유사 김욱동도 동주들과 뜻을 같이하기로 입장을 정리하였다. 함께 참여하지는 못할망정 막을 수는 없다는 것이 동주회의의 결론이었다.

　노비 관리 문제, 유생 선발 문제, 유생들 상호간의 화목에 대한 문제 등도 동주회의에서 거론하였다. 회의가 끝났을 때는 수도헌에 저녁 어스름이 들어와 도둑고양이처럼 웅크리고 있었다.

　북파의 최상호와 조민성이 약속한 대로 상소문 초안을 작성하였다. 나중에는 남·북파의 모든 유생들이 참여한 가운데 상소문을 검토하였다. 상소문 문구는 수정 없이 통과되었다. 조민성이 상소문을 깨끗한 한지에 붓으로 써내려가기 시작했다.

　(전략) 저희 유생들은 백성들을 아끼고 보살펴주어야 하는 것이 수령의 임무라고 알고 있습니다. 그런데 김찬식은 그렇지가 못했습니다. 방번전, 은결채, 장세전을 착복했다는 소문이 고을에 자자합니다. 백성들의 피를 빨아먹는 거머리와 같은 존재가 아니고 무엇이겠습니까. 김찬식은 나라를 좀먹는 벌레와 같습니다. 모든 수령들이 김찬식과 같을 때 이 나라는 어디로 가겠습니까. 전하의 은총으로 백성들이 배고픔을 면하고 있지만 우리 고을만은 그렇지가 못합니다. 하루에도 수십 명씩 굶어 죽어가고 있습니다.

　전하, 김찬식은 주색에도 빠져 있습니다. 김찬식의 부정을 다 열거할 수 없어 안타깝습니다. 김찬식의 부정을 샅샅이 조사하여 엄벌에 처하는 것이 도리라고 생각하옵니다.

전하, 하루가 급하옵니다. 백성들을 김찬식의 손아귀 속에서 구출해 내야 합니다. 우리 유생들은 가렴주구를 일삼는 김찬식의 부당함을 알고부터 잠을 제대로 이루지 못하고 있습니다. 이기호발설이니, 음양오행이니, 수신제가니, 격물치지니, 이기이원론이니, 공자니, 맹자니, 하는 것을 백날 배워도 슬픈 우리의 현실을 고쳐나가지 못하면 무슨 소용이겠습니까. 눈에 보이는 부당함을 고쳐나가는 것이 경을 통해 세상을 아는 것보다 중요하다고 생각합니다. (후략)

조민성은 상소문 쓰기를 하다 붓을 놓고 손을 탈탈 털었다. 고개를 숙인 채 집중해서 글씨를 쓴 탓인지 손끝이 먹먹하게 아파왔던 것이다. 잠깐 동안 휴식 시간을 가진 다음 조민성은 다시 붓을 들었다. 상소문 끝에 유생들의 이름을 빠짐없이 기록해나가기 시작했다. 이름을 모두 쓰고 연명 날인하면 상소문은 완성되는 것이다.

이웃고을에 있는 영동서원 소속 낯선 유생들이 산외서원을 찾아왔다. 그 유생들은 상소문을 들고 찾아와 연명 날인해줄 것을 요구하였다. 상소문 내용은 문묘에 종사되고 있는 율곡과 우계에 대하여 출향해 줄 것을 요청하는 것이었다. 그러니까 낯선 유생들은 영남학파(퇴계학파) 소속이어서 조정의 남인들과 계보를 같이 하는 셈이었다. 그들의 요구에 대하여 산외서원 유생들은 남파와 북파가 서로 다른 반응을 보였다. 남파 소속 유생들은 환영하는 입장이었지만 북파 소속 유생들은 발끈하여 날인은커녕 상소문 자체를 인정할 수 없다는 입장을 취했다.

"알고 보니까 이놈들이 나쁜 녀석들이더라구. 율곡, 우계를 우롱하는 것이 아니고 뭐냐고. 이놈들 다리를 분질러 버려야 한다구."

북파의 장명수가 눈을 부릅뜨고 소리를 질렀다.

"지금 사우에서 낯선 유생들이 남파 일행과 이야기를 하고 있을 거라구. 가자구. 가서 상소문을 찢어 버리고 녀석들을 혼내주자고."

최상호는 불끈 주먹을 쥐어 보이며 격앙된 음성으로 말했다.

"이놈들이 백여우 같은 녀석들이로군. 여기가 어디라고 감히. 가자구. 장 생원의 말대로 다리를 분질러 버리자니까."

조민성도 역겹다는 듯 불쾌해 하기는 마찬가지였다. 그들은 오동재에서 나와 사우로 가기 위해 서둘렀다. 그들은 걸으면서도 치밀어 오르는 울화를 삭히지 못하고 낯선 유생들을 향해 욕설을 퍼부었다.

북파 유생들의 태도와 달리 남파 유생들은 매우 호의적인 태도로 낯선 유생들을 대했다. 남파 유생들은 낯선 유생들이 자신들의 가려운 곳을 긁어주는 것 같아 기분이 좋았다.

"율곡, 우계가 문묘에 종사된 것은 애초부터 무리였습니다. 서인(율곡학파)들의 끈질긴 요구로 숙종 임금님이 마지못해 윤허해주었을 뿐입니다. 그러니까 서인들이 자신들의 세력 기반을 다져 정치적 야욕을 채울 목적으로 율곡, 우계의 문묘종사를 요구했던 거지요. 그것은 첫 단추부터 잘못 꿰어진 것입니다. 율곡, 우계는 문묘에 종사될 수 없는 인물입니다."

낯선 유생 하나가 남파 유생들 앞에서 자신의 견해를 밝혔다.

"그래서 저희들은 잘못된 것을 바로 잡기 위해 이렇게 나선 것입니다. 앞으로 수백 명의 유생들로부터 날인을 받을 생각입니다."

또 다른 낯선 유생 하나가 침을 튀기며 말했다.

"이제 충분히 이해가 갑니다. 율곡, 우계의 문묘종사가 윤허되기 전까지는 우리 서원에 문제가 없었습니다. 율곡, 우계의 문묘종사가 윤허되고부터 우리는 남파와 북파로 나뉘어 싸웠던 것입니다. 율곡, 우계가 문묘에 종사된 것은 좀 무리라고 봅니다. 국조오현과는 비교가 안 되는 인물이니까요. 또한 반대하는 사람들이 있는데도 불구하고 정치적인 힘에 의해 문묘에 종사된 것은 분명히 잘못된 것입니다. 잘못된 것은 바로 잡아야겠지요. 우리는 여러분들을 환영합니다."

오동구는 마음속에 있는 것을 털어놓고 나자 가슴이 후련했다.

"북파 유생들이 이 사실을 알고 있습니다. 가만히 있지 않을 텐데 걱정입니다. 그들을 조심하셔야 할 겁니다. 북파 유생들에게서는 날인을 받을 수 없을 겁니다."

차동영으로서는 북파 유생들의 저항이 두려운 게 사실이었다.

"그건 물론이지요. 애초부터 그들에게서는 날인받을 생각이 없었습니다."

낯선 유생 하나가 말을 마치고 나자 밖에서 똑똑 문 두드리는 소리가 들렸다. 안에서 반응을 보이기도 전에 문은 곧 세차게 열렸다. 북파 유생들이었다. 그들은 다짜고짜 사우 안으로 들어섰다. 눈을 치켜뜬 험악한 표정들이었다.

"당신들에게 묻겠소. 문묘에 종사된 율곡, 우계를 출향(黜享)하자는 내용의 상소문을 들고 왔다고 하는데 그게 사실이요?"

북파의 장명수가 자리에 앉아 있는 낯선 유생들에게 물었다. 그는 낯선 유생들 하나하나를 매섭게 쏘아보았다. 순간 사우에는 팽팽한 긴장감이 감돌았다.

"장 생원, 앉아서 이야기하자구."

남파의 오동구가 자리를 가리키며 부드럽게 말했다.

"지금 앉는 것이 문제인가. 오 진사는 가만히 있게."

장명수는 퉁명스럽게 대꾸하였다.

"사실입니다. 잘못된 것을 바로 잡아야 한다는 뜻에서 이렇게 나온 겁니다."

낯선 유생 하나가 조금 겁먹은 표정으로 말했다.

"뭐라고? 잘못된 것을 바로잡는다고? 너 이놈! 여기가 어디라고 감히. 못된 것 같으니라구."

장명수가 달려들어 낯선 유생의 멱살을 잡으려고 할 때였다. 오동구가 일어나 장명수의 몸통을 세차게 끌어안았다.

"너희들은 오늘 죽었다. 너희들은 오늘이 초상날이야. 율곡, 우계를 우롱하면 죽는다는 것을 알아야 한다."

이번에는 최상호가 달려들어 또 다른 낯선 유생의 멱살을 잡았다.

"손을 놓게. 손님에게 그러면 못 쓰네. 유생들끼리도 예도가 있는 것이네."

차동영이 최상호를 떼어놓았다. 조민성도 가만히 있지 않았다. 낯선 유생들에게 욕설을 퍼부으며 죽이겠다고 엄포를 놓았다. 북파 유생들은 제정신이 아닌 듯이 보였다.

"우리가 이들을 잡고 있을 테니까 어서 가십시오. 빨리 떠나가란 말입니다."

남파의 오동구가 낯선 유생들을 향하여 다급하게 외쳤다. 북파 유생들이 남파 유생들과 몸싸움을 하는 사이 낯선 유생들은 상소문을 들고 부리나케 사우를 빠져나갔다. 그들은 개가 꼬리를 감추고 도망치듯 매우 겁먹은 모습으로 산외서원을 빠져나갔다. 갓이 벗겨져 땅에 나뒹굴어도 아랑곳하지 않고 도망가는 데에만 열중하였다.

"앉아 보게. 나는 자네들을 충분히 이해하네."

낯선 유생들이 떠나간 뒤 오동구는 장명수에게 부드럽게 말했다.

"자네들은 뭔가. 아까 그놈들과 같은 편이라서 우리를 막았는가?"

장명수는 몹시 불만스러운 표정이었다. 북파 유생들은 자리에 앉지 않았다.

"편은 무슨 편인가. 손님들이라 손님 대접을 했을 뿐이네. 우리도 상소문에 날인하지 않았네."

오동구는 격해 있는 북파 유생들을 다독일 필요가 있다고 생각했다.

"자네들하고는 이야기하고 싶지 않네. 문묘에 종사된 율곡, 우계에 대한 출향 문제가 나오니까, 말은 안 해도 자네들 속이 시원했겠지. 그렇지만 그건 안 될 말이네. 안 될 말이라니까."

씩씩거리며 서 있던 최상호도 한마디 하였다.

"자네들 아니었으면 아까 그 친구들 뼈다귀 부러졌을 것이네. 왜 말렸는가? 우리들보다 그놈들이 더 가깝게 느껴지던가? 파가 같아서 그럴 수도 있겠지. 아까 상소문에 날인을 하지 않았다고 했는데 안한 것이 아니고 우리 때문에 못한 것이겠지. 상소문 자체를 찢어버렸어야 하는 것인데 자네들 때문에 뜻을 이루지 못했네."

조민성도 불쾌한 표정을 감추지 못했다.

"편이 어떻고 파가 어떻고 하는 이야기는 하지 마세. 우리는 산외서원 유생들이 아닌가."

차동영이 차분한 목소리로 야젓하게 말했다.

"자네 말 잘했네. 파가 없고, 편이 없으면 우리는 우애할 것 아닌가. 그런 의미에서 우리가 요구하는 율곡 신주 배향을 받아들이게. 퇴계와 율곡 두 어른을 우리 서원에 함께 모시면 얼마나 좋겠는가."

장명수가 예민한 부분을 건드리고 나왔다.

"그건 안 된다고 하잖았는가. 그 이유를 여기에서 다 밝힐 수는 없지."

오동구가 거부 의사를 확실히 밝혔다.

"그럴 줄 알았네. 자네들하고는 근본적으로 맞지 않는다니까. 자, 가자구."

장명수가 앞장서 걸어나가자 나머지 북파 유생들도 뒤따라 사우를 나섰다.

남·북파 산외서원 유생들이 티격태격 불협화음을 내면서도 탐관오리 김찬식 수령을 엄벌해야 한다는 공동 사안에 대하여는 한목소리를 내었다. 최상호와 조민성이 상소문을 작성하고, 이수강이 봉소대원(奉疏隊員)으로서 한성까지 상소문을 가지고 가기로 한 계획에는 차질이 없었다.

"이 생원, 봉소대원이 되기로 자처했는데 혹시 후회하지 않나?"

오동구는 한성으로 가기 위해 상소문을 들고 수도헌을 나서는 이수강에게 물었다. 이수강이 떠나는 모습을 지켜보기 위해 남·북파 유생 대다수가 나와 고생하겠다는 위로의 말을 아끼지 않았다. 산장이나 동주들은 한 사람도 나와 보지 않았다.

"몸조심하게. 우리만 알고 있는 비밀 사항이어서 별문제가 없겠지만 그래도 수령 김찬식 일당에게 습격을 받을 수도 있다는 것을 명심하게."

장명수가 이수강의 어깨를 다독거려주었다.

"문제없을 걸세. 내가 누군가. 이수강이 아닌가. 든든한 두 명을 데리고 가기 때문에 안심해도 될 걸세. 한성까지 그렇게 먼 거리는 아니잖은가."

이수강이 곁에 서 있는 사내종 두 사람을 겨끔내기로 응시하며 말했다. 이수강 일행은 수도헌 마당에 서서 유생들과 작별 인사를 나누었다.

"다녀오겠습니다. 이 생원님을 잘 모시고 한성까지 다녀올 테니까 걱정하지 마세요. 목숨을 바쳐 이 생원님을 지켜드릴 것입니다. 이 돌쇠가 책임을 지겠습니다요."

사내종 돌쇠가 불끈 쥔 주먹을 사람들 앞에 들어 보였다. 그들의 흰옷에서는 땟국이 흘렀고, 흰 머리띠는 찢어져 너덜거렸다. 등에 멘 바랑도 땟국이 흐르고 찢어져 너덜거리기는 마찬가지였다. 그러나 생원 이수강의 모습은 달랐다. 깨끗한 흰옷과 반듯하게 쓴 갓에서 선비의 기품을 읽을 수 있었다.

"이 생원님을 잘 모시거라. 우리들은 돌쇠 너만 믿는다."

차동영이 돌쇠의 어깨를 가볍게 쳤다.

이수강 일행은 의인문 쪽으로 걸어나갔다. 유생들이 손을 흔들자 이수강 일행도 손을 흔들어 답례하였다. 그들이 의인문에 도착해 막 대문을 나가려 할 때까지도 유생들은 그 자리에 서서 손을 흔들어주었다. 이수강 일행도 마지막으로 손을 흔들어 답례하고는 한성을 향해 북쪽으로 성큼 발걸음을 떼어놓았다. 그들은 부산하게 발걸음을 옮겼다.

후두둑거리는 빗소리가 창호지 문을 때렸다. 비바람 몰아치는 문밖이 소란했다. 빗줄기가 문턱을 넘어 교려재 안까지 기웃거렸다.

"문 좀 닫자구."

학문 강의에 열중하던 동주 조필구의 음성이었다. 사시(巳時-오전 9시 ~11시) 강습이 시작되고 상당한 시간이 경과해 카랑카랑한 동주 조필구의 목소리가 시들해질 법도 하건만 여전했다. 문을 닫자 비바람 소리가 한풀 꺾인다. 동주 조필구는 사칠문제(四七問題)에 대한 퇴계와 율곡의 견해가 맹자와 주자의 설(說)에서 비롯되었음을 밝혔다.

"맹자와 주자 시대에는 사단(四端)과 칠정(七情)에 대한 구체적인 학설이 정립되기 전이다. 다만 맹자는 사단(四端)에 대해 그리고 주자는 사단칠정(四端七情)에 대해 언급한 부분이 있어 퇴계와 율곡이 이 두 분의 생각을 참고하여 사칠문제를 발전시킨 것으로 보고 있다. 또한 퇴계와 율곡이 서로 다른 학설을 내놓아 논쟁거리가 되고 있는 것도 사실이다."

동주 조필구는 물을 한 모금 마시고는 잠시 숨을 골랐다. 남·북파 유생들은 동주 조필구의 강론을 듣다가도 서로 시선이 마주치면 못 볼 것을 본 것처럼 금세 고개를 돌려버렸다. 자파 유생들끼리 시선이 마주치면 씩 웃거나 가벼운 눈인사를 보내는 것과는 대조적이었다. 쉬는 시간에 교려재 밖으로 나와 잠깐 휴식을 취할 때도 자파 유생들끼리만 모여 담배를 피우며 여담을 나누었다.

"퇴계와 율곡의 사칠(四七)에 대한 공통점은 사단(四端)과 칠정(七情)을 인정하고 있다는 사실이다. 그러나 사단칠정에 대한 인식은 서로 다르다. 사단(四端)이란 맹자의 성선설에서 나온 인간심리 현상 네 가지를 말한다. 측은지심(測隱之心-불쌍히 여기는 마음), 수오지심(羞惡之心-자기 잘못을 부끄러워하고 남의 잘못을 미워하는 마음), 사양지심(辭讓之心-사양하는 마음), 시비지심(是非之心-옳고 그름을 가리는 마음), 이러한 심리현상은 순선(純善-모두 선함)하다는 것이 공통된 생각이다. 그리고 칠정(七情)에는 희(喜), 노(怒), 애(哀), 구(懼), 애(愛), 오(惡), 욕(欲)이 있음을 공통적으로 지적하고는 이러한 것들은 외감(外感)에 의해 생긴 감정이라고 말한다. 특히 퇴계는 사단(四端)에 대해 이발이기수(理發而氣隨-이가 발하고 기가 뒤따라감)하며 칠정(七情)은 기발이리승(氣發而理乘-기가 발하고 이가 올라탄 현상) 한다고 했다. 하지만 율곡은 사단칠정 모두 기발이리승(氣發而理乘-기가 발하고 이가 올라탄 현상) 한다고 했다."

"동주님께서는 누구의 주장이 옳다고 생각하십니까? 둘 다 옳다고 보기는 어려울 텐데요. 한쪽이 문제 있을 텐데요."

남파의 오동구 진사가 동주의 강론을 잘랐다. 동주 조필구도 남파 소속이어서, 그가 한 발언에는 퇴계의 주장이 옳지 않느냐 하는 식의 동의를 요청하려는 의도가 밑바닥에 깔려 있는 듯했다.

"유생을 가르치는 동주가 일방적으로 한쪽을 편들기는 어렵지. 그러면 당장에 북파 친구들이 서운하게 생각할 테니까."

동주 조필구는 중립적인 위치를 견지했다.

"四端은 理가 發하고 氣가 뒤따른다, 라는 퇴계의 주장이 훨씬 설득력이 있다고 생각합니다. 그것은 대부분 공감하는 맹자의 성선설에 근거를 두고 있기 때문입니다. 사람은 태어나 경험하기 전에 인의예지(仁義禮智)라는 본연지성(本然之性)을 갖게 되는데 거기에서 사단이 발생한다고 보기 때문에 충분한 학설을 바탕에 깔고 있다고 보아야 합니다."

남파의 차동영이 퇴계의 학설을 엄호하고 나왔다.

"그러면 율곡의 학설은 훨씬 설득력이 떨어진다는 이야기로 들리는데 그것은 아니지요. 사단칠정(四端七情)은 모두 氣가 발하고 理가 올라탄 형국이다, 라고 말한 율곡의 주장이 타당한 것입니다. 무형무위(無形無爲)의 理가 어떻게 發할 수 있겠습니까. 퇴계의 주장은 허무맹랑한 학설입니다. 주자가 일찍이 四端七情 모두 性의 發이다, 라고 한 바 있습니다. 四端과 七情으로 情을 구별하는 것은, 내재한 性은 하나이나 외부의 발현에, 각각 달리 선과 악이 나타나기 때문에 그런 것이다, 외부의 자극에 발현하는 선악은 기질지성(氣質之性)의 소산으로 七情을 가지고 四端을 따로 분류하는 것은 그렇게 큰 의미가 없다, 외감에 발현하는 것이 순선(純善)이면 四端이고 선악이면 七情이다, 라고 주자는 보고 있는 것이지요. 주자의 주장을 율곡이 발전시킨 사단칠정론(四端七情論)은 정론이라고 보아야 합니다."

북파의 조민성 진사가 남파 유생들을 꼬나보는 듯한 시선으로 주장을 펼쳤다.

"율곡이 四端을 七情 속에 포함한 것 자체가 잘못입니다. 인간이 원래부터 갖고 태어나는 본성을 부인하는 것은 큰 오류입니다. 어린아이가 부모를 따를 줄 아는 것은 배워서 그렇게 된 것도 아니고 따져봐서 할 수 있는 것도 아닙니다. 태어나면서부터 저절로 갖는 본성인 것이지요. 맹자는 이것을 양지(良知), 양능(良能)이란 말로 표현했습니다. 또한 맹자는 우리 인간의 팔다리가 네 개인 것과 같이 四端(착해질 수 있는 네 가지 실마리)도 네 가지라는 것을 강조합니다. 팔다리 네 개는 저절로 태어날 때부터 갖고 있는 것처럼 四端도 그러한 것이라고 말합니다. 그러니까 四端은 본연지성(本然之性)의 소산인 것이지 기질지성(氣質之性)의 소산이 아닌 것입니다. 아이가 우물에 빠지려는 모습을 본 순간 생겼던 순수한 마음(불인인지심-不忍人之心) 즉 측은지심은 사람이면 누구나 처음부터 갖고 있는 본성의 소산인 것입니다. 측은지심 즉 性이 선천적으로 먼저이고(理發), 외감에 의해 心이 움직여서 아이를 구하게 되는 행동(氣隨)은 그다음의 것입니다. 四端은 이발이기수(理發而氣隨-理가 發하고 氣가 뒤따른다.) 한다는 퇴계의 주장은 영원불변한 정론입니다."

남파의 오동구가 강하게 율곡의 주장을 반박하고 나왔다.

"맹자도 퇴계도 허점투성이입니다. 언뜻 들으면 맞는 것 같지만 조금만 생각해보면 엉터리 이론이라는 것을 금방 알 수 있습니다. 방금 오동구 진사가 말했지요. 四端은 본연지성의 소산이라고. 理가 발하고 氣가 뒤따른 것이라고. 아이가 물에 빠지려는 모습을 본 순간 측은지심이 생겼으니까 그것은 본연지성의 소산이라고. 측은지심은 태어날 때 가지고 나온 본성이라고. 아닙니다. 아니지요. 아이가 물에 빠지려는 모습을 본 순간 바로 그 현장을 본다는 것은 氣의 발현입니다. 氣가 發하고 理가 올라타 측은한 생각이 드는 것입니다. 理가 올라탄 현상 때문에 측은지심이 생긴 것입니다. 즉 측은지심은 외감의 소산이라는 것입니다. 수오지심, 사양지심, 시비지심도 마찬가지입니다. 퇴계의 학설은 맹자의 주장을 기본 바탕으로 한 것이어서 부화뇌동식 이론이라고 보아야 합니다. 율곡은 맹자의 허점을 발견하고, 스승인데도 불구하고 퇴계의 학설을 그대로 받아들이지 않은 현명한 측면이 있습니다."

북파의 조민성 진사가 남파 오동구의 주장에 대해 정면으로 문제를 제기했다.

"이론을 제시하기보다는 인신공격을 전면에 내세우는 것은 옳지 않은 처사라고 봅니다. 엉터리 이론이니 부화뇌동이니 하는 발언은 유생다운 점잖은 문제 제기가 아니라고 봅니다. 삼가주시면 좋겠습니다. 조민성 진사는 뭔가를 오해하고 있는 것 같습니다. 외물(外物)에 접하고 나서 없던 측은지심이 갑자기 생긴 것이 아니지요. 선천적으로 측은지심을 갖고 있다가 측은지심이 발동할 만한 현장과 조우했을 때 측은한 생각이 드는 것입니다. 아이가 물에 빠지려는 모습을 본 순간 내재되어 있던 측은지심이 발현한 것이어서 본성인 理의 발동으로 보아야 타당한 것입니다. 성혼도 퇴계의 이러한 학설을 지지한 바 있습니다. 四端이 이발이기수(理發而氣隨) 한다는 것은 확고한 성리학(性理學)의 정론인 것입니다."

남파 차동영은 차분하게 주장을 펼쳤다. 이에 대해 동의할 수 없다면서 북파의 조민성이 고개를 절레절레 내둘렀다.

"이 자리에서 결판낼 사항은 아니구만. 퇴계와 율곡의 학설을 지지하는 성리학자들도 양분되어 있는 게 사실이야. 너무 예민하게 논쟁하는 것은 감정적으로 치우쳐 나쁜 불상사를 유발할 수 있으니까 조금씩 양보하여 이야기를 전개하자구."

남파와 북파의 논쟁을 우두커니 앉아서 지켜보던 동주 조필구가 한마디 했다.

"퇴계는 四端을 主理 그리고 七情을 主氣라고 명확하게 제시하여 사단칠정(四端七情)의 특징을 일목요연하게 정리한 바 있습니다. 그러한 정리는 명확한 오류라고 봅니다. 오류가 있는 것을 정론이라고 주장하는 것은 죄악이라고 보기 때문에 언급을 하지 않을 수 없네요."

"듣자듣자 하니까 불쾌합니다. 죄악이니 엉터리 이론이니 뭐니 하면서 인신공격성 발언을 계속할 겁니까?"

남파의 차동영이 발끈했다.

"제가 너무 자극적이었다면 죄악이라는 말은 취소하겠습니다. 미안합니다. 대신 오류라는 말로 바꾸겠습니다. 사단(四端)의 특징을 주리(主理)라고 하는 것은 옳은 정리입니다. 사단(四端)이 칠정(七情) 속에 포함된 것이지만 七情 속에서 선한 것만 골라놓았기 때문에 四端의 특징을 主理라고 해도 무리가 없는 것이지요. 하지만 七情의 특징을 主氣라고 한다면 확실한 오류입니다. 七情 속에는 理와 氣 즉 유선악(有善惡)이 존재하기 때문입니다. 七情의 특징은 主理도 主氣도 아닙니다. 두 가지가 병합된 것이라고 보아야 합니다."

도전적으로 거칠게 나오던 북파의 조민성이 한 걸음 뒤로 물러났다.

"약점이 없나 하고 눈을 흡뜨고는 사소한 꼬투리를 잡아 물고 늘어지는 것은 옳은 처사가 아니라고 봅니다. 四端의 특징을 主理라고 하는 것에는 동의하면서 七情의 특징을 主氣라고 하는 것에 문제를 제기하고 나왔는데 그것은 근시안적인 관점에서 접근한 결과라고 봅니다. 四端이 인의예지(仁義禮智)에서 나온 이발(理發)의 소산이라 순선(純善)합니다. 따라서 主理라고 볼 수 있는 것이지요. 七情은 외물(外物)에 접해 생긴 외감(外感)으로 기발(氣發)의 소산이지요. 외물에 접해 생긴 말초적인 감정으로 변덕이 심한 우리 사람의 평범한 情인 것이지요. 四端이 고귀한 한 단계 위의 품성이라고 한다면 七情 한 단계 아래의 말초적인 인간의 평범한 정서인 것이지요. 물론 선악을 포함하는 그런 것입니다. 그런 말초적 정서는 외물에 감촉되어 생겼기 때문에 기질지성(氣質之性)의 소산인 것입니다. 따라서 七情의 특징을 主氣라고 하는 것은 무리가 아닌 것이지요. 율곡이 사단을 칠정 속에 포함시켜 보기 때문에 七情은 主氣가 아니라고 하는 것이고, 퇴계는 사단과 칠정을 분리해서 보기 때문에 칠정을 主氣라고 하는 것입니다. 문제가 있다면 율곡이 사단을 칠정 속에 포함시켜 보는 것입니다."

남파의 오동구가 적극적인 자세로 퇴계를 엄호하고 나왔다.

"오동구 진사의 이야기 중에 동의할 수 없는 부분이 있네요. 위험한 발상이어서 우려하지 않을 수 없습니다. 四端은 상위 품성이고 七情은 하위 정서라는 식으로 말했는데 그것은 퇴계의 속 좁은 발상이고 오동구 진사도 거기에 동의하는 것으로 알고 있는데요. 그건 아닙니다. 사단과 칠정은 수직 개념이 아니고 수평 개념인 것이지요. 율곡은 일찍이 理와 氣는 대등적인 상호보완적 관계라고 하신 바 있습니다. 사단과 칠정도 귀천이 구별되는 인간의 양면적 품성이 아니고 둘 다 인간의 소중한 단면적 품성인 것입니다. 사단에서 발현된 행위는 일방적으로 존중되고 칠정에서 발현된 행위는 일방적으로 매도하고 비하하는 것은 사람의 가치를 올바로 본 것이라고 할 수 없습니다. 물욕이나 성욕도 일방적으로 매도할 수 없는 인간의 소중한 감정인 것입니다."

북파의 장명수 생원이 가만히 듣고만 있을 수 없다는 듯 한마디 언급했다.

"과장된 표현으로 국조오현(國朝五賢)에 속해 있는 퇴계를 비방하는 것은 후학된 도리로 바르지 못하다고 봅니다. 퇴계가 理는 귀하고 氣는 천하다고 한 적은 있지만 氣를 비하하기 위해서 그런 것이 아닙니다. 당시 사회가 훈척 정치하의 부패로 혼란스러워 사회 기강을 바로잡기 위해 선을 지향하고자 한 데서 비롯되었던 것이지요. 혼란스러운 사회 기강을 바로잡기 위해 氣보다 理를 강조했던 것이 사실입니다. 사회가 나아가고자 하는 정신적 지향점(理)을 제시해 줄 필요가 있었던 것이지요. 반면 율곡은 사림파 정권 시대의 안정기에 살면서 민생 문제 해결이 급선무였지요. 민생 문제를 해결하기 위해 의리와 실사가 결합된 氣 중심의 실용적 지향점이 필요했던 것이 사실입니다. 퇴계와 율곡이 사회적 지향점 때문에 강조했던 부분이 조금씩 달랐던 것이지 사상 자체에 문제가 있었던 것이 아니지요. 마치 퇴계 성리학에 하자(瑕疵)가 있는 것처럼 속 좁은 발상이니 뭐니 하면서 공격하는 것은 옳은 처사가 아니라고 봅니다. 율곡이 퇴계의 제자라는 것은 삼척동자도 다 아는 사실입니다. 율곡은 퇴계를 넘어설 수 없습니다. 율곡은 퇴계에 비하면 어린아이 수준이라고 봐야 합니다. 퇴계가 달리기 선수라면 율곡은 걸음마를 배우는 어린아이입니다."

"뭐가 어쩌고 어째?"

북파의 최상호 진사가 갑자기 주먹으로 탁자를 치며 벌떡 일어났다. 그 바람에 발언을 하던 남파의 오동구 진사가 무르춤하여 말을 멈추고 눈을 크게 떴다.

"여기가 어디라고 감히 행패를 부립니까!"

남파의 차동영이 언성을 높이며 얼굴을 붉혔다.

"자, 자제하라구. 오늘 수업은 여기서 끝내지. 참 못된 사람들 같으니라구."

동주 조필구가 몹시 당황한 표정으로 자리에서 일어나 교려재 밖으로 나갔다.

다음 날 교려재 수업 시간. 동주 조필구가 글을 읽을 때 유생들은 책에서 시선을 떼지 않았다. 교려재 안에는 글 읽는 소리만 낭랑하게 울려 퍼졌다.

"호인지소오(好人之所惡)하며 오인지소호(惡人之所好)를 시위불인지성(是謂拂
人之性)이니 재필태부신(菑必逮夫身)이니라.[51] (사람들이 미워하는 바를 좋아하며,
사람들이 좋아하는 바를 미워하는 것, 이를 사람의 본성에 거슬린다고 이르거니와 재앙
이 반드시 그 몸에 미치느니라.) 이 말은 사람이 서로를 미워하지 않고 선하
게 살아야 한다는 이야기이네. 유생들은 명심해야 할 걸세. 악하면 반
드시 재앙이 따른다는 것을 명심해야 하네."

동주 조필구는 수건으로 목덜미의 땀을 훔쳤다. 그러고는 다시 말을
이었다.

"남파니 북파니 하면서 싸우는 것은 잘못된 것임을 알아야 하네. 작
은 이해관계 때문에 싸우는 것보다 양보하여 우애하며 지내는 것이 더
욱 아름답다는 것을 알아야 한다니까. 또한 억지를 부려서도 안 되는
것이네. 서원에서 화목하지 못하고 장차 인재가 되어 이 나라를 어떻
게 화목하게 할 수 있겠는가. 대학(大學)의 목표는 수신(修身)이네. 자신의
덕이 밝게 빛날 때 그 덕은 집안과 나라와 천하에 번져나가는 것이라니
까. 또한 대학의 목표는 수신제가치국평천하(修身齊家治國平天下)에 있음을
알아야 하네. 수신이야말로 모든 덕행의 근본임을 알아야 한다구. 그
럼 그 수신을 하기 위해서 우리는 어떻게 해야 하는가. 그것은 그렇게
간단하지가 않네. 격물(格物)에서 치지(致知), 그다음 성의(誠意)에서 정심

---

51) 박일봉 역, 『대학·중용』(서울: 육문사, 1994), p.108.

(正心)에 이르기까지, 이것은 수신을 이루기 위한 과정이라네. 이 과정을 거쳐야만 대학의 최고 목표인 지선(至善)에 이를 수 있는 것이네. 유생들은 큰 꿈을 갖고 공부에 매진해야 하거늘 남파니 북파니 하면서 조정 대신들의 하수인 노릇만 하니 안타깝기 그지없네. 졸고 있는 사람이 보이는데 어제저녁 무슨 짓을 했는지 궁금하구만. 정신을 똑바로 차려야 할 것이네."

동주 조필구는 잠시 말을 끊고 침묵으로 일관했다. 꾸벅꾸벅 졸던 조민성이 꼿꼿하게 허리를 세우고 앉아 언제 졸았냐는 듯이 눈을 부릅떴다.

"유생들은 수신을 게을리하고 정치에 간섭하는 경우가 많았네. 수신이 없이 어떻게 치국이 이루어질 수 있겠는가. 특히 성균관 유생들이 율곡, 우계의 문묘종사를 요구하고 나와 거기에 반대하는 유생들과 갈등을 초래한 적이 있었네. 설익은 과일은 상 위에 올릴 수 없음을 알아야 하네. 유생들은 경을 통해 꾸준히 수신을 해야 할 것이네. 함부로 현실 문제에 참여하는 것은 좋지 않다니까."

동주 조필구는 이야기를 전개하다 유생들 속에서 수군거리는 소리가 들리는 것을 감지하였다. 그는 불만스러운 표정으로 유생들을 응시하였다.

"그럼 동주님은 우리 유생들이 잘못하고 있다는 말씀입니까? 김찬식 수령 같은 탐관오리를 방치해도 된다는 말씀입니까?"

장명수가 동주 조필구를 빤히 쳐다보며 물었다.

"유생들의 행동이 잘못된 것은 없지만 그러다 보면 수신이 소홀히 될 수 있음을 이야기한 것일세."

"동주님 말씀에 석연치 않은 구석이 있습니다. 성균관 유생들이 율곡과 우계의 문묘종사를 요구한 사건에 대해 불만이 있으신 것 같습니다. 우리 북파 유생들로서는 불쾌합니다."

장명수는 동주 조필구를 뚫어져라 응시하였다.

"그때 그 사건은 조정에 있는 대신들의 사주를 받아 유생들이 하수인 노릇을 했기 때문에 분명히 잘못된 것일세. 유생들은 수신을 부지런히 한 연후에야 현실 정사에 참여할 수 있을 걸세."

동주 조필구의 말이 끝나자 최상호가 자리에서 벌떡 일어났다.

"동주님은 남인 계열에 속하는 것으로 알고 있습니다. 싸우지 말고 선하게 살아야 한다고 말씀하셨지 않습니까. 악하면 재앙이 따른다고 말씀하셨습니다. 그렇게 말씀하셔 놓고 어떻게 서인계 성균관 유생들을 나쁘다고 비판하십니까. 그들은 의를 따라 실천했을 뿐입니다. 옳은 것을 그르다고 말씀하시면 그것도 악이옵니다."

"저희들은 동주님 말씀을 신뢰할 수 없습니다. 공부 시간에 서인계 성균관 유생들을 비판해도 되는 겁니까? 은근히 우리 북파 유생들을 욕하는 것 같아 불쾌합니다. 우리는 일어나겠습니다. 자, 일어나자구. 나가자니까."

조민성이 소리치자 북파 유생들이 모두 책을 들고 자리에서 일어났다. 그들은 밖으로 나갔다. 교려재에는 남파 유생들과 동주 조필구만 남은 셈이었다.

"못된 것들 같으니라구!"

동주 조필구는 연신 혀를 차며 천장만 쳐다보고 있었다.

6

이수강이 한성에서 왕의 비답을 받아 돌아왔다.

나라를 걱정하는 마음을 애틋하게 생각한다. 용기 있는 행동이 헛되지 않도록 할 것이니라. 백성의 피를 빨아먹는 탐관오리를 그냥 둘 수 없느니라. 대신들을 시켜 사실 여부를 확인한 다음에 적절한 조치를 취할 것이다. 돌아가 있으면 곧 결과를 알 수 있을 것이니라. 만약 수령을 모함하기 위한 것이었다면 엄벌을 받아야 할 것이니라.

정우에 모인 산외서원 유생들은 왕의 비답 내용을 보고 만족한 표정들이었다. 남파니 북파니 하는 파벌을 떠나 유생들은 김찬식 수령을 축출해야 한다는 공동 목표를 놓고 서로 이야기를 주고받았다. 그들은 그동안 갖고 있었던 감정들을 잊은 듯이 보였다. 누구보다 얼굴 표정이 밝은 사람은 이수강이었다.

"이 생원 수고했네. 이 생원 아니면 누구도 이번 일을 성취시킬 수 없었을 것이구만."

오동구는 이수강의 어깨를 가볍게 치며 말했다.

"다른 사람들을 무시하지 말게. 힘들기는 해도 누구나 할 수 있는 것이네. 너무 그러면 내가 낯 뜨겁다니까."

이수강의 턱에는 수염이 까맣게 돋아나 있었다.

"자네를 무척 기다렸지. 무사히 돌아와서 다행이네."

장명수가 이수강의 손을 맞잡았다.

"걱정해 주어서 고맙네. 가면서나 오면서 나는 자네들만을 생각했네. 혹시 사고라도 나서 친구들을 영영 볼 수 없으면 어떻게 될까, 걱정을 하다가 자네들을 보니까 반갑네. 떨어져 있다가 만나서 그런지 나에게는 자네들이 친형제처럼 느껴진다니까. 떨어져 봐야 애틋한 정을 알겠더구만."

이수강의 몸에서는 땀 냄새가 났다. 흰옷에는 얼룩이 묻어 꾀죄죄하기 이를 데 없었다. 냄새 때문에 고통스러울 텐데도 유생들은 내색을 하지 않았다. 한성에 다녀온 노고에 비하면 땀 냄새를 맡는 것쯤이야 약과라고 생각했던 것이다. 제때 옷을 빨아 입고 몸을 씻을 수 있는 시간적 여유가 있었겠는가.

"이제 수령 김찬식은 이거 할 날만 남은 셈이구만."

남파의 차동영이 손으로 목 자르는 시늉을 해 보였다. 정우에 모인 유생들은 차동영의 손짓을 보고 뜻을 알아차렸다는 듯 고개를 끄덕이었다.

"우리 유생들은 이제 공부만 하면 안 된다구. 사회에 문제가 있다고 판단되면 의연하게 일어나 행동으로 보여주어야 한다니까. 공자, 맹자만 찾고 있으면 현실 문제가 해결되지 않는다구."

이수강은 정우에 모인 유생들을 하나하나 일별하며 당당하게 말했다. 누구도 이수강의 말에 이의를 제기하지 않았다. 이수강에게서는 전쟁터에서 승리하고 돌아온 개선장군 같은 늠름한 기상을 엿볼 수 있었다.

"이 생원의 말을 충분히 이해하고 있네. 그렇지만 너무 행동만 앞서면 경에 소홀할 수밖에 없을 걸세. 경과 수신을 멀리한다면 참 문인이라고 할 수 없을 걸세."

최상호가 조심스럽게 이야기를 꺼내었다.

"최 진사의 말이 무얼 뜻하는지 이해가 가네. 실천력도 중요하지만 경을 소홀히 해서는 안 된다는 이야기 아닌가. 과거에 우리가 너무 경과 수신에만 얽매였다는 것을 인정하고 있을 걸세. 정사가 안정되면 산에 있던 선비들이 너도나도 내려와 벼슬을 하고 그러다가 나라의 일이 어지러우면 수신을 한다는 핑계를 대고 초야에 숨어버리는 선비들이 많이 있었네. 이것도 문제라구. 너무 기회주의적이라니까. 정사가 어지러우면 몸을 바쳐 해결할 생각을 해야지 일신상의 영화만을 생각해 산으로 숨어버리니 한심한 노릇이 아닌가."

이수강은 조금도 피로한 기색을 보이지 않았다.

"나도 이 생원의 말에 동감하네. 우리나라 선비들 많이 반성해야 한다니까. 우리가 대과에 급제해 벼슬을 한다면 과거와는 다른 태도를 가져야 할 것이네. 나라에 충성해야 한다고 말하면서도 실제로는 그렇지 못한 경우가 비일비재하다니까."

북파의 조민성도 한마디 언급하고 나왔다.

산장이나 동주들은 정우에 얼굴조차 내밀지 않았다. 이번 상소 건에 대해 알고도 모르는 척하기로 약속했으므로 그들은 나타나지 않고 있었던 것이다. 이수강은 산장과 동주들의 그러한 태도가 못마땅하였다. 그래서 그는 한마디 하였다.

"산장님이나 동주님들도 문제가 있는 것은 사실이라구. 상소를 하면 무슨 벌이라도 받을 줄 알고 발발 떠는데 그게 잘못되었다니까. 탐관 오리 김찬식을 엄벌해야 한다는 상소에 왜 적극 나서지 못하냐니까."

이수강은 침을 튀기며 말했다. 그의 얼굴은 붉게 상기되어 있었다.

"그분들은 나이가 많으신 분들 아닌가. 우리들이 이해하자구. 앞으로 의 조선은 우리들의 손에 달려 있지 않은가. 누구를 탓할 것이 아니라 우리가 직접 챙겨야 한다니까. 그런 뜻에서 이번 이 생원의 수고는 나라 발전에 큰 도움이 될 걸세."

오동구가 치켜세워 격려해주자 이수강은 굳은 표정을 풀고 빙긋 웃었다.

"이 생원은 빨리 몸을 씻고 옷이나 갈아입게. 오후에는 수도헌에서 공부가 있네."

"알았네."

이수강은 자신의 의관이 깨끗하지 못함을 알고 있는 듯 옷에 묻은 먼지를 탈탈 털었다. 흠흠 대며 옷에 코를 대고 냄새를 맡기도 하였다. 그는 더 이상 산장이나 동주에 대한 비판적인 발언을 하지 않았다.

"자네들 오늘 보니까 모양이 참 좋네. 남파니 북파니 따지고 않고 이렇게 앉아서 이야기하고 그러니까 얼마나 좋은가."

이수강은 평소 남파니 북파니 하면서 유생들이 대립하고 있는 것에 대해 불만스러웠다는 식이었다.

"내가 하고 싶었던 이야기를 자네가 해주어서 고맙네."

남파의 차동영은 즉각 공감을 표시하고 나왔다.

"싸우면서 티격태격하며 지내기를 누가 바라겠는가."

북파의 장명수도 한마디 언급하였다.

"그럼 우리 모두 앞으로는 잘 지내자는 뜻에서 한군데에 손을 모으자구."

이수강의 제의로 산외서원 유생들은 손 위에 손을 놓고 손끼리 포개어 차곡차곡 쌓았다.

"우애, 라고 외치는 거야."

이수강이 먼저 우애라고 외쳤다. 그러자 유생들도 일제히 따라 외쳤다. 그러면서 동시에 손을 떼었다.

이필선 산장의 수업 시간이었다. 남파 유생들이 무표정한 얼굴로 앉아 있었다.

"오늘의 강론 주제는 인심도심설(人心道心說)이다. 율곡의 인심도심설은 주자설(朱子說)을 그대로 전수한 것이라고 볼 수 있다. 도의(道義) 때문에 발한 것이 道心이고 구체(口體) 때문에 발한 것이 人心이다. 다시 말하면 어버이에 효도하고 임금에게 충성하며 병자를 보고 측은히 여기며 자신의 부족함을 부끄럽게 생각할 줄 아는 마음이 道心이고, 먹을 것을 탐하고 좋은 옷을 입고자 하며 힘들면 휴식을 취하고 싶어 하는 마음은 人心이다. 이러한 견해는 주자의 만년정론(晚年定論)이며 율곡이 주장하는 바이기도 하다. 퇴계는 순선(純善)인 사단(四端)을 道心, 선악이 겸해 있는 칠정(七情)을 人心으로 보았는데 이러한 견해는 주자의 견해와 일치하지 않는 면이 있다. 퇴계설은 주자설과 다르다고 할 수 있다. 七情 속에는 善한 부분이 있어 七情 모두를 人心으로 볼 수 없다는 것이 주자의 견해이다. 人心은 기발이승(氣發理乘)이고 道心은 이발기수(理發氣隨)라고 주장한 퇴계와 달리 율곡은 인심도심(人心道心) 모두 기발이승(氣發理乘)이라고 주장한 점이, 서로 다른 점이라고 할 수 있다. 퇴계의 뜻에 의하면 존천리(存天理)하면 천리(天理)가 내 마음에 있고 이 내 마음은 천리지심(天理之心)이 되며 …….”

강의를 하는 이필선 산장의 목소리가 낮게 가라앉아 있었다.

“퇴계는 人心과 道心 중에서 道心을 중히 여기고 人心을 폄하한 경향이 있는 데 비해서 율곡은 人心과 道心 중에서 어느 한쪽이 더 가치 있다고 보지 않고 양쪽을 가치중립적인 것으로 보았다. 그게 서로 확연하게 다른 점이다.”

“퇴계의 주장은 문제가 많습니다. 퇴계는 人心과 道心을 악과 선으로 대비되는 고정 관념으로 시작하는 데서 출발부터 오류가 있는 것이지요. 人心에 善惡이 존재하는데도 불구하고 人心은 악하고 道心은 선하기 때문에 사람들이 道心만을 지향해야 한다고 한 점은 문제가 있습니다.”

북파 조민성 진사가 이필선 산장의 말을 자르고 나왔다.

“듣고 있자니까 뭔가 오해가 있네요. 퇴계가 人心과 道心으로 이분법적 태도를 취한 것은 사실입니다. 자기 사랑(人心)은 이기적인 욕망으로 인해 악이 될 수 있는 요소가 강하기 때문에 수양을 통해 사회 사랑(道心)의 공동 선 실현의 장으로 나가야 한다는 게 퇴계의 생각입니다. 人心에 善惡이 존재하는 것을 부정하는 것은 아닙니다. 다만 이기적인 욕망 때문에 자기 사랑(人心)의 추구는 악하게 될 가능성이 크다는 것입니다. 붕당 정치가 활개를 치면서 사회가 크게 혼탁해지자 혼탁해진 사회를 바로 잡기 위해 퇴계가 제시한 자구책으로 크게 평가해줘야 할 부분이라고 생각합니다. 문제가 있다면 율곡에게 있습니다. 人心이나 道心에 있어서 이명(二名)은 있을 수 있지만 두 가지 마음(二心)은 있을 수 없다는 유일심적(唯一心的) 입장을 취한 율곡의 주장에 문제가 있습니다. 인심도심종시설(人心道心終始説)은 인정합니다. 인심이 도심으로 변하고 도심이 인심으로 변할 수 있다고 한 율곡의 주장은 타당하다고 봅니다. 하지만 두 개의 마음이 존재하지 않는다는 것은 잘못된 생각입니다. 인심도심종시설은 그 자체에 두 개의 마음을 인정하고 들어가는 것입니다."

남파 오동구 진사가 차분하게 말했다.

"人心과 道心을 이분법적으로 접근한 퇴계와 달리 율곡은 유일심적 입장을 취한 것이 사실입니다. 착한 사람도 주위의 영향으로 악하게 될 수 있고 악한 사람도 주위의 영향으로 착하게 될 수 있다고 본 것은 처음부터 人心과 道心이 엄격히 분리되는 것이 아니고 원래는 한마음이라고 본 것이지요. 인심도심종시설은 마음이 변한 것이기 때문에 두 개의 마음이라고 할지 모르는데 그것은 오해에서 비롯된 것입니다. 人心은 자기 보존적 행동을 낳고 道心은 공동체 지향적 행동을 낳는다고 본 퇴계의 생각은 매우 위험한 발상입니다. 전체(사회)를 위해서는 부분(개인)이 양보와 이해와 봉사와 수양을 통해 사회를 발전시켜 나가야 한다고 퇴계는 늘 강조해왔습니다. 그러다 보면 人心에 대한 폄하와 道心에 대한 갈망이 인간의 자연스런 감정, 정서, 의지, 인권 등을 억압할 수 있는 약점이 있습니다. 그래서 율곡은 말했습니다. 공동체 지향적(道心)이라고 추앙받거나 자기 사랑의 추구(人心)라고 해서 비난받을 수 없다. 人心과 道心, 개인의 감정과 나라 사랑 모두 소중한 것이다. 내가 건강해야 나라도 건강할 수 있다는 율곡의 견해는 개인에 대한 존엄성을 높이 인정한 것으로 혁명적 관점에 해당하는 것입니다."

북파 장명수 생원이 열변을 토했다.

"장명수 생원은 아전인수격으로 발언을 했는데 안타깝네요. 퇴계의 견해에는 문제가 있고 율곡의 생각은 무조건 옳다는 식의 발언은 삼가 주셔야 할 것으로 압니다. 퇴계가 人心을 폄하한 적도 없고 人心이 폄하될 약점도 없습니다. 그러한 소견은 북파 유생들의 기우에 불과합니다. 오히려 문제가 있다면 율곡 쪽입니다. 율곡은 人心과 道心에 대해 유일심적(唯一心的)이다, 가치중립적이다, 라고 말하면서 뚜렷한 지향점을 제시해주지 못했습니다. 율곡 성리학은 선반에 곱게 올려진 예쁜 꽃에 불과합니다. 그리고 율곡은 人心과 道心 모두 氣가 發하고 理가 올라탄 형국이라고 보았는데 그것도 소견에 불과합니다. 선천적 본성을 무시하는 율곡의 근시안적 발상에서 나온 것입니다. 분명 서로 다른 人心과 道心은 인간의 소중한 품성인 것입니다. 人心은 氣가 發하고 理가 올라탄 형국이지만 道心은 선천적 본성으로 理가 發하고 氣가 뒤따르는 형국입니다. 人心은 외감(外感)에 의해 발하지만 道心은 안으로부터 내출(內出)에 의해 발하는 것입니다. 그걸 명심해야 할 겁니다."

남파 오동구의 발언은 공격적이었다.

"선반 위에 올려놓은 예쁜 꽃에 불과하다, 근시안적 발상이다, 소견이다, 라고 마구 험상궂게 말하는 것은 대과(大科)를 준비하는 양반 자제들의 점잖은 표현이 아닙니다. 그러한 표현은 삼가주세요. 율곡은 지향점을 제시하지 못했다고 했는데 그거야말로 무지에서 나온 것입니다. 人心과 道心은 가치중립적이고 어떠한 행위도 아직 선악으로 결정되어 있지 않습니다. 人心과 道心은 모두 性에서 발한 것입니다. 다만 氣의 가린 바 있으면 人心이 되고 氣의 가린 바가 없으면 道心이 되는 것입니다. 氣는 외감에 의한 환경적 요인이라고 할 수 있지요. 율곡은 성(誠)을 보존하고 誠을 통해 마음을 바르게 하여 입지(立志)를 세우라고 했습니다. 그러면서 대상의 理를 탐구하면 기질(氣質)을 변화시킬 수 있다고 했습니다. 그렇게 기질을 변화시키면 氣의 가린 바가 없어져 도심으로 충만한 심체(心體)를 가질 수 있다고 했습니다. 그렇게 된다면 사회는 명덕(明德)으로 가득할 것이라고 했습니다. 이렇게 사회적 지향점을 명확하게 제시한 바 있어 율곡은 후인들에게 추앙받고 있는 것입니다. 인심은 氣發이고 도심은 理發이라고 하면서 인심, 도심 모두 氣發이라고 한 율곡을 몰아세웠는데 그것도 무지에서 나온 것입니다. 도심이 선천적 본성이라면 그게 어떻게 發할 수 있겠습니까. 사물의 근원을 이루고 있을 뿐이지 능동성은 없는 것이지요. 그렇다면 인심, 도심 모두 氣가 發한 것입니다.”

북파 조민성 진사가 언성을 높여 말했다.

“소리가 큰 사람이 이기는 것 아니니까 우리 언성을 낮춥시다. 아, 우리보고 점잖지 못하게 발언한다고 꼬집더니 무지라는 말을 써가면서 언성을 높여 말하니까 조금 짜증도 나고 무시당하는 것 같아 기분이 별로 안 좋습니다. 양반의 체통을 지켜나갑시다. 理가 發할 수 없다는 것은 율곡의 소견이지 퇴계의 혜안으로는 가능한 것입니다. 理가 능동성을 가지고 動하여 음양을 생성했으며 태초에 氣를 생성하기도 했습니다. 도심은 理發이 확실한 것입니다.”

남파 차동영의 가라앉은 차분한 목소리였다. 남 · 북파 유생들이 주거니 받거니 하면서 논변을 벌이는 동안 이필선 산장은 물끄러미 앉아 눈만 깜박거렸다. 어느 한쪽에 개입하지 않고 시종 중립을 지켰다. 조금 언성이 높아지고 서로 얼굴을 붉히면 슬그머니 끼어들어 이렇게 한마디 던졌다.

"양반의 체통을 지키게."

학습이 끝나자 남파와 북파는 서로 끼리끼리 모여앉아 이야기를 나누었다. 모이라는 말을 하지 않았는데도 그랬다. 그러더니 남파가 먼저 수도헌을 내려서 정화재 앞에 있는 돌무더기 쪽으로 향했다.

"우리도 여기서 벗어나자고. 할 이야기가 있으니까."

장명수가 일어나 북파 유생들에게 자리를 옮기자고 제의하였다. 장명수의 말에 누구도 이의를 제기하지 않았다. 그들은 장명수의 뒤를 따랐다. 수도헌을 내려와서 후목문 쪽으로 향했다. 후목문에서 가까운 산외 서원문고 뒤 밤나무 숲을 장명수는 염두에 두고 있었다.

밤나무 밑에 모인 북파 유생들은 돌팍 하나씩을 깔고 앉았다. 바람이 불 때마다 깔고 앉은 밤나무 그림자도 좌우로 몸을 움직이었다.

"선비들을 돌팍 위에 앉게 해서 미안하네. 그렇지만 어쩌겠는가. 마땅한 곳이 없는 것을. 내가 모이자구 한 것은 다름이 아니네. 율곡 신주 배향 문제를 깊이 있게 의논해 보자는 거야. 남파가 끝내 율곡 신주 배향을 허락해주지 않을 것 같은데 어떻게 하면 좋겠는가. 말들 해보라구."

장명수는 힐끗거리며 누가 엿듣고 있지는 않은지 주위를 몹시 경계하였다.

"남파의 허락을 얻기는 틀렸다고 생각하네. 이제 그러한 노력은 할 필요도 없다구."

"나도 최 진사(최상호)의 말에 동감이네. 그렇다고 우리가 서원을 나갈 수도 없고 율곡 신주 배향을 포기할 수도 없는 문제라니까."

조민성은 난감하다는 듯 머리 위의 밤나무 잎들을 쳐다보며 연신 한

숨을 내쉬었다.

"그럼 해결책이 없다는 말인가? 문묘에 종사된 율곡을 일개 서원에서 신주 배향할 수 없다는 게 말이나 되는가. 학통을 이은 우리로서 부끄러운 일이네."

장명수는 손으로 땅을 치며 울화를 터뜨렸다.

"생각해보니까 한 가지 해결책이 있기는 하네. 이 방법밖에 없을 것 같구만."

최상호는 좋은 비책이 있기라도 한 것처럼 빙긋 웃기까지 하였다.

"그게 무엇인가? 어서 빨리 말해보게. 궁금하네."

조민성은 최상호 옆으로 바싹 다가갔다. 그는 최상호의 입만을 뚫어져라 응시하였다.

"너무 기대는 걸지 말게. 어디까지나 내 생각일 뿐이네."

"그 생각이 무엇인데 그러는가?"

장명수도 궁금하다는 듯 최상호 곁으로 바싹 다가갔다. 다른 유생들은 점잖게 앉아 최상호의 입을 주시하며 말이 나오기만을 기다렸다.

"사우에 빈방이 하나 있지?"

"있지. 그곳이 어떻다는 말인가?"

"그곳에 율곡의 위패를 모시자는 거야. 율곡의 영정을 갖다놓고 위패를 모시면 되는 것이거든."

"그것 좋은 생각이네. 북파는 북파대로 남파는 남파대로 다른 인물을 신주 배향하자는 이야기구만."

"그럼 남파나 산장님이 가만히 있을까?"

"가만히 있지 않겠지. 그러니까 몰래 꾸미자는 것이지. 꾸며놓고 우리가 지키면 되는 것이라구."

최상호는 자신의 생각이 실현 가능하다는 쪽으로 확신하고 있는 눈치였다. 북파 유생들은 최상호의 말대로 사우에 있는 빈방에 율곡의 사당을 꾸미기로 합의하였다.

정화재 앞 돌무더기 위에 앉아 있는 남파 유생들은 북파 유생들과 이야기의 소재가 같았으나 이야기를 전개하는 방향은 판이하게 달랐다.

"지난번 영동서원 유생들이 문묘에 종사된 율곡, 우계를 출향해야 한다면서 상소문을 들고 찾아왔었지. 잘 알고 있을 거야. 그때 우리는 북파 유생들의 방해로 연명 날인할 수 없었지. 그때 참 안타까웠다고. 그렇지만 그 상소문은 승정원에 전달되었다고 하더구만."

오동구는 땀직땀직 말했다.

"우리 서원에서 남파니 북파니 하며 대립하는 것은 참 불행한 일이라구. 지난번 그 유생들의 뜻대로 율곡, 우계가 문묘에서 출향된다면 북파가 율곡 신주 배향을 요구해오지 않을 것이란 말이네. 그렇게 된다면 얼마나 좋겠는가. 우리 서원에 옛날처럼 평화가 찾아올 거란 말이네."

차동영은 자못 기대에 찬 표정이었다.

"우리 서원에서도 우리만의 단독으로 상소를 올리자구. 북파 유생들 몰래 상소를 올리면 된다니까. 내 생각이 어떤가?"

남파 유생 하나가 충격적인 제안을 해왔다.

"그것 좋겠구만. 북파 유생들이 율곡 신주 배향 요구를 하지 못하게 하려면 그러한 상소문을 보내어 율곡, 우계의 출향이 성사되도록 해야 한다니까."

남파 유생들은 모두 찬성 쪽이었다. 좋은 계책을 찾았다는 듯 밝은 표정들이었다. 그러나 오동구는 웃다가 갑자기 어두운 표정을 지었다.

"나중에라도 북파에서 알게 되면 가만히 있지 않을 것 같네. 신중을 기해야 될 것 같네."

오동구는 북파와 마찰을 일으키고 싶지 않았던 것이다.

"오 진사의 말도 일리가 있구만. 상소문을 작성해서 올리되 우리 남파만 알고 있어야 한다구."

차동영도 신중을 기해야 한다는 쪽이었다.

"너무 그러면 일을 추진 못 하네. 과감해야 한다니까. 북파와 유사시에는 부딪칠 각오를 해야 한다니까."

신중론을 타박하는 유생도 있었다.

남파 유생들은 북파 유생들 몰래 율곡 · 우계의 출향을 요구하는 상소문을 올리기로 하였다. 남파 유생들은 좋은 비책을 찾기라도 한 것처럼 밝은 표정들이었다.

표정이 밝기는 북파 유생들도 마찬가지였다. 그들은 율곡을 사당에 모실 수 있다는 꿈에 부풀어 있었다. 장명수는 사우의 빈방에 숭모하는 율곡의 위패를 모실 수 있다고 생각하자 하늘에서 밝은 빛이 마구 쏟아져 내려오는 것만 같은 황홀감을 느낄 수 있었다.

남파의 오동구와 차동영은 정우에서 1차로 손질한 상소문을 다시 한 번 읽어보았다. 두 사람은 머리를 맞대고 끙끙대며 상소문을 완성했던 것이다. 임금이 읽어볼 것이기 때문에 문구 하나하나에 신경을 쓰지 않을 수 없었다. 상소문을 올린 후 잘못하면 엄벌을 받을 수도 있기 때문에 두 사람은 바짝 신경을 곤두세우지 않을 수 없었다. 다시 한 번 읽고 난 소감은 두 사람 다 만족스러웠다. 깨끗하게 정서하는 것은 오동구가 하기로 하였다. 차동영은 옆에서 먹을 가는 등 오동구를 도와주었다. 오동구는 붓을 들고 백지 위에 조심스레 글을 써내려갔다.

전하께 올립니다. 유생들이 경을 읽으며 학문에나 정진할 것이지 상소문을 올렸다고 꾸짖으실지도 모르겠습니다. 배울 것은 많은데 시간이 없으니 심적으로 긴박감을 느끼고 있는 것도 사실입니다. 저희들에게 부족함이 많다는 것도 잘 알고 있사옵니다.

그렇지만 전하, 정사가 바른 길로 가지 못하고 사악한 무리들에 의해 휘청거리는 것을 보고 가만히 있을 수 없었습니다. 나라를 위해서 생명 하나 던지는 것쯤이야 무슨 대수로운 일이겠습니까. 저희들은 나라와 전하를 위해 죽을 각오가 되어 있사옵니다.

전하, 율곡·우계를 문묘에 종사하도록 윤허하신 것은 큰 실책으로 사려되옵니다. 대신들은 자신들의 영화와 서인 세력들을 규합하는 데 용이하게 할 목적으로 율곡, 우계의 문묘종사를 요구했던 것입니다. 정치적인 목적에서 출발한 것이지 율곡, 우계의 인물됨이 출중해서 그랬던 것이 아니옵니다. 지금 율곡, 우계의 문묘종사를 성사시킨 서인 세력들은 하늘 높은 줄 모르고 기세를 떨치고 있습니다.

전하, 율곡·우계는 국조오현에 비교하면 그 인물됨이 비천하옵니다. 율곡은 일찍이 불교에 귀의한 적이 있어 순수한 유학자가 아니옵니다. 또한 우계는 자신의 안전만을 위해 초야에 묻혀 지냈던 비겁한 사람이옵니다. 율곡은 원래 퇴계에게서 배웠지만 …….

오동구가 율곡·우계의 출향을 요구하는 상소문을 정우에서 정서하고 있을 때 북파 유생들 사이에서는 일대 소동이 일어났다. 급히 연락을 받은 북파 유생들은 서원 밖으로 뛰었다.

그들은 앵두나무밭에 모여 대책을 숙의하였다. 뛰었기 때문인지 대부분이 숨을 헐떡거렸다.

"급히 모이라고 한 것은 다름이 아니네. 우리 서원에서 중대한 사건이 터지려 하고 있네."

북파의 장명수는 숨을 몰아쉬는 탓으로 말을 제대로 잇지 못했다.

"중대한 사건이라니? 천천히 말해보게."

최상호는 장명수의 등을 가볍게 토닥거려주었다. 북파 유생들은 눈을 크게 뜨고 장명수의 입을 주시하였다.

"남파 유생들이 문묘에 종사된 율곡·우계의 출향을 요구한다는 거야. 상소문이 완성된 모양이더라구. 우리에게는 충격적인 사건이 아니냐 그 말이네. 이슬비도 오래 맞으면 옷이 흠뻑 젖는단 말이네. 율곡·우계의 출향을 요구하는 상소문이 계속 올라가면 전하께서 출향을 윤허할지도 모른다니까. 그렇게 된다면 우리가 요구하는 율곡 신주 배향은 물거품이 된단 말이네."

장명수는 심각한 표정을 지었다.

"그게 확실한 건가? 나로서는 금시초문이네."

조민성은 믿기지 않는다는 듯 고개를 연신 갸웃거렸다.

"계집종으로부터 직접 들었네. 지금 저기 정우에서 상소문을 정서하고 있는 모양이야."

장명수는 정우가 있는 남동쪽을 가리켰다.

"그냥 놓아두면 안 되지. 쫓아가서 상소문을 압수해버려야지. 팔목을 비틀어 버려야 한다니까. 그래야 그런 짓을 못하지. 어서 가자구."

북파 유생들은 강경한 태도였다. 이의를 제기하는 유생은 없었다. 앉지도 않고 서서 이야기를 나누는 북파 유생들의 표정에는 다급한 기색이 완연했다.

"지금 당장 가자니까. 상소문을 빼앗아 와야 한다구."

"너무 의욕이 앞서는 것은 금물일세. 침착해야 하네. 그렇게 된다면 두 파간에 패싸움이 일어날 수도 있네. 서로 다치는 것은 좋지 않다구. 신중을 기해야 하네. 우리는 점잖은 선비들이 아닌가."

장명수가 급히 달려가려고 서두르는 유생의 앞을 가로막았다.

"나도 장 생원의 뜻에 동의하네. 상소문이 승정원에 올라가지 못하게 해야 한다는 것에는 찬동하네. 그렇지만 급히 서두르다 남파와 마찰이 일어나는 것에는 반대하네."

최상호는 신중한 태도를 견지하였다.

"그러다가는 일 다 놓치네. 빨리 가자구. 지금 상소문을 쓰고 있다는데 제지를 해야 될 것 아닌가. 불상사가 일어나지 않도록 하면 된다구."

북파 유생들은 남파 유생들이 추진하고 있는 상소를 반드시 막아야 한다는 데에 뜻을 모았다. 그러는 과정에서 불상사가 일어나지 않도록 유의한다는 것에도 의견을 같이 하였다.

"자, 이야기가 끝난 것 같은데 내려가자구. 시간이 없네."

북파 유생들은 남파 유생들이 있는 정우로 가기 위해 앵두나무밭을 내려오기 시작했다. 그들은 빠르게 발걸음을 떼어놓았다.

"상소문을 빼앗아 오는 것으로 남파 유생들의 의도를 원천적으로 막을 수 있을까?"

최상호는 옆에 붙어서 걸어가는 조민성에게 물었다.

"글쎄. 원천적이라고 하니까 그렇구만. 남파 유생들이 상소문을 올리지 못하게 막을 수 있는 비책은 없겠지. 남파 유생들의 꽁무니를 항상 따라다닐 수는 없으니까. 상소문을 올리는 것은 남파 유생들의 자유이기도 하구."

조민성은 땅을 보고 걸으며 말했다.

남파의 오동구는 붓을 든 손이 빳빳하게 굳은 것처럼 둔중하게 느껴져 글을 쓰던 동작을 멈추지 않을 수 없었다. 붓을 놓고 손을 탈탈 털었다.

"왜 그러는가?"

먹을 갈던 차동영이 놀란 표정으로 눈을 치켜떴다.

"별것 아니야. 손에 힘을 주고 글을 써서 쥐가 난 것 같애."

오동구는 왼손으로 오른손을 움켜잡고 주물러주었다.

"내가 조금 주물러줄까?"

차동영이 오동구의 손을 잡았다.

"됐네. 그만하게."

오동구는 오른손을 차동영의 손아귀 속에서 빼내었다. 딱딱하게 느껴지던 손끝이 훨씬 부드러워진 것을 감지할 수 있었다. 오동구는 붓을 들고 다시 상소문을 써내려가기 시작했다. 그때였다. 문 밖에서 사람들의 발걸음 소리가 들렸다. 발걸음 소리는 점점 가깝게 들려왔다. 그러다가 어느 순간 소리가 갑자기 멎었다. 오동구는 붓을 세우고 출입문 쪽을 응시하였다.

"분명히 발소리였는데……."

오동구는 발걸음 소리가 갑자기 멎은 게 이상하다고 느껴져 고개를 갸웃거렸다. 옆에 있던 차동영도 출입문 쪽만을 응시하며 고갤 갸웃거리고 있었다. 그러던 어느 순간이었다. 출입문이 왁살스럽게 열렸다. 그러면서 유생들이 정우 안으로 뛰어들어왔다. 유생들의 발에는 짚신이 꿰어 있었다. 문도 두드리지 않고 정우 안으로 뛰어들어온 북파 유생들의 태도는 무례하기 짝이 없었다.

"어, 자네들이!"

오동구로서는 매우 당혹스러웠다.

북파 유생들은 씩씩거리며 오동구와 차동영을 겨끔내기로 쏘아보았다. 아차 하면 발로 걷어차버릴 듯 흥분한 표정들이었다.

오동구는 겁먹은 표정으로 재빨리 붓을 놓았다. 그리고는 뒤로 물러나 앉았다. 겁을 먹고 표정이 굳어 있기는 차동영도 마찬가지였다. 수적으로 열세에 있는 오동구와 차동영은 기가 꺾이지 않을 수 없었다.

"자네들이 웬일인가?"

오동구는 겁먹은 음성으로 작게 말했다. 오동구의 앞에는 쓰다만 상소문이 배를 내놓고 있었다. 북파 유생들의 시선은 그 상소문 위에 꽂혀 있었다.

"몰라서 묻는가!"

장명수가 냉갈령스럽게 대꾸하였다.

"신을 신고 정우에 들어오는 것은 무례한 짓이네. 무엇 때문에 그랬는지 모르지만 기분 나쁘네."

남파의 차동영이 불퉁스럽게 한마디 하였다.

"기분 나쁘라고 한 짓이니까 당연히 기분 나빠야지. 자네들 기분만 기분이고 우리들 기분은 기분이 아닌가. 다 알고 왔네. 이 상소문에 무슨 내용이 써져 있는지 알고 왔다니까. 율곡·우계의 출향을 요구하는 상소문이라는 것 다 알고 있단 말이네. 우리 학파의 어른을 모독해도 되는 건가?"

장명수는 상소문을 집어들더니 공중에 치켜들었다.

"남파로서는 상소문을 올릴 수밖에 없네. 상소문을 올리고 안 올리고는 우리의 자유 소관이란 말이네. 상소문을 이리 주게."

오동구는 장명수의 손아귀 속에 든 상소문을 낚아채려 했지만 뜻을 이루지 못하였다.

"이건 줄 수 없네. 절대로 줄 수 없다니까."

장명수는 상소문을 두 손으로 움켜쥐고 휴지처럼 똘똘 말아 바닥에 팽개쳐 버렸다.

"아니 이런 행패가!"

차동영이 얼굴을 붉히며 발끈하여 일어섰다.

"행패라니. 어쩔 텐가. 한 대 쥐어박기라도 하겠다는 뜻인가?"

최상호가 차동영의 턱밑에 삿대질을 하였다. 그때 조민성은 똘똘 말린 채 땅에 떨어져 있는 상소문을 집어 들더니 짝짝 찢어발기었다. 그는 종이를 찢어 정우 안에 잎사귀처럼 날렸다.

"아니, 이 새끼들이!"

오동구도 일어나 눈을 부릅떴다. 그는 다짜고짜 상소문을 찢은 조민성의 멱살을 잡았다.

"너, 그러면 죽어."

북파 유생들 세 명이 오동구의 어깨를 잡고 끌어당겼다. 그러자 힘에 밀린 오동구로서는 조민성의 멱살을 놓지 않을 수 없었다. 그 세 명이 이번에는 오동구의 멱살을 잡았다. 그리고는 앞뒤로 왁살스럽게 흔들었다. 흔들다가 뒤로 사정없이 밀어버리자 오동구는 정우 구석으로 넘어져 엉덩방아를 찧었다.

"너희들 이래도 되는 거야?"

차동영이 그 세 명의 유생들을 향해 눈을 부릅떴다.

"까불면 죽어. 지옥으로 보내줄 수 있다니까."

그 세 명의 유생들은 차동영의 멱살을 움켜잡더니 오동구처럼 뒤로 사정없이 밀어버렸다. 그러자 차동영은 오동구의 배 위로 나가떨어졌다. 힘에 밀린 두 사람은 아예 저항을 포기하고 누워 씩씩거리기만 하였다. 그들 옆에는 찌그러진 갓이 팽개쳐져 있었다.

"상소문을 올렸다 하면 알지?"

최상호가 위협적으로 주먹을 불끈 쥐어 높이 들어 보였다.

"자, 가자구. 오늘은 그만 해두지."

장명수가 먼저 출입문 쪽으로 걸어나갔다. 그러자 다른 북파 유생들도 그 뒤를 따랐다. 북파 유생들은 빠르게 정우를 빠져나갔다.

정우에는 오동구와 차동영만 남게 되었다.

"참 더럽구만. 두고 보자구. 이 새끼들을 가만히 두지 않을 거니까."

오동구는 일어나 앉아 옷고름을 고쳐 매는 등 의관을 손질하였다.

"오늘의 수모를 절대로 잊지 못해. 똑똑히 기억하고 있을 거라구."

차동영은 이를 다그쳐 물었다.

"이렇게 당할 줄은 미처 생각하지 못했네."

"그건 나도 마찬가지야."

두 사람은 어이가 없다는 듯 쓴웃음을 지었다. 방바닥에는 찢어진 종잇조각들이 어지럽게 흩어져 있었다.

"북파 유생들이 무서워 상소문 올리는 것을 포기할 수는 없잖아."

"물론이지."

두 사람은 서로를 응시하며 결연한 의지를 표명하였다.

계집종들이 취목원 앞 우물가에 앉아 빨래를 하고 있었다. 그녀들 앞으로 오동구가 나타났다.

"너희들, 잠깐 빨래하는 것을 멈추어라."

오동구는 명령하듯 엄중하게 말했다.

"왜 그러세요, 진사님?"

계집종 하나가 일어나 아양을 떨었다.

"너희들에게 물어볼 것이 있어서 그런다. 솔직하게 말해주어야 한다."

"무슨 일인데요?"

"성급하구나. 너는 왜 자꾸 출랑거리느냐. 가만히 듣고 있지 못하겠느냐?"

"알았구만요, 진사님."

아양을 떨던 계집종은 머리를 긁적거리며 자리에 앉았다.

"너희들 중에 첩자가 있다. 우리가 상소문을 정서하고 있다고 북파 유생들에게 알린 사람이 있단 말이다. 누구냐! 그 범인이 누구냐니까. 솔직하게 이야기해보아라. 솔직하게 나오면 용서해줄 테니까. 계집종들이 우리의 동태를 북파 유생들에게 전했다고 들었다."

"우리는 그런 사실이 없는데요."

"잔소리 말고 솔직하게 나와야 한다."

"우리 중에 그러한 사람이 있으면 나와 보아라."

촐랑거리던 계집종이 계집종들을 향해 말했다. 계집종들은 그러한 사실이 없다면서 고개를 좌우로 세차게 저었다. 오동구가 엄포를 놓으며 재촉해도 결과는 마찬가지였다.

"그럼 누가 우리의 계획을 북파 유생들에게 전했단 말이냐?"

오동구는 먼 하늘을 응시하며 한숨을 내쉬었다. 계집종들에게서 하나의 단서를 얻어내고자 했던 오동구의 의도는 수포로 돌아간 셈이었다. 그는 몸을 돌이켜 정화재 쪽으로 걸어갔다. 터덜터덜 내딛는 오동구의 발걸음은 매우 무거웠다. 그의 갓은 오른쪽으로 비스듬하게 기울어 있었다.

오동구가 떠나가자 계집종들은 아까처럼 재잘재잘 입을 놀리기 시작했다.

"오 진사가 꼭 병에 걸린 사람 같구만."

"그럴 만도 하지. 북파 유생들에게 폭행을 당했으니까."

"오 진사뿐만 아니라 차 진사도 당했다고 하더라구."

"그럼 두 사람이 당했다는 말인가?"

"그런 셈이지. 북파가 남파에게 폭행을 가했다면 남파가 가만히 있을까?"

"가만히 있을 리가 없지. 대 반격을 노리면서 이를 갈고 있는 모양이야. 요즈음은 서로 말도 안 하고 지내는 모양이더라구."

"조그만한 서원에서 그럴 필요가 있을까? 오순도순 우애 있게 지낼 수는 없느냐는 거야."

"내가 바로 그 말을 하고 싶었다고."

계집종들은 이야깃거리가 생겨 재미있기라도 하다는 듯 히히덕거리며 웃어대었다.

남파 유생들은 정화재 툇마루에 걸터앉아 있었는데 모두들 심각한 표정들이었다. 그들은 북파 유생들을 강력히 비난하였다.

"그때는 수가 적어서 당했다고 하지만 지금은 그게 아니잖은가. 우리도 떼거리로 몰려가서 북파 유생들을 혼내주자고. 뼈다귀를 분질러 버리자니까."

차동영이 몽둥이를 하나 들고 앉아 툇마루 모서리를 탁탁 때리며 말했다.

"나는 차 진사의 심정을 이해하네. 나도 당했으니까. 그렇지만 그게 아니네. 우리가 보복을 하면 그 과정에서 큰 사건이 터질 수도 있다니까. 우리가 참자구. 시간을 두고 생각해야지. 서로 싸워 심한 상처가 나면 둘 다 손해니까. 극단으로 치닫는 것은 금물이네."

오동구는 신중한 자세를 취했다. 남파 유생들 사이에서는 당장 보복을 해야 한다는 강경론과 시간을 갖고 생각해보자는 신중론이 맞섰다.

"그냥 지나가면 우리를 우습게 본다니까. 강력하게 응징해야 한다구. 우리에게도 힘이 있다는 것을 보여주어야 한다구."

"감정을 갖고 임하는 것은 금물이네. 북파 유생들을 당장 혼내주는 게 최선은 아니라니까. 지금 중요한 것은 상소문을 다시 써서 올리는 거라구. 시간을 갖고 생각해보면 북파 유생들을 혼내주는 방법은 많이 있을 걸세."

두 개의 의견이 팽팽히 맞서 쉽게 결론이 나지 않았다.

"우리가 여기에 앉아 오래 떠들면 모양이 좋지 않네. 북파 유생들을 자극시킬 수 있다니까. 이야기를 빨리 끝내는 게 좋겠어. 서로 우기며 떠들게 아니라 양보하자구. 우선 상소문을 다시 써서 올리는 데 힘을 쏟고 보복 문제는 그 다음에 생각해보자구. 보복이라고 해서 몸에 상처를 내주는 것만 있는 게 아니네. 우리가 당했는데 머저리처럼 그냥 지나갈 수는 없지 않은가."

남파 유생들은 어렵게 합의에 이를 수 있었다. 상소문을 먼저 올리고 보복 문제는 그다음에 생각하기로 하였다. 상소문을 통해 율곡·우계의 출향을 강력히 요구하기로 하였다. 상소문을 작성하는 과정에서 북파 유생들이 눈치 채지 못하도록 철통같은 비밀을 유지해야 한다는 것에도 의견을 같이 하였다.

폭행 사건 이후 남·북파 유생들은 지나치다 우연히 만나도 고개를 돌려 외면해 버렸다. 갈수록 두 파 사이에는 골이 깊게 패어갔다. 이 사실을 알고 있는 산장 이필선으로서는 우려하지 않을 수 없었다. 그는 동주들을 모아놓고 협조를 요청하였다.

"유생들이 남파니 북파니 하면서 싸우니 이것 참 큰일입니다. 큰 불상사가 일어나지 않도록 사전에 지도를 해야 될 것 같은데요. 동주님들의 협조가 필요합니다. 좋은 의견이 있으면 기탄없이 말씀 좀 해주세요."

여느 때보다 산장 이필선의 목소리에는 힘이 들어가 있었다.

"글쎄요. 근본 문제가 해결되지 않고는 화목을 기대할 수 없을 것 같네요. 율곡 신주 배향이 이루어져야지요. 나라에서 문묘에 종사된 분을 우리 서원에서는 신주 배향을 허락하지 않으니 어디 화목을 이루겠나요. 잘못된 점이 있다면 빨리 시정되어야 하는 것 아닙니까."

동주 정재용은 북파 유생들을 적극 옹호하는 발언을 하였다.

"저는 조금 생각이 다릅니다. 원래 우리 서원에서는 퇴계를 신주로 모셔왔지 않습니까. 북파 유생들이 율곡도 신주로 함께 모시자고 주장한 게 잘못이란 말입니다. 율곡은 퇴계의 제자가 아닙니까. 제자가 스승과 함께 나란히 신주로 배향될 수는 없는 거지요. 남파 유생들이 좋다면서 허락해주면 몰라도 절대 안 된다고 하는 상황에서 율곡 신주 배향을 성사시키려고 하니 대립이 생길 것은 뻔한 것입니다. 안 된다고 하는 것을 힘으로 성사시키려 하기 때문에 대립과 갈등이 생긴다는 말입니다. 율곡 신주 배향을 요구하지 않을 때는 잘 지내어왔지 않습니까. 대립하게 원인을 제공한 쪽은 북파 유생들이란 말입니다."

동주 임주성이었다. 그는 남파 유생들을 적극 옹호하고 나섰다.

"협조를 요청했더니 지금 동주님들끼리도 상대방을 비난하고 있네요. 동주님들이 그러면 되나요? 학파를 떠나 옳은 이야기를 해주어야지요. 나로서는 어느 한 파를 일방적으로 지지할 수 없다니까요. 나는 두 파가 합의하여 의견을 가져오면 그 내용이 무엇이든지 허락해 줄 방침입니다. 합의가 안 되면 나로서도 어쩔 수 없구요. 동주님들의 이야기를 더 들어볼 필요가 없을 것 같네요. 또 대립할 테니까요. 먼저 일어나겠습니다."

산장 이필선은 긴 수염을 손으로 쓸어모으더니 몸을 일으켜 세웠다.

"산외서원이 언제부터 이렇게 되었는지. 한심하다니까요!"

산장 이필선은 한숨을 내쉬며 수도헌 마루를 내려섰다.

남 · 북파 간의 갈등이 갈수록 심화되자 생원 이수강은 그냥 방관한 채 보고만 있을 수 없다고 판단하였다. 남·북파 어디에도 속해 있지 않기 때문에 두 파를 화해시킬 책임이 이수강 자신에게 있는 것처럼 느껴지기도 했다. 폭행 사건에 대한 자세한 이야기를 듣고 이수강은 먼저 북파의 잘못을 지적하였다.

이수강은 북파의 장명수를 만났다. 정우에는 두 사람뿐이었다.

"이야기는 상세히 들었네. 이 방에서 그랬다면서. 왜 싸우고 그러는 가. 그러다가 큰 사건이 나면 어쩌려고. 서로 양보해야지. 걱정이 되어서 만나자고 했네."

이수강은 차분하게 앉아 침착한 어조로 말했다.

"걱정이 된다고 하니까 말이라도 고맙네. 나도 안타깝게 생각하고 있네. 싸우고 싶은 사람이 어디 있겠나. 어쩔 수 없어서 대립하는 것이지. 상소문만 아니었어도 싸우지 않았을 걸세."

장명수의 표정은 어두웠다.

"자네들이 상소문을 찢고 폭행을 가했다면서."

"상소문을 찢은 것은 사실이지만 폭행은 하지 않았네. 그냥 밀기만 했을 뿐이네."

"미는 것도 폭행이네. 때리는 것만 폭행인가."

"그렇게 되나? 미처 거기까지는 생각 못 했네."

"상소문은 왜 찢었는가. 그것은 폭력이네. 상소문을 올리는 것은 자유란 말이네. 사실에 근거한 상소문은 조정에서도 인정하고 있다는 것을 잘 알고 있을 걸세. 그런데 왜 북파 유생들은 떼 지어 가서 그런 짓을 했는가. 자네들이 잘못했네. 사과하게."

"상소문 내용을 우리로서는 용납할 수 없었네. 앞으로 또 그런 일이 생긴다면 용납하지 않을 걸세."

"그것은 속 좁은 생각이네. 성균관에 있는 남·서인 유생들도 서로
다른 상소문을 올린 적이 있었네. 왜 자네들은 안 된다는 이야기인가."

"속이 좁다고 해도 어쩔 수 없네. 우리는 용납 못 하니까 그 이야기는
그만하게."

"답답하네, 답답해. 폭행을 가한 것에 대해 사과하게. 잘못을 사과하
여 극단으로 치닫는 것을 막아야 할 것 아닌가."

"어차피 남·북파의 사이는 벌어졌네. 지금 사과한다고 해서 뾰족한
수가 있을 것 같지 않네. 사과는 못 하겠네. 그렇게 알게. 다만 남·북
파를 화해시키려는 자네의 노력에 대해 고맙게 생각하네. 그렇지만 그
만두게. 어설픈 시도는 서로의 입장을 난처하게 할 뿐이니까. 나 먼저
가네. 천천히 나오게."

북파의 장명수는 머리에 쓴 갓을 매만지더니 자리에서 일어나 정우
밖으로 총총히 걸어나갔다.

"장 생원, 아직 이야기가 덜 끝났네. 이리 좀 앉게."

이수강은 방석을 가리키며 다급하게 말했다. 그래도 장명수의 태도에
는 변화가 없었다. 장명수는 못 들었다는 듯 대꾸조차 없이 걸음만 옮
길 뿐이었다.

"참 고집스러운 사람이구만."

이수강은 벽을 쳐다보고 허허거리며 웃었다. 한참을 웃다가 이수강은
벽을 향해 말했다.

"사람들이 미워하는 바를 좋아하며, 사람들이 좋아하는 바를 미워하
는 것, 이를 사람의 본성(本性)에 거슬린다고 이르거니와 재앙이 반드시

그 몸에 미치느니라 「호인지소오(好人之所惡) 오인지소호(惡人之所好) 시위불
인지성(是謂拂人之性) 재필태부신(菑必逮夫身).」"[52]

남파 유생들은 상소문(율곡·우계의 출향을 요구하는 내용)을 은밀히 작성
하고 있었다. 지난번처럼 북파 유생들에게 비밀이 새어나가지 않도록
하기 위해 각별히 신경을 썼다. 그들은 서원 밖 민가에 방 하나를 빌려
상소문을 작성하고 있었다.

북파 유생들은 남파 유생들의 그러한 낌새조차 눈치채지 못하고 있었
다. 그러한 이유로는 북파 유생들이 다른 일에 신경을 곤두세운 채 집
중하고 있는 탓도 있었을 것이다. 요즈음 북파 유생들이 심각하게 생각
하고 있는 것은 사우 빈방에 제2의 사우를 꾸미며 율곡의 위패를 모신다
는 계획이었다. 그런데 제2의 사우를 꾸미는 데 걸림돌이 있었다. 산장
이필선과 남파 유생들이 제2의 사우를 허락할 것 같지 않다는 점이었
다. 산장 이필선보다 문제는 남파 유생들이었다. 남파 유생들은 제2의
사우 꾸미기를 결사코 반대할 것이었다. 남파 유생들이 반대하는 한 문
제를 일으킬 소지가 있으므로 산장 이필선도 허락하지 않을 게 뻔했다.
그렇다고 북파 유생들로서는 제2의 사우 꾸미기를 포기할 수는 없었다.
북파 유생들은 원래 계획했던 대로 남파 유생들 몰래 제2의 사우를 꾸
미기로 합의하였다.

---

52) 박일봉 역, 『대학·중용』, p.108.

"반대할 게 뻔하지만 산장님께 한 번 물어보자구. 우리 서원의 최고 어른이기 때문에 그래야 할 것 같네. 산장님께 물어보지도 않고 제2의 사우를 꾸미는 것은 예의에 어긋나거든."

북파 최상호의 의견이었다. 북파 유생들은 그의 의견을 기꺼이 수용하였다.

북파 유생들이 산장 이필선을 찾아갔다. 산장 이필선은 책상 앞에 앉아 글을 읽고 있다가 북파 유생들을 맞았다. 북파 유생들은 산장 이필선 앞에 모두 무릎을 꿇고 앉았다.

"산장님께 드릴 말씀이 있어서 왔습니다."

장명수가 먼저 말을 꺼냈다.

"무엇이든 좋으니까 말들 해보게."

"꼭 허락해주셔야 합니다. 저희들에게는 중대한 사안이니까요."

"그게 율곡 신주 배향 문제라면 아예 꺼내지도 말게. 나는 그걸 허락해줄 수 없다니까. 그걸 허락하면 남파 유생들이 가만히 있겠는가."

"저희들의 요구는 율곡의 위패를 퇴계의 위패와 나란히 모시자는 뜻은 아닙니다. 사우에 빈방이 하나 있지 않습니까. 거기에 제2의 사우를 꾸며 율곡의 위패를 모시고자 합니다."

"그것도 안 되네. 허락할 수 없네. 남파 유생들이 그걸 허락하겠는가. 산외서원은 퇴계를 모시는 곳이기 때문에 남파 유생들이 허락하지 않을 걸세. 자네들이 포기하게. 율곡·우계가 문묘에 종사되었다고 해서 그들을 모든 서원에서 신주 배향하라는 뜻은 아니거든. 자네들이 포기해야 우리 산외서원이 조용할 걸세."

산장 이필선의 태도는 완고하였다. 북파 유생들은 산장 이필선과 더 이상 긴 이야기를 할 필요가 없다고 생각했다. 그래서 그들은 서둘러 밖으로 나왔다. 산장 이필선이 반대할 것이라고 어느 정도 예상을 했었지만 그렇게 완고하게 나올 줄은 몰랐었다.

"참 기분 더럽네. 뒤통수를 한 대 얻어맞은 기분이구만."

장명수가 불퉁스럽게 말했다.

"신경 쓸 것 없네. 우리 식대로 나가자구. 예상했던 일 아닌가. 사우 빈방에 제2의 사우를 꾸미는 거야."

북파 유생들은 조민성의 말에 고개를 끄덕이는 것으로 동감을 표시했다.

남파 유생들이 잠든 깊은 밤이었다. 산외서원에는 어둠의 장막이 까맣게 내려와 있었다. 간혹 산외서원문고 뒤뜰 밤나무 가지 위에서 새들의 퍼덕거림 소리가 들렸다. 시간이 자시(밤 11~1시) 정도는 되었을 것이었다. 북파 유생들은 약속했던 대로 사우 앞에 모였다.

"자네들 조용히 해야 하네. 남파 유생들이 깨어나 나오면 일이 다 틀려버린다니까."

장명수가 손가락을 입에 대고 조용히 할 것을 당부하였다. 북파 유생들은 분주하게 움직이면서도 사뿐사뿐 걷는 등 소리를 내지 않으려 노력했다. 헉헉거리는 숨소리뿐. 사우 빈방 앞에는 팽팽한 긴장감이 감돌았다. 유생 하나는 횃불을 들고 빈방 앞을 왔다 갔다 하면서 어두운 곳을 밝혔다.

북파 유생들은 빈방에 있는 물건들을 밖으로 꺼내놓았다. 빈방에는 싸리비와 절구통과 경대와 삼태기 등 자질구레한 물건들이 들어차 있었다.

물건들을 모두 꺼내어 헛청으로 옮겼다. 북파 유생들은 이마 위에 땀방울이 맺히면 손등으로 쓱 훔치곤 하였다.

물건들을 모두 꺼내어 옮긴 다음에는 빈방 벽에 창호지를 바르기 시작했다. 풀과 종이를 미리 준비해놓았으므로 작업하는 데 어려움은 없었다.

"여기에 율곡의 위패를 모셔놓으면 남파 유생들이 우리 몰래 철거해버릴지도 모르는데 어떻게 해야 하나. 최 진사는 지난번에 지키면 된다고 했는데 어떻게 지킨다는 것인지 궁금하네."

장명수가 창호지에 풀칠하며 말했다.

"그건 걱정 없다구. 우리 북파 유생들 중에서 한 사람씩 보초를 서면 된다니까. 그러면 녀석들이 어떻게 할 수 없을 거라구."

"보초를 서면 뭣 하나. 한 사람이 남파 유생들 여럿을 어떻게 감당하겠다는 건가. 그렇다고 우리 북파 유생들 전원이 종일 보초를 설 수는 없지 않은가. 한 사람이 보초 서는 것은 서나마나 라고."

장명수는 최상호의 의견에 문제가 있음을 지적했다.

벽에 창호지를 모두 바르자 이번에는 북쪽 벽 앞에 큰 상을 하나 갖다 놓았다. 큰 상은 제사를 올리는 단으로 쓸 예정이었다. 상이 놓여 있는 북쪽 벽에 율곡의 위패와 영정을 걸었다. 그리고 상 위에는 향로를 갖다놓고 향불을 피웠다. 대충 사당은 완료된 셈이었다.

"자, 어느 정도 완성된 것 같네. 인사를 올리자구."

장명수가 먼저 위패 앞에 재배를 올렸다. 율곡의 영정은 희미한 불빛 속에서 유생들을 내려다보고 있었다. 북파 유생들은 한 사람씩 차례로 재배를 올렸다. 율곡의 위패 앞에 재배를 올리는 기분이 남달랐다.

얼마나 이날이 오기를 기다려왔던가. 북파 유생들은 숭모하는 어른을 마음속에만 묻어두지 않고 직접 인사를 올릴 수 있다는 것에 뿌듯한 희열을 느낄 수 있었다. 인사가 끝나자 북파 유생들은 불을 끄고 밖으로 나왔다.

　율곡·우계의 출향을 요구하는 상소문이 완성되었다. 남파 유생들은 북파 유생들 때문에 신경을 곤두세우지 않을 수 없었다. 상소문이 북파 유생들에게 발각되면 온전하지 못할 것은 뻔했다. 상소문에 남파 유생들 전원이 연명 날인하였다. 그 상소문이 한성으로 가기 전에는 조금도 마음을 놓을 수 없는 상황이었다.

　남파 유생들과 마찬가지로 마음이 조마조마하기는 북파 유생들도 마찬가지였다. 제2의 사우를 꾸민 것에 대해 남파 유생들이 알면 가만히 있지 않을 것이기 때문이었다. 북파 유생들은 틈이 나는 대로 제2의 사우로 가서 사당이 무사함을 확인하곤 하였다.

　그러던 어느 날이었다. 남파 유생 하나가 한성으로 상소문을 들고 떠나간 날이었다. 북파 유생 하나가 서원 밖으로 나갔다가 남파 유생들이 추진한 상소문 건에 대해 자세한 것을 듣게 되었다. 이 소식은 곧 북파 유생들 모두에게 전달되었다.

　"그걸 못 막다니. 남파 유생들의 뜻대로 문묘에 종사된 율곡·우계의 출향이 윤허된다면 이것 큰일 아닌가. 제2의 사우를 꾸민 우리의 노력도 물거품이 된단 말이네."

　"우리가 제2의 사우를 꾸미는 데에 신경을 쓰느라구 남파 유생들의 낌새를 포착하지 못한 거라구."

"그러나저러나 한 방 얻어맞은 기분이구만. 제2의 사우를 꾸미는 것보다 상소문을 올리지 못하게 막았어야 하는데 그랬다구."

"독한 놈들이야. 뛰는 놈 위에 나는 놈이 있다고 하더니 그 말이 맞네."

"이제 상소문이 한성으로 올라갔다면 어쩔 수 없는 것 아닌가. 임금의 비답을 기다리는 수밖에."

북파 유생들은 남파 유생들이 상소문을 올린 것에 대해 말이 많았다. 북파 유생들의 표정은 어두웠다. 그들은 남파 유생들을 못되었다, 악질들이다, 죽일 놈들이다, 염병할 놈들이다, 하면서 악다구니를 퍼부었다.

남파의 오동구는 계집종들로부터 제2의 사우에 율곡의 위패와 영정이 모셔져 있다는 소식을 듣고 펄쩍 뛰지 않을 수 없었다.

"뭐라고? 그건 안 되지. 절대 안 된다니까. 퇴계 사당에 율곡을 함께 모실 수는 없는 거라구."

오동구뿐만 아니었다. 남파 유생들은 모두 경악했다. 절대 양보할 수 없다는 태도였다.

"지금 당장 가자구. 가서 제2의 사우를 부숴버려야 한다니까."

차동영은 금방이라도 달려갈 듯한 자세를 취했다.

"그건 안 되네. 그렇게 되면 북파 유생들과 정면충돌 할 가능성이 있다니까. 그러한 불상사는 막아야 하네. 경을 읽는 선비들이 거칠게 싸워서야 되나. 체통이란 것이 있지 않나."

오동구는 남파 유생들을 충동질할 필요가 없다고 생각했다.

"그대로 놓고 볼 수는 없지 않은가. 말로 철거하라고 한다고 해서 쉽게 철거할 것 같지도 않다니까."

"북파 유생들 몰래 들어가 철거해 버리자구."

"그것도 좋겠구만."

북파 유생들이 잠든 깊은 밤이었다. 축시(밤 1시~새벽 3시)는 되었을 것이었다. 달빛이 서원 마당에 질펀히 깔려 있었다. 남파 유생들이 움직이자 마당에 고인 달빛이 물안개처럼 일렁이었다. 달빛 때문에 횃불을 밝힐 필요는 없었다. 그들은 조심조심 걸음을 옮겼다. 그들은 걸음 하나하나에도 신경을 쓰지 않을 수 없었다. 북파 유생들이 낌새를 채고 달려온다면 소기의 목적을 달성할 수 없을 뿐만 아니라 대판 싸움이 벌어질 게 뻔하기 때문이었다.

남파 유생들은 제2의 사우 안으로 들어섰다. 그들은 먼저 향로와 상을 밖으로 내놓았다. 그리고 율곡의 영정과 위패는 사우 밖 뒤쪽 툇마루 위에 올려 놓았다.

"북파 유생들은 이것도 모르고 잠만 자겠지?"

"모르지. 알고 쫓아오는 중인지도. 방심은 금물이라고 했잖아."

"알면 노발대발할 텐데 큰일이구만."

"큰일은 무슨 큰일. 노발대발하다 말겠지."

"그러나저러나 조심은 해야 한다고. 어디서 어떻게 당할지 모르니까. 지난번 오 진사와 차 진사가 정우에서 당한 수모를 잘 기억하라구."

"너무 걱정할 것은 없어. 아차하면 붙자고. 한바탕 붙어보자니까. 주먹으로 한다고 해도 질 수는 없다니까. 지난번 당하고도 참아왔는데 이제 더 참을 수 없는 거라구."

남파 유생들은 마주 보고 서서 결의를 다진다는 뜻으로 모두 주먹을 불끈 쥐어보였다.

"자, 가자구. 조금이라도 더 수면을 취해야하니까."

남파 유생들은 숙소로 가기 위해 발걸음을 서둘렀다. 그들은 걸음을 옮기면서도 주위를 심하게 두리번거렸다. 그들은 북파 유생들이 두려운 게 사실이었다. 그들이 떠난 사우 마당에는 달빛 그림자만 어른거리고 있었다.

북파 유생들은 이른 아침, 잠에서 깨어났다. 율곡을 배알하기로 예정되어 있었으므로 모두 시간에 맞추어 기상할 수 있었다. 그들은 어제, 묘시(오전5~7시)에 일어나기로 약속했었다. 우물가에 가서 깨끗이 세수를 하고 의관을 단정히 하는 데는 오랜 시간이 걸리지 않았다.

사우에 도착한 북파 유생들은 향로와 상이 밖으로 나와 있는 것을 발견하였다.

"이것 남파 녀석들 짓거리 아니야?"

장명수에게는 짚이는 게 있었다.

"글쎄. 안으로 들어가보자구."

"산장이 종들을 시킨 게 아닐까?"

"모르지. 그럴 수도 있다고 봐야지. 산장이 반대한 일을 우리들이 밀고 나갔으니까."

"누가 그랬든 기분이 나쁜 것은 사실이구만."

북파 유생들은 한마디씩 투덜거리며 사우 안으로 들어섰다.

"위패와 영정도 없잖아."

"손을 탄 게 분명해."

"어떤 못된 것들이 그랬을까?"

"산장 아니면 남파 유생들이겠지."

"범인을 잡으면 요절을 내버리자구."

"물론이지."

씩씩거리며 분노하는 유생, 허탈감에 빠져 어깨를 축 늘어뜨린 채 앉아 있는 유생, 마구 욕설을 내뱉는 유생 등 북파 유생들의 반응은 다양하였다.

"이렇게 분노만 할 것이 아니네. 위패와 영정을 찾아보자구. 다시 사당을 꾸미면 될 게 아닌가."

최상호가 외치자 그 반응은 유생들에게서 금방 나타났다. 유생들은 사우 주변을 샅샅이 뒤지기 시작했다.

"위패와 영정을 찾았네. 버리지는 않아서 다행이구만."

조민성이 사우 뒤에서 금세 위패와 영정을 들고 나타났다.

"버리다니, 말이라도 그런 말은 하지 말라구. 위패와 영정을 버리면 살인나지. 우리의 자존심을 건드려도 한계가 있는 것이라구."

"찾아서 다행이네. 다시 사당을 꾸미고 배알하는 거야."

"분해서 어디 참겠나. 누구의 소행일까?"

"현재로써는 알 수가 없지. 남파 녀석들 소행이겠지. 아니면 산장의 짓거리 일거구."

원래대로 사당을 꾸미는 것은 어렵지 않았다. 그들은 향불을 향로에 올렸다. 북파 유생들은 한 줄로 서서 평소 숭모하는 율곡의 위패 앞에 재배를 올렸다. 재배를 올릴 때는 모두 입을 닫고 침묵을 유지하였다. 은은한 향냄새가 사우 안으로 퍼져나갔다.

장명수에게는 그 은은한 냄새가 율곡의 영혼처럼 느껴지기도 하였다.

장명수는 점점 정신이 맑아지는 것을 느꼈다.

　북파 유생들이 꾸며놓은 제2의 사우는 깊은 밤이 되자 남파 유생들에 의해서 다시 철거되었다. 그러나 새벽이 되면 상황은 또 달라졌다. 북파 유생들이 씩씩거리며 원래대로 제2의 사우를 꾸며놓았다. 낮과 밤이 바뀌면서 꾸미기와 철거하기가 반복되었다. 북파와 남파는 숨바꼭질이라도 하듯 꾸미기와 철거하기를 거듭하였지만 오래 가지는 않았다. 남파 유생들이 제2의 사우 자리를 숙소로 정하고 24시간을 눌러 지내면서 상황은 달라지게 되었던 것이다. 남파 유생들의 그러한 행동에 대해서 북파 유생들은 이를 박박 갈며 분개했다. 두 파간 갈등은 금방이라도 불이 붙을 것처럼 뜨겁게 달아올라 있었다. 원망하고, 분노하고, 미워하는 감정은 극에 달해 있었다.

7

율곡 · 우계가 문묘에 종사되기까지는 많은 우여곡절이 있었다. 문묘
종사를 요구하는 쪽과 윤허하면 안 된다는 쪽 사이에 팽팽한 줄다리기
가 있어 왔다. 그들의 줄다리기는 참으로 끈질기게 계속되었던 것이다.
인조에 이어 효종이 왕위에 오르자 서인계 유생 홍위 등 수백 명이 연명
상소하여 율곡 · 우계의 문묘종사를 요청하였다. 그렇지만 효종은,

"문묘종사는 중대한 전례(典禮)가 되므로 가볍게 논의할 수 없다."

라는 명분으로 윤허하지 않았다.

서인계 유생들의 상소 소식은 경상도에까지 알려지게 되었다. 안동
유생 900여 명이 연명하여 효종에게 상소문을 올렸다. 안동 유생들은
율곡 · 우계의 문묘종사를 강력히 반대하고 나섰던 것이다. 소수(疏首)는
유직이었다.

근래 홍위와 이원상 등이 상소하여 이이와 성혼을 문묘에 종사코자
하니 신(臣)으로서는 어리둥절하옵니다. 문묘는 어떤 곳이며 두 신하는
어떠한 사람입니까? 두 신하를 문묘에 종사하자는 것은 그들이 어질다
는 이유 때문이 아니겠습니까. 그러나 사실은 그렇지가 못하옵니다. 두
신하가 살았던 시대가 지금으로부터 멀지 않아 자세한 것을 알 수 있는

것입니다. 두 신하는 이름이 난 사람들인데 어찌 한두 가지 칭찬할 만한 것이 없겠습니까? 그렇지만 돌아보면 흠이 더 많은 사람들이옵니다. (중략) 이들 학문의 폐단은 이보다 훨씬 큽니다. 이이는 일찍이 부처를 섬겼습니다. 또한 그는 뛰어넘기를 좋아하였습니다. 튼튼한 바탕을 세우지 않았던 것입니다. 그의 학문은 우리 유가(儒家)의 방식이 아닙니다. 옳지 못한 설을 끝까지 유지하려고 했으니 더욱 가관이었습니다. 이황은 일찍이 이 점을 깊이 염려하였던 것입니다.

"새로운 맛을 달게 느끼기 전에는 익숙했던 곳을 잊기 어렵습니다. 오곡의 열매가 익기도 전에 가을이 갑자기 다가왔습니다."

이황의 이 말은 시사하는 바가 있습니다.

이이는 기(氣)를 이(理)로 여겼습니다. 이기를 한 가지 물건으로 보았던 것입니다. 심(心)을 기(氣)로 보았고, 사단칠정은 모두 기가 발한 것으로 보았으니 거기에 병의 뿌리가 있었던 것입니다. 이는 육상산의 견해에서 나온 것이며 '작용이 성(性)의 본체'라는 불가의 설과 관련되어 있으니 그 해독은 이루 말할 수 없을 것입니다. (중략)

이이는 이황이 죽은 뒤에 스승을 무차별하게 공격하였습니다.

"이황의 설이 이(理)를 해친다."

"이황은 성(性)을 모른다."

"이와 기가 서로 발하고 서로 대하여 각각 나온다, 라고 주자가 여겼다면 주자 역시 잘못되었으니 어찌 주자가 될 수 있겠는가?"

이이는 이처럼 선현을 헐뜯어 자신의 편견을 합리화하려 했던 것입니다.

"이가 있은 뒤에 기가 있다."

"이나 기는 반드시 두 가지이다."

"사단은 이가 발한 것이고 칠정은 기가 발한 것이다."

이런 것은 이와 기가 서로 발한다는 뜻이 아니겠습니까? 주자의 정론은 이처럼 명백하옵니다. 그런데도 이이는 이 정론을 믿지 않았습니다. 이황의 학문은 곧 주자의 학문이니 이이한테서 배척을 당한 것은 사실인 것이옵니다.

성혼은 이이와 비교해서 한 등급 아래입니다. 그의 학문은 설득력이 약하옵니다.

"이와 기는 하나만 발한다."

라고 주장한 것만 보아도 알 수 있습니다. (중략)

요즈음 인심은 참으로 한심하옵니다. 위협을 느껴 감히 말을 못하고 있습니다. 백성들이 두려움에 떨고 있습니다. 인심은 속이기 어렵고 하늘의 이치는 지극히 공정한 것인지라 신 등은 가만히 있을 수가 없었습니다. 뭇사람들의 논의가 일어나 말이 많습니다. 그래서 전하께 아뢰지 않을 수 없었습니다. 엎드려 바라건대, 전하께서는 의리의 바름을 깊이 심사숙고하시어 어지러운 건의를 과감히 물리쳐 주시옵소서.[53]

효종은 상소문을 읽고 나서 불쾌한 표정을 지었다.

"청나라 문제로 나라가 시끄러운데 상소문이라니."

53) 허권수, 「조선 후기 남인과 서인의 학문적 대립」, pp.120-124에서 변용.

효종에게는 남인들의 주장이 달갑지 않게 생각되었다. 율곡·우계의 문묘종사 문제는 생각조차 하기 싫었다. 그래서 그는 상소문을 던지듯 거칠게 바닥에 내려놓았다.

효종의 이러한 태도에도 불구하고 영남 유생 신석형 등 40여 명이 서인 편에 서서 유직 등의 상소를 반박하고 나섰다. 영남 유생들은 이처럼 남·서인 두 파로 나누어져 있었던 것이다. 그들은 율곡·우계의 학문을 옹호하고 나섰다. 율곡·우계의 학문은 퇴계의 학설에 어긋난 것이 없으며 특히 율곡은 퇴계를 추숭(推崇)하기 위해 적극 앞장섰다고 주장하였다. 또한 그들은 이렇게 주장하였다.

"율곡과 우계는 퇴계의 적전(嫡傳)이 되기에 충분하옵니다. 그러니 두 사람은 문묘에 종사되어야 마땅하옵니다."

신석형의 소를 보고 효종은 이런 비답을 내렸다.

"소를 보고 그 내용을 다 알았다. 너희들이 서로 배척하기를 그치지 않으니 참으로 한심스러운 일이다. 내가 보건대 너희들의 주장은 까마귀의 암수를 구분하는 것과 다를 바가 없다."

효종은 상소에 대한 찬반 입장을 유보하였다. 효종으로서는 윤허나 불허, 어느 쪽도 결심이 서지 않았던 것이다.

'나라가 난국에 처해 있는데 철없는 유생들은 상소문만 보내오고 있으니 한심하도다. 나라의 어지러움에 비하면 문묘종사 문제는 별로 긴요하지 않다. 그런데도 문묘종사에 대한 유생들의 상소는 그치지 않고 오히려 더 극성을 부리니 이걸 어떻게 처리해야 할지.'

효종은 천장을 올려다보며 긴 한숨을 내쉬었다.

유직 등의 문묘종사에 대한 반대 소와 신석형 등의 찬성 소가 있고 난

다음부터 영남 유생들끼리의 남·서인 대립은 더욱 격렬해졌다.

"신석형 등은 영남 유생으로서 유론의 단일화를 방해하고 있다. 우리 영남 유생들로서는 수치스러운 일이다. 서인들에게 붙어 일생의 영화나 누리려고 하는 배신자들을 용서할 수 없다."

유직 등 남인계 유생들은 강한 불만을 품고 신석형 등 서인계 유생들을 강력히 비난하였다. 그들은 비난에 그치지 않았다. 신석형의 집을 헐어버리고 도내에서 살지 못하도록 멀리 쫓아내 버렸다. 이렇게 되자 사헌부에서 크게 문제 삼고 나왔다. 사헌부에서는 효종에게 건의하였다.

"근래 영남 유생들의 처사는 용납할 수 없사옵니다. 공론에서 나온 상소인데도 배척하여 집을 헐어버리고 도내에서 내쫓는 형벌을 가했으니 그냥 좌시하고 지나가면 안 될 줄 아옵니다. 방백으로 하여금 사실을 밝혀 바로잡고 주동자를 엄벌에 처하여 주시옵소서."

효종은 건의를 받고 이런 비답을 내렸다.

"내가 보건대 한성의 선비들을 정거[54]시키고 삭적[54]시키는 일도 이와 다를 바가 없다. 이상진(남인)이 문묘종사를 비난하다가 정거·삭적의 처벌을 받은 적이 있다. 신석형(서인)이 영남 유생들을 헐뜯다가 도에서 쫓겨났으니 안타까운 일이다. 남·서인이 서로 헐뜯다가 형벌을 가하는 것

---

54) 유생에게 일정 기간 과거를 보지 못하게 하던 벌.

---

55) 호적이나 학적(學籍) 따위의 기록을 지워 없애 버림.

은 잘못된 일이다. 남·서인 모두 반성할 일이다."

문묘종사로 인하여 당쟁이 점점 심해지자 효종은 고심하지 않을 수 없었다. 효종은 양측이 다 옳지 못하다고 보았다. 효종은 당파 싸움을 심하게 우려하여 영의정 이경여에게 그 해결 방안을 문의하였다. 이경여는 문제를 분석하여 이렇게 아뢰었다.

"관학 유생들이 두 파로 갈라져 서로를 다른 나라 사람 쳐다보듯 하니 심한 것이 사실이옵니다. 이이와 성혼 두 신하를 선조조 임오년과 계미년에 지나치게 배척한 적이 있었습니다. 그 뒤 율곡·우계의 문하생과 자손들은 두 신하를 문묘에 종사하고자 하고, 배척하던 사람의 자손들은 헐뜯으려 하고 있습니다. 이것 때문에 분당이 더욱 심해졌습니다. 삼사(三司)의 논의도 편파적일 수밖에 없었습니다. 전하께서는 말을 잘 살펴서 들으셔야 할 것이옵니다. 당을 떠나서 옳은 말이 있으면 받아들여야 하옵니다. 공공의 논의가 한 당에 치우치면 안 될 것이옵니다."[56]

이경여는 효종에게 당파에 관계없이 옳은 말이면 귀를 기울이라고 건의하였다. 그렇지만 그도 서인인지라 어느 쪽에도 치우치지 않은 공정한 태도를 견지하는 데는 한계가 있었을 것이다.

"그대의 말은 나에게 큰 참고가 될 것이니라. 영남 유생 일부가 영남 유생 유직 등을 비판한 것에 대해 그대는 잘 알고 있을 것이다. 이처럼 지금의 당파는 형체가 없다. 그러니만큼 해결책을 찾기도 무척 어렵구나.

---

56) 허권수, 앞의 책, p.128에서 변용.

문묘종사는 막중한 전례가 따르므로 가볍게 결정할 수가 없다. 윤허할 때까지 인내를 가지고 기다려야 마땅할 텐데도 그걸 참지 못하고 서로 헐뜯고 있으니 한심하다. 그대는 두 파의 갈등이 악화되지 않도록 중간에서 최선을 다하도록 해라."

효종은 이경여에게 강력히 명하였다.

"전하의 말씀을 명심하겠사옵니다."

이경여는 효종 앞에 허리를 꺾어 정중히 인사하고는 뒷걸음질 쳐 밖으로 나왔다.

문묘종사로 인한 남·서인의 갈등은 갈수록 악화 일로로 치달았다. 영남 유소(儒疏)의 소수(疏首) 유직에게 삭적·부황[57]의 처벌이 내려지면서 남인계 유생들이 크게 반발하였다. 성균관 유생 130여 명이 집단 퇴거해 버려 효종의 즉위를 경축하기 위한 증광시를 실시할 수 없도록 만들어버렸다.

효종대에 이어 현종대에도 서인계 유생들과 대신들이 율곡·우계의 문묘종사를 끊임없이 요청하였지만 왕은 윤허하지 않았다. 집권 세력인 서인계 유생들과 대신들이 워낙 집단적이면서 조직적으로 문묘종사를 요청해오자 남인들로서는 불안감을 느끼지 않을 수 없었다. 현종이 서인 집권 세력들의 끈질긴 요구를 이겨내지 못하고 문묘종사를 윤허한다면 남인들로서는 더욱 수세에 몰릴 것이므로 신경을 곤두세울 수밖에

---

57) 노란 종이에다 사람의 죄상을 적어 그것을 북에 붙인 다음 그 북을 치며 거리를 행진하는 형벌.

없었다.

현종 4년 6월에 경상도 남인계 유생 김강 등 수백 명이 연명 상소하여 율곡·우계를 문묘에 종사하는 것은 부당하다고 하였다.

(전략) 율곡·우계는 문묘에 종사할 수 없는 인물이옵니다. 율곡은 불문에 들어가 불경을 공부함으로써 유학자의 길에서 크게 벗어난 바가 있습니다. 그의 학문은 선현들의 가르침을 계승하지 못하고 있어 유학으로써 깊이를 상실한 지 오래입니다. 그런 그를 문묘에 종사하는 것은 부당하기 짝이 없는 일입니다. 만약 그를 문묘에 종사한다면 그의 뜻이 백성들의 정서를 크게 훼손시킬 것이옵니다.

우계는 학문으로나 인품으로 율곡 아래에 있는 인물이옵니다. 그 점은 많은 선비들이 인정하고 있는 사실이옵니다. 특히 그는 자신의 안녕만을 생각하고 위기에 처한 왕세자를 외면한 바가 있습니다. 왕실에 충성을 다하지 않았던 그를 문묘에 종사하는 것은 합당한 처사가 아니라고 봅니다. (중략)

경상도 유생 황상중은 전에 유직과 함께 율곡·우계의 문묘종사를 반대했던 인물이옵니다. 그런 그가 시의(時議)에 붙어 변신하였으니 통탄스러울 따름입니다. 그는 영남 유생들이 모두 문묘종사를 찬성하는 양 거짓 상소를 하였던 것입니다. 유생들을 무함하고 임금을 속였으니 그를 엄벌에 처하여야 할 것이옵니다. 그의 말을 듣고 8도 유생들의 논의가 하나로 귀일되었다면서 전하께 율곡·우계의 문묘종사를 요청하는 조정 대신들이 있었으니 한심한 노릇이 아닐 수 없사옵니다. (후략)

경상도 유생 김강 등의 문묘종사에 대한 반대 상소가 있은 후 곧이어 경기도 진사 박원상 등이 상소하여 문묘종사를 요청하였지만 현종은 윤허하지 않았다.

이때 응교 이민적과 수찬 이유상 등이 현종에게 차자를 올려 율곡·우계를 문묘에 종사시켜야 한다고 주장하면서 선현을 무함한 김강 등을 처벌해야 한다고 역설하였다.

(전략) 율곡·우계를 문묘에 종사시켜야 한다는 것은 8도의 많은 유생들과 조정 대신들의 한결같은 뜻이옵니다. 율곡·우계의 학문과 도덕은 거산처럼 우뚝 하옵니다. 그 뛰어남을 작은 지면에 낱낱이 모두 기록할 수 없어 신은 안타깝기 그지없사옵니다. 그 뛰어남을 많은 후학들이 입을 모아 칭송하고 있습니다. 전하께서는 여러 선비들의 요청을 받아들이셔야 할 줄로 아옵니다. 그것이 대세인 것으로 알고 있사옵니다. 율곡·우계의 문묘종사를 윤허하여 주시옵소서. 신은 엎드려 간곡히 요청하는 바이옵니다.

전하, 김강 등은 선현을 무함하였사옵니다. 김강 등을 엄벌에 처하여 주시옵소서. 무뢰한 후생들이 선현들을 서슴없이 모독하고 있사오니 그들을 엄하게 다스려 사습(士習)을 바로잡아야 할 것이옵니다. 전하께서는 그들을 너무 감싸 안으려고만 하고 있사옵니다. 그것이 문제이옵니다. 그렇게 된다면 무뢰한 후생들은 계속 나올 것이옵니다.

전하, 김강 등은 정인홍의 행동을 본받아 양현을 무함하고 있는 것으로 알고 있사옵니다. 정인홍이 문제의 화근이 되고 있으니 실로 통탄스럽기 그지없사옵니다. (후략)

서인계 세력들의 상소는 참으로 끈질긴 데가 있었다. 이민적과 이유상의 차자에 이어서 성균관 유생 이선악, 충청도 유생 김호, 평안도 유생 이창진 등이 상소하여 문묘종사를 요청하였지만 현종은 윤허하지 않았다.

현종은 재위 15년 동안 끝내 문묘종사를 윤허하지 않았다. 현종의 신임을 받고 있던 송시열, 송준길 등이 문묘종사를 요청했지만 그는 끝내 윤허하지 않았다. 그 이유로는 유림의 논의가 하나로 귀일하지 못한 점을 지적할 수 있고 또 하나는 서인들의 위상이 높아져 권력이 집중되는 것을 사전에 막으려는 의도도 있었다.

숙종 때에도 문묘종사를 요구하는 상소가 끊이질 않고 이어졌다. 거기에 대한 숙종의 태도는 현종의 경우와 크게 다르지 않았다. 다만 조금 다른 점이 있다면 남인들의 요구에 귀를 기울였다는 점이었다.

숙종 즉위년 겨울이었다. 숙종은 김강, 남중유 등 남인계 유생들을 해벌[58]하라고 지시하였다. 그러한 지시는 추위에 떨고 있는 남인계 유생들의 가슴에 한줌의 따스한 햇살로 다가갔다. 그러나 서인계 유생들에게는 그 점이 불만이었다. 결국 유생 박태소, 황흠 등이 왕의 지시를 그대로 봉행할 수 없다고 주장하였다. 성균관으로부터 내용을 전해들은 숙종은 대노하여 비답을 내렸다.

"조종조(祖宗朝) 때부터 문묘종사를 윤허하지 않은 것은 우연 때문이 아

---

58) 형벌을 풀어 줌.

니다. 박태소, 황흠 등이 사설을 꾸며 어명을 받들지 않고 있다. 옳은 것을 그르다 하여 해벌(解罰)하지 않으니 참으로 통탄스럽고 놀랍다. 먼저 이들을 정거[59]하도록 하라. 그리고 김강, 남중유 등은 즉시 해벌하도록 하라."[60]

숙종의 이러한 어명은 서인계 조신 및 유생들에게 대 충격이었다. 숙종은 이때 서인들이 채택한 복제문제(기해예송)에 의문을 갖고 있었다. 서인들에게 의혹을 갖고 있던 숙종은 이들에게 호의적인 태도를 보여주지 않았다. 그는 송시열 등을 부정적인 시각으로 바라보며 경계를 늦추지 않았다. 사태가 이렇게 반전되자 남인들은 물고기가 새 물을 만난 듯 생기를 되찾았다.

복제문제(기해예송)에 의문을 갖고 있던 숙종은 결국 거기에 잘못이 있음을 확인할 수 있었다. 그때부터 숙종의 태도는 돌변하여 서인들을 배척하고 남인들을 불러 등용하였다. 남인 허목을 대사헌에, 윤휴를 장령에 임명하였다. 우의정 송시열은 삭탈관직[61]으로 멀리 귀양 가게 됨으로써 서인 세력은 몰락의 길을 걷게 되었다.

---

59) 유생에게 일정 기간 과거를 보지 못하게 하던 벌.

---

60) 허권수, 앞의 책, p.156에서 변용.

---

61) 죄지은 사람의 벼슬과 품계를 빼앗고 벼슬아치의 명부에서 이름을 지우던 일.

남인들이 집권하자 그토록 끈질기게 요구해오던 문묘종사 요청이 단 한 건도 들어오지 않았다. 율곡·우계의 학덕을 칭송하는 사람도 없었다. 그것으로 미루어 유추해볼 수 있는 것이 있었다. 지금까지 계속되어 왔던 율곡·우계의 문묘종사 요구는 서인계 유생들의 자발적인 의지에서 나왔다고 볼 수 없다는 점이었다. 서인계 집권 세력들이 서인계 유생을 선동하는 데 앞장섰음을 확인할 수 있었다.

숙종 6년 3월 경신대출척으로 남인이 실각하고 서인이 다시 집권하게 되었다. 이때부터 율곡·우계의 문묘종사를 요청하는 상소가 잇따랐다. 10월에는 부교리 오도일이 상소하였다.

대학(大學)의 뜻에 근원을 두어 만든 책이 이이의 『성학집요』입니다. 이이는 선조대왕과 뜻이 맞고 잘 어울렸으므로 3대(三代)의 정치를 회복하고자 이 책을 지었던 것입니다. 『성학집요』는 학문하는 규모와 나라 다스리는 제도를 종류별로 묶었습니다. 분명하면서도 자세하고 번거롭지 않습니다. 그래서 제왕들이 도에 들어갈 때나 또는 정치를 할 때 지침으로 삼을 만합니다.[62] (후략)

오도일은 성학집요의 성가를 높여 그 저자 율곡의 학문적 위상을 높게 인식시키고자 하였다. 이때 황해도 생원 윤하주 등이 상소하여 율

---

62) 허권수, 앞의 책, pp.157-158에서 변용.

곡·우계의 문묘종사를 요청하였다. 거기에 숙종은 선대왕들과 같은 태도를 취했다.

"선조에서 시행하지 않은 것을 거론하는 것은 옳지 않다. 너희들은 물러가 학업을 닦도록 하라."

숙종의 이런 비답에도 불구하고 윤하주 등은 거듭 세 차례나 상소를 올렸다. 그러나 윤허할 수 없다는 숙종의 태도에는 변화가 없었다.

그러던 숙종이 심적 변화를 일으킨 것은 숙종 7년(1681년) 9월이었다.

산외서원 우물가에 계집종들이 모여앉아 빨래를 하고 있다. 그녀들은 손으로 빨래를 하면서도 입을 가만히 두지 않았다. 그들은 해임된 김찬식 수령을 들먹거렸다.

"김찬식 수령이 쫓겨났다면서? 관가에서 쫓겨나 멀리 귀양 갔다고 들었어."

"그건 사실이야. 고을에 소문이 자자하다니까."

"누가 가장 좋아할까?"

"물론 그놈에게 수모를 당한 사람들이겠지. 누구보다 강제로 수청을 들어야 했던 여자들이 통쾌하게 생각하고 있을 거야."

"김찬식 그놈이 백성들의 피를 엄청 빨아먹었다고 했어. 나도 가슴이 시원하게 느껴지는데."

"알고 보면 우리 산외서원 선비들도 대단하다구. 전하께 상소하여 수령을 멀리 귀양까지 보내고. 후임자는 누구인지 다들 알고 있나?"

"노길수 수령이라고 들었어."

노길수라는 말에 계집종들은 고개를 갸웃거렸다. 이름이 낯설었기 때문이다. 그때 우물가에 동주 임주성이 나타났다. 그는 입에 장죽을 물고 있었다. 계집종들은 동주 임주성을 보자 모두 빨래하던 동작을 멈추고 일어나 공손하게 인사를 올렸다.

"어서 빨래들 하거라. 하면서 듣도록 해라. 오늘 우리 서원에 손님이 온다. 그래서 청소를 깨끗이 해놓으라는 산장님의 당부가 있었다. 그걸 명심하거라."

"손님이 누구신데요?"

계집종 하나가 당돌하게 물어왔다.

"우리 고을에 새로 부임해온 노길수 수령이시다."

동주 임주성의 말에 계집종들은 고개를 끄덕이며 알 것 같다는 태도를 보였다.

"저희들은 방 청소만 하면 되겠지요?"

"물론이다. 마당 청소는 걱정 말거라. 오동재, 교려재, 수도헌, 정화재 등을 물걸레로 깨끗하게 닦아 놓아라. 특히 수도헌을 깨끗이 닦아놓아야 한다."

"알겠습니다요."

동주 임주성은 뻐끔뻐끔 담배를 빨면서 수도헌 쪽으로 걸어갔다. 오전의 햇살이 촉촉이 젖어 있는 계집종들의 손등 위에서 금빛으로 반짝거렸다.

노길수 수령이 산외서원을 방문하였다. 부임 인사차 산외서원을 방문한 노길수 수령은 해낙낙한 표정이었다. 그의 방문은 지난번 김찬식 수령이 찾아왔을 때와는 분위기가 판이하게 달랐다. 그때는 유생들이 냉담한 태도로 나와 보지도 않았었다. 그런데 이번에는 아니었다. 남파,

북파 가릴 것 없이 유생들이 나와 노길수 수령을 밝게 맞이했다.

수도헌에는 산장과 동주들과 유생들과 노길수 수령이 마주 앉아 있었다.

"산장님을 비롯하여 동주님들, 그리고 유생 여러분께 감사의 말씀을 드립니다. 미력한 저를 크게 환대해주신 점 잊지 못할 것입니다. 백성들의 손과 발이 되어 정도(正道)를 걷도록 노력하겠습니다. 그렇게 하라는 뜻에서 저를 환대해 주신 것이 아니겠습니까. 앞으로 저에게 많은 채찍질을 하여 주십시오."

노길수 수령은 앞에 놓인 찻잔을 들었다.

"고을 일로 다망하실 텐데도 우리 서원을 찾아주셨군요. 고맙습니다."

산장 이필선이 정중하게 말했다.

"바쁘기는 해도 꼭 와보아야 할 곳이 아니겠습니까. 저도 한 때 서원에서 공부를 한 적이 있었습니다. 누구보다 서원을 잘 알고 있습니다. 미력하나마 힘이 닿는 데까지 도움을 드리기 위해 노력해볼 생각입니다."

"사또께서는 저희 유생들에게 너무 친절하신 것 같습니다. 그럴 필요가 없는 것 아니겠습니까. 저희 유생들은 한낱 선비에 불과하니까요. 사또께서는 굶주린 백성들의 어버이가 되어서 많은 사람들로부터 칭송을 받으면 좋겠습니다."

오동구가 점잖게 의미심장한 말을 하였다.

"무엇보다도 백성들로부터 방결(防結)⁶³⁾하는 일이 없도록 해야 될 겁니다. 백성들의 원성을 사면 하늘이 노하니까요."

---

63) 사사로이 백성들로부터 세금을 거두어들이는 일.

동주 정재용이었다.

"옳으신 말씀입니다. 동주님의 말씀을 명심하겠습니다."

노길수 수령은 다짐이라도 하듯 지그시 입술을 물었다.

대화가 오랫동안 계속되지는 않았다. 노길수 수령이 업무 관계로 시간이 없다면서 자리에서 일어났던 것이다.

"나오지 마십시오. 시간이 있으면 또 들르겠습니다."

밖으로 나온 노길수 수령은 의인문 쪽으로 걸어나갔다. 그러자 마당에서 대기하고 있던 졸개들이 노길수 수령의 뒤를 따랐다.

서원 식구들은 의인문 밖에까지 따라 나와 배웅하지 않았다. 배웅하려 했던 것을 노길수 수령이 완고하게 거부했던 것이다. 서원 식구들은 먼 데에 서서 노길수 수령이 교마를 타고 떠나가는 모습을 지켜보았다.

노길수 수령이 시야에서 사라지자 북파와 남파 유생들은 돌아서 서로의 반대쪽을 응시하였다. 그러더니 남파 유생들은 정화재 쪽으로 북파 유생들은 교려재 쪽으로 걸어갔다. 그들은 시선이라도 맞닥뜨렸다 하면 무섭게 노려보다 팩 돌아섰다.

"남파 유생들이 우리 몰래 율곡, 우계의 출향을 요구했다고? 그건 많은 사람들이 숭모하는 선현을 모독하는 처사라구. 누구는 상소를 올릴 줄 몰라서 안 하나. 우리는 남파 유생들의 처사를 용납할 수 없다니까."

근래 북파 유생들이 몹시 분개하고 있는 내용이었다.

"제2의 사우를 꾸며서 율곡을 모시겠다면 우리의 동의를 얻어야 되는 것 아니야. 우리는 절대 율곡 신주 배향을 받아들일 수 없다구. 우리 서원은 퇴계 서원이기 때문에 퇴계 외에는 아무도 신주 배향할 수 없다니까. 우리가 산외서원에 있는 한 제2의 사우는 꾸며질 수 없는 거라구."

이것은 근래 남파 유생들이 신경을 곤두세우고 있는 부분이었다.

상소문을 가지고 한성으로 갔던 남파 유생이 돌아왔다. 그의 손에는
전하의 비답이 쥐어져 있었다. 그가 돌아온 것에 대해 누구보다 남파
유생들이 기뻐하였다. 남파 유생들은 왕의 비답을 펼쳐보았다.

(전략) 율곡·우계에 대해 문묘종사하기로 결정한 것은 바로 나였다.
그런 내가 또 출향을 결정할 수 있겠는가. 명분이 있어야 되지 않겠는
가. 그대들이 제시한 내용들은 명분이 너무 약하다. 내가 빗발치는 요
구에 굴복해 문묘종사를 윤허한 것으로 그대들은 알고 있는데 그것은
잘못된 것임을 명심하라. 선현을 문묘종사할 때는 신중해야 된다는 것
을 나는 잘 알고 있다. 일시적인 기분으로 문묘종사를 윤허한 것이 아
니니라. (후략)

남파 유생들의 표정은 밝지 못했다. 하지만 그들로서는 출향이 윤허
되지 않을 줄 어느 정도 예상하고 있었으므로 크게 절망스럽지는 않았
다. 그래도 왕의 비답 내용이 그렇게 완고할 줄은 몰랐었다. 출향을 윤
허할 수 없다는 확고한 의지 같은 것을 엿볼 수 있어 실망스러웠다. 그
렇지만 한편으로 생각하면 그것도 아니었다. 출향을 요구했다는 그 자
체가 소득일 수 있기 때문이었다. 출향을 요구하는 여론이 있다는 것에
대하여 임금은 자유로울 수 없을 것이기 때문이었다.
침통한 표정으로 앉아 있는 남파 유생들에게 차동영이 말했다.
"우리의 목적이 출향을 윤허 받는 데만 있었던 것은 아니잖은가. 다음

기회에 또 상소를 올리자구. 이번 상소로 인해서 여론이 많이 환기되었을 것이네. 그게 소득이라니까."

"나도 차 진사의 생각에 전적으로 동감하네. 출향을 윤허 받지 못한 것에 너무 실망하지 말자구."

오동구도 한마디 하였다.

"북파 유생들이 기뻐하겠구만."

"그럴지도 모르지. 그렇지만 많이 기뻐하지는 않을 거야. 북파 유생들도 어느 정도 결과를 예상했을 거니까. 오히려 우리가 출향을 요구했다는 그 자체에 대하여 불쾌감을 갖고 있을 것이라구. 북파 유생들은 잔뜩 기분 상해 있을 것이 틀림없을 거야."

"당분간 북파 유생들을 조심해야 한다구. 지난번 오동구 진사처럼 봉변을 당할 염려가 있으니까."

"그건 맞는 얘기야. 혼자 다니는 것을 금하고 두 명 이상이 함께 다녀야 할 거라구. 그걸 명심들 하게."

남파 유생들은 자리에서 몸을 일으켰다. 그들은 방 밖으로 나왔다.

율곡·우계의 출향을 요구하는 상소문에 대한 왕의 비답이 내려온 사실을 놓고 북파 유생들 간에 말이 많았다.

"상소문을 올리지 못하게 초기 단계에서 막아야 하는데 그러지 못해서 안타깝구만."

"그건 맞는 얘기야. 상소문을 올리지 못하게 막는 것이 무엇보다 중요하다구. 남파 유생들의 동정을 제대로 살피지 못한 게 중대한 실수라니까."

"최 진사의 말대로 우리가 실수를 했다면 제2의 사우를 꾸민다고 거기에 온통 정신을 쏟았기 때문일 거야."

"그런 면도 없다고 볼 수 없지."

"우리가 남파 유생들에게 한 방 얻어맞은 것은 사실이야. 우리와 같은 울타리 안에서 생활하는 사람들이 우리의 뜻을 저버리고 율곡과 우계의 출향을 요구했다는 사실은 용납할 수 없는 것이라구."

"우리라고 가만히 있을 수는 없지. 반드시 어떤 보복 조치를 취해야 한다고 보네."

"그런 말은 함부로 할 것이 못 되네. 조용한 곳에서 은밀히 이야기하자구."

"자, 조용히 좀 하자구. 우리가 이렇게 막연하게 이야기할 것이 못 되네. 앞으로의 대책을 세워 추진해 나가자구."

장명수가 봇물처럼 터져 나오는 말에 제동을 걸고 나왔다.

"먼저 우리가 해야 할 일은 남파 유생들의 동정을 잘 살피는 거네. 제2의 상소를 막아야 할 것이 아닌가. 그것이 급선무네. 그다음 중요한 것은 남파 유생들이 사수하고 있는 빈방(제2의 사우)을 우리가 차지해야 된다는 말이네. 어떻게 해서든 우리로서는 제2의 사우를 꾸며 율곡을 모셔야 한다니까."

장명수는 구체적인 데까지 자세하게 언급하였다.

"나도 장 생원의 의견에 동감하네. 그렇지만 제2의 사우로 쓸 빈방에 있는 남파 유생들을 어떻게 쫓아낸다는 말인가."

최상호였다.

"설득을 해서는 안 될 것이 뻔하지 않은가. 우리가 집단으로 몰려가서 무력으로 남파 유생들을 끌어내는 방법밖에는 없을 걸세."

조민성은 눈을 부릅뜨고 강력하게 말했다.

"조 진사의 생각은 너무 과격하네. 공자 왈, 맹자 왈, 하는 선비들이 폭력을 쓰는 것은 문제가 있네. 폭력은 마지막 수단으로 고려해보아야 할 걸세. 내 생각인데 장소를 다른 곳으로 정하면 어떻겠나."

"그건 안 되네. 빈방이 없단 말이네."

북파 유생들은 좌서사에 있는 빈방(제2의 사우)을 탈환하기 위해 긴 시간 숙의를 하였지만 뾰족한 해법을 찾아내지 못하였다. 다음에 더 자세한 이야기를 하기로 하고 북파 유생들은 산외서원문고 밖으로 나왔다.

남파 유생들은 좌서사 빈방(제2의 사우)에서 잠을 자다 얼굴에 화끈거리는 열기를 느꼈다. 탁탁, 나무 타는 소리가 연속적으로 들렸다. 그러더니 와지끈 나뭇가지 부러지는 소리가 들렸다. 오동구는 움찔 놀라며 번쩍 눈을 떴다. 불, 불이었다. 매캐한 냄새가 코를 찔렀다.

"불이야!"

오동구는 자신도 모르게 외쳤다.

"불이야, 불!"

차동영도 일어나 소리를 질렀다. 남파 유생들은 불이야, 라고 외치면서 빠르게 방을 빠져나왔다.

잠을 자던 남파 유생들 모두가 신속하게 방을 빠져나와 훨훨 타오르는 불꽃을 쳐다보면서 발을 동동 굴렀다. 거센 불꽃은 좌서사 집채를 막 집어삼키려 하고 있었다. 타오르는 불꽃으로 좌서사 일대가 대낮처럼 밝았다.

"뭣들 하는 거야. 불을 꺼야지."

북파 유생들이 자다가 일어나 맨발로 뛰어나왔다. 남·북파 유생들이 바가지와 물동이에 물을 떠다 불꽃 위에 뿌렸다. 그러나 이러한 노력에는 한계가 있었다. 불꽃은 조금도 수그러들 기미를 보이지 않았다. 급기야는 와지끈 소리가 나더니 서까래가 무너져내렸다. 그러더니 집채가 폭삭 가라앉아 버렸다.

"좌서사에 불이 나다니. 아니, 폭삭 주저앉아 버렸구만."

북파 유생들 다음으로 달려온 사람들은 계집종과 사내종들이었다. 그들도 우물가로 가서 물을 퍼다 불꽃 위에 뿌렸다.

"뭣들하고 있냐. 어서 물을 떠다 부어야지."

"이런 일이 없었는데 불이 나다니. 해괴하구나."

늦게 나타난 산장과 동주들은 놀란 눈빛으로 어떻게 할 줄 모른 채 허둥거리기만 했다.

타오르던 불꽃이 진정국면을 보이자 그때야 제정신을 찾은 듯 산장 이필선은 말했다.

"인명피해는 없나?"

"거기서 사람들이 자고 있었던 것으로 알고 있는데 여기 다 있는 것 보니까 무사한 것 같네요."

동주 임주성이 유생들의 수를 세어보기도 하였다.

"일찍 발견하고 무사히 다 빠져나왔습니다."

남파의 차동영이 떨리는 음성으로 말했다. 차동영 자신이 불에 타 죽을 수도 있었다고 생각하니 아찔하기만 하였다.

"다행이구만. 불행 중 다행이야. 사람이 다치지 않았으면 됐네. 사우야 다시 지으면 되지 않겠나."

산장 이필선은 불더미 속에서 무사히 빠져나온 남파 유생들의 어깨를 다독거려주었다. 시간이 가면서 화력이 몰라보게 약해진 것을 느낄 수 있었다.

먼동이 터오면서 날이 밝아지기 시작했다. 불꽃은 자취를 감추었지만 불씨는 남아 가는 연기를 피워올렸다. 여기저기에서 가는 연기가 너울거리며 새벽하늘로 날아올랐다. 목조 건축물이어서 완전히 전소된 탓인지 좌서사의 흔적은 찾아볼 수 없었다. 타고 남은 재가 이따금 바람에 날렸다.

좌서사 화재는 산외서원 식구들을 경악하게 만들었다. 산장 이필선은 불꽃이 타오르던 장면을 연상하면 소름이 끼치는지 고개를 살래살래 내젓곤 하였다.

"불이 무서운 겁디다. 미리 막지 못한 게 안타깝네요."

산장 이필선은 타고 난 잿더미를 망연자실 바라보았다.

"그래도 이만한 게 다행입니다. 인우간으로 불이 번졌다면 어떻게 되었겠습니까."

동주 정재용이 인우간을 가리키며 말했다.

"그렇기는 하지요."

"무엇보다도 인명피해가 없어서 다행입니다. 만약 사람이 타 죽었다면 그런 불행이 어디 있겠습니까."

동주 임주성이었다. 산장과 동주들은 맥이 탁 풀린 모습으로 화재가 난 현장 주위를 어정거렸다.

"나도 그걸 천만다행으로 여기고 있습니다. 사람이 죽지 않았기 때문에 우리가 지금 조금이나마 여유 있는 것 아니겠습니까.”

산장 이필선은 이따금 하늘을 쳐다보며 한숨을 내쉬곤 하였다.

“우선 급한 것은 임시 배향소를 설치하는 문제 같은데요. 퇴계를 모시는 서원이기 때문에 그의 위패를 신속하게 모시는 게 중요할 것 같습니다.”

남파의 동주 임주성은 순발력 있게 자기 파의 실속을 먼저 챙기고 나왔다.

“임시 배향소보다는 왜 불이 났는지, 원인을 먼저 알아보아야 될 것 같은데요. 그래야 다른 집채에 다시는 불이 나지 않도록 예방조치를 취할 수 있으니까요.”

동주 조필구였다.

“두 분 말씀이 다 일리 있습니다. 불이 난 원인도 알아보고 임시 배향소도 되도록 빨리 설치해야 되겠지요.”

아침 식사를 하는 남·북파 유생들의 태도가 판이하게 달랐다. 북파 유생들이 아침밥을 가볍게 비운 것과 달리 남파 유생들은 뜨는 둥 마는 둥 서너 숟갈 먹는 정도가 고작이었다. 북파 유생들의 표정은 여느 때와 크게 다르지 않았으나 남파 유생들의 표정은 심하게 일그러져 있었다. 화재로부터 생명은 건졌지만 그 엄청난 사건의 충격으로부터 벗어나지 못하고 있는 듯이 보였다.

“조금만 늦었어도 불 속에 묻혀 까맣게 타 죽었을 것이라구.”

“생각하면 아찔해. 소름이 끼친다니까.”

남파 유생들은 냉수를 한 대접씩 벌컥벌컥 마시고는 밖으로 나왔다.

“화재가 나 사우가 불에 타버렸는데도 아무렇지 않다는 듯 여유 있게 식사하는 것을 보면 대단한 녀석들이라구."

오동구가 북파 유생들을 염두에 두고 말했다. 남파 유생들은 정화재 툇마루에 나란히 걸터앉았다.

"좌서사가 불에 타 그 녀석들은 고소할 거네. 안 그런가?"

남파 유생 하나가 좌중을 일별하며 물었다.

"고소하기만 하겠나. 속이 후련하겠지."

남파 유생들의 눈에는 북파 유생들의 태도가 몹시 거슬렸다.

"녀석들 중에 틀림없이 범인이 있을 거라구."

차동영은 갑자기 심각한 표정을 지었다.

"나도 그 점을 생각하고 있었네. 그렇지만 근거가 없지 않은가. 말조 심해야 한다구. 북파 유생들의 귀에 들어가면 거세게 항의해올 테니까."

오동구도 북파 유생들을 범인으로 의심했다.

"녀석들의 소행이 분명해. 너무 심하지 않느냐구. 우리가 좌서사 빈 방에서 자고 있는 줄 알 텐데 불을 지르다니. 불을 지른 게 사실이라면 엄벌을 내려야 한다니까."

"혹 모르지. 녀석들의 소행이 아닐지도. 범인은 가끔 엉뚱한 곳에서 나타나니까."

남파 유생들은 말을 하면서도 북파 유생들이 엿듣고 있지 않나 하는 조바심 때문인지 주위를 유심히 살폈다.

"실화일 가능성은 없을까?"

"있지. 사우 뒤에 잿간이 있었으니까."

"그럼 실화, 방화 둘 다 가능성이 있다는 얘기 아닌가?"

"그런 셈이지."

틀림없이 방화일 거라고 주장하는 사람, 실화일 가능성도 있다고 말하는 사람, 남파 유생들은 두 가지 가능성을 배제하지 않았다.

남파 유생들은 취목원으로 가서 계집종들에게 물었다.

"너희들 잘 듣거라. 이건 중요한 것이니까. 근래 잿간에 불기가 있는 재를 버린 사람 있나?"

"없는데요."

계집종들은 겁먹은 모습으로 너도나도 그런 사실이 없다고 말했다.

"그럼 근래 잿간에 쌓아놓은 잿더미 속에서 불기를 느낀 사람은 없나?"

"없는데요."

계집종들은 이구동성으로 그런 사실이 없다고 말했다.

남파 유생들은 허탈한 심정으로 취목원을 나왔다.

"여러 이야기할 것 없다니까. 내 말이 맞을 거야. 북파 녀석들 속에 범인이 있을 거라니까. 결국 우리가 녀석들로부터 당한 거라구."

차동영은 신경질적으로 돌멩이를 발로 걷어찼다. 남파 유생들은 차동영의 뒤를 따라 정화재 쪽으로 어슬렁어슬렁 걸었다.

"화재 원인을 밝히는 것도 중요하지만 임시 배향소를 설치하는 문제가 더 시급하지 않을까? 퇴계를 모시는 서원에 사우가 없다는 것은 말이 안 된다니까."

남파 유생들은 다시 정화재 툇마루로 돌아와 나란히 걸터앉았다.

"나도 오동구 진사의 생각과 동감이네. 산장님께 임시 배향소를 설치해달라고 요구하자구. 불탄 자리 옆 빈 터에 임시 배향소를 설치하면 되겠더구만."

차동영은 임시 배향소 자리까지 언급하고 나왔다. 오동구와 차동영의 말에 이의를 제기하는 사람은 아무도 없었다. 그들은 될 수 있는 대로 최대한 빠른 시간에 산장을 찾아뵙고 임시 배향소 설치를 요구하기로 하였다.

북파 유생들은 정우에 모여 화재 사건 이후의 대책을 논의하였다. 그들의 표정은 남파 유생들에 비해 밝은 편이었다.

"남파 유생들이 우리를 의심하고 있지 않을까?"

"의심이라니?"

"제2의 사우 때문에 우리와 신경전을 벌였기 때문에 하는 얘기지."

"그건 사실이지. 그럴 만도 하겠구만. 의심하려면 하라고 해. 신경 쓸 것 없다구. 그게 문제가 아니라니까. 문제는 다른 데 있다니까. 이야기 못 들었나?"

"무슨 이야기?"

"퇴계를 배알할 수 있는 임시 배향소를 설치한다는 이야기 못 들었나?"

"못 들었어. 결정이 되었다는 얘기야?"

"그건 아니지. 임시 배향소를 설치한다는 말이 나온 정도지."

"그럼 임시 배향소를 만들어서 퇴계만 모신다는 이야기지?"

"물론이지."

"그럼 안 된다구. 임시 배향소를 설치하지 못하게 막아야 한다니까. 율곡 신주 배향소를 설치할 수 있도록 합의해주지 않으니까 우리도 어쩔 수 없다구."

"그러니까 물귀신 작전으로 들어가자 이거지?"

"바로 그거야."

북파 유생들도 산장에게 율곡 임시 배향소를 설치해달라고 요구하기로 하였다. 허락할 가능성이 희박했지만 요구해보기로 하였다. 끝내 허락하지 않을 때는 결사적으로 퇴계 임시 배향소 설치를 막기로 하였다.

수도헌에서 동주회의가 열렸다.

"불미스러운 사건이 발생한 데 대해 안타깝게 생각합니다. 이번 사우 화재 사건은 관가에 신고해 두었기 때문에 조만간 원인이 밝혀질 것입니다. 실화나 방화, 둘 중에 하나인 것 같은데 조속히 사건이 일단락되도록 동주님들께서 적극 협조하여 주십시오."

산장 이필선이 말문을 열었다.

"이번 사우 화재 사건은 방화가 확실할 겁니다. 명백한 방화 동기가 있으니까요. 이번 화재 사건은 살인 미수 사건이 분명합니다. 속히 범인을 잡아 엄벌에 처해야 합니다. 그래야 다시는 그러한 일이 일어나지 않습니다."

남파의 동주 임주성이었다.

"이번 화재 사건은 방화일 거라고 확신에 찬 말씀을 하시는데 저에게는 조금 거북하게 들리네요. 방화 동기가 명백하다는 것은 우리 북파 유생들을 의심하고 있다는 말씀으로 들리네요. 증거도 없이 함부로 그렇게 말씀하셔도 됩니까?"

북파의 동주 정재용이 얼굴을 붉혔다.

"북파 유생들을 의심해서 한 이야기가 아닌데 너무 비약이 심하십니다. 그건 오해입니다."

"우리 북파 유생들은 결백합니다. 이번 화재 사건은 실화일 가능성도 배제할 수 없다고 봅니다."

"관에서 수사를 하면 사실이 밝혀질 겁니다. 우리끼리 여기서 왈가왈
부할 필요가 없습니다. 그 예민한 이야기는 그만합시다. 그럼 사우 신
축 문제에 대해 논의해보지요. 사우 신축 그 자체에 대해서는 이의가
없을 줄로 압니다. 혹 반대 의견이 있으면 말씀해보세요."

산장 이필선이 동주들에게 말할 기회를 주었지만 반대 의견을 제시하
는 사람은 없었다.

"문제가 되는 것은 돈입니다. 돈이 있어야 사우를 신축할 것 아니겠
습니까. 서원의 힘만으로는 사우를 신축할 수 없습니다. 모자라는 돈을
어떻게 충당하면 좋겠습니까?"

산장 이필선은 말을 해 놓고 동주들의 표정을 살폈다.

"모자라는 돈은 우리 서원 식구들이 조금씩 내놓는 방향으로 해서 충
당하면 좋겠습니다."

남파의 동주 임주성이었다.

"임주성 동주님의 말씀대로 추진해보면 좋겠습니다. 유생들과 동주님
들의 협조만 있으면 되는 것이니까요."

남파의 동주 조필구였다.

"북파 유생들이 협조할 것 같지 않네요. 먼저 율곡 신주 배향을 허락
해야 할 것 같은데요."

북파의 동주 정재용은 고개를 연신 갸웃거렸다.

"정재용 동주님의 말씀에 저도 동의합니다. 율곡 신주 배향을 허락하
겠다는 약속이 먼저 있어야 될 것으로 봅니다."

북파의 동주 강경식이었다.

"그 문제는 예민한 사안이므로 더 이상 확대해서 거론하는 것은 좋지 않다고 봅니다. 율곡 신주 배향을 허락하면 반발이 있을 것이기 때문에 산장 마음대로 결정할 수도 없습니다. 남파와 북파가 어떤 안에 합의하면 내가 따를 수는 있습니다. 사우 신축 비용을 내 수완으로 해결해보겠습니다. 유생들과 동주님들은 희망자에 한해서 협조할 수 있는 겁니다. 고을 유지들한테 협조를 요청해보겠습니다. 한번 노력해보지요."

산장 이필선의 표정은 어두웠다.

"그럼 다음으로 임시 배향소 설치 건을 이야기해보지요. 북파 유생들이 율곡 임시 배향소도 설치해야 한다고 주장하는 모양인데 골치 아프네요. 동주님들의 의견을 말씀해보세요."

"사우가 불에 탔으니 그 대신 임시 배향소를 설치하는 것 아닙니까. 사우에 퇴계를 신주로 모셨으므로 임시 배향소에도 퇴계를 모시는 거구요. 잘못된 게 없지 않습니까. 율곡 임시 배향소 설치를 허락하지 않으면 북파 유생들이 퇴계 임시 배향소 설치 작업을 저지하겠다는 소식 저도 들었습니다. 그건 순 억지입니다."

남파의 동주 임주성이 흥분해 있었다.

"그렇다고 흥분할 것까지는 없지 않습니까."

북파의 동주 정재용이 말했다.

"흥분 안 하게 생겼습니까. 경과 씨름해야 할 선비들이 억지를 부리는데요."

"억지, 억지, 하지 마세요. 내 생각과 맞지 않는다고 매도해서는 안 되지요. 북파 유생들에게도 논리가 있다 이 말입니다. 율곡·우계가 문묘에 종사되었으므로 북파로서는 산외서원 내에서의 율곡 신주 배향을 충분히 요구할 수 있는 것이지요. 외부에서 변화가 있으니 내부에서 변화를 요구할 수 있는 것 아니겠습니까."

북파의 동주 정재용은 흥분하는 것 없이 점잖은 목소리로 땀직땀직 말했다.

"내가 그럴 줄 알았습니다. 그럼 그 문제는 다음에 논의하기로 합시다. 여기서 의견을 주고받으면 결국 싸울 수도 있으니까요."

산장 이필선이 이야기를 중간에서 자르고 나왔다. 동주들은 산장 이필선의 태도에 별 이의를 제기하지 않았다.

동주회의가 오랫동안 계속되지는 않았다. 강학(講學)을 밀도 있게 전개하기 위해서나 남파와 북파의 갈등을 최소화하기 위해 동주들이 노력할 것과 산외서원에 들어오고자 하는 유생들에게는 시험을 보게 해서 자질을 엄격히 검증할 것이 논의되었다.

동주회의가 끝나고 나오는 동주들의 표정은 밝지 못했다. 남·북파 동주들 간에 마찰이 있었으므로 마음이 가볍지 않았다.

관가에서 나온 관원이 화재 사건을 조사한다면서 산외서원을 찾았다. 포졸 들을 대동하고 나온 관원은 산장 이필선을 만났다. 두 사람은 찻잔을 가운데 놓고 마주 앉았다.

"이번 화재 사건은 꼭 원인을 밝혀주셔야 합니다. 남파 유생들이 살인 미수 사건이라며 강경하게 나오고 있으니까요."

"물론입니다. 사또께서도 관심을 갖고 있으십니다. 오늘은 급한 용무가 있으셔서 나오시지 못했습니다. 최대한 노력해서 원인을 찾아내도록 해보겠습니다."

관원은 찻잔을 들고 조심스레 마시면서 공손함을 잃지 않았다.

"철저히 조사해서 한 점의 의혹이 없도록 해주세요."

이필선 산장도 잔을 들고 차를 마셨다.

"그래서 제가 미리 사전 조사를 좀 했습니다. 범인은 항상 생각한 것보다 가까이 있는 경우가 대부분입니다. 혹시 산장님께서 짚이는 곳이라도 있나요?"

"남파와 북파 유생들이 티격태격해서 항상 시끄럽기는 했지요. 박정대 사건으로 계집종 이막순이 서원을 나가기도 했구요. 뚜렷하게 짐작되는 것은 없어요."

이필선 산장은 남파와 대립각을 세우고 있는 북파 유생들의 소행일수도 있다는 말을 꺼내지 않았다.

"알겠습니다. 그럼 현장을 조사해보고 관련된 유생들을 만나는 등 다각도로 수사를 해보겠습니다."

관원은 잔을 비우고 자리에서 일어났다. 그는 이필선 산장에게 공손하게 인사를 올리고는 검을 들고 밖으로 나왔다.

관원은 화재 현장을 막대기로 쿡쿡 쑤시면서 증거물을 찾기 위해 노력했다. 한참 동안 현장 조사를 마친 관원은 계집종과 사내종을 불러 이것저것 물었다.

"사우 뒤에 잿간이 있었다는 이야기지?"

"맞습니다."

계집종이 고개를 끄덕거렸다.

"불기가 있는 재를 버린 적은 없었나?"

"없었는데요."

계집종이 고개를 살래살래 저었다.

"잿간도 이번에 전소되었지?"

"바로 이 자리가 잿간이었지요."

계집종이 바로 옆에 소복하게 쌓여 있는 까만 재를 가리켰다. 관원은 종이에 사실을 기록하면서 연신 고개를 끄덕거렸다.

현장 조사를 마친 관원이 정우로 가서 남파의 오동구 진사를 불렀다. 화재가 났을 당시 남파의 유생들이 현장에서 자고 있었으므로 원한 관계 등 사건에 얽힌 진실을 밝히는 데 열쇠를 쥐고 있다고 판단해서였다. 헐레벌떡 달려온 오동구는 가슴에 손을 얹고 거칠게 숨을 몰아쉬었다.

"바쁘신데 오시라고 해서 미안합니다. 사건이 사건인 만큼 조사할 게 있어서 오시라고 했습니다."

관원은 앞에 앉은 오동구에게 부드럽고 깍듯하게 말을 건넸다.

"협조를 해야지요. 꼭 범인을 잡아야 하니까요."

"화재 당일 인명피해는 없는 걸로 알고 있는데 맞나요?"

"맞습니다. 다행히 신속하게 빠져나와서 그렇지 조금만 늦었어도 다 타 죽을 뻔 했습니다."

오동구의 거친 숨결이 많이 잦아들었다. 관원은 오동구가 하는 말의 요점을 받아 적었다.

"피해자로서 혹시 짚이는 것이라도 있나요?"

"이번 사건은 북파 유생들의 소행이 분명합니다. 우리가 사우를 차지하고 잠을 자니까 몰살시키기 위해서 누군가가 범행을 저질렀을 겁니다. 율곡 신주 배향을 반대한다고 해서 북파 유생들은 평소 남파 쪽 우리들을 적대시했거든요."

오동구는 남파와 북파가 그동안 티격태격 싸워온 과정을 가감 없이 진술했다. 밤과 낮이 바꾸면서 제2의 사우를 서로 차지하려고 각축을 벌였던 사실도 털어놓았다. 관원은 진술 내용을 노트에 부지런히 기록했다. 그러면서 천장을 쳐다보며 깊게 생각에 잠기는 표정을 짓기도 하였다.

"만약 범인이 불을 질렀다면 어떤 방법을 썼을까요? 안에서 사람이 자고 있었기 때문에 건물 주위에 얼씬거리기가 어려웠을 것 같은데요."

"건물 외벽에 들기름을 붓고 불을 지르면 목재 건물이라 금방 전소되지요."

"그럴 수도 있겠네요."

관원은 고개를 끄덕거렸다. 그는 들고 있던 노트를 뒤적거렸다. 노트에는 산외서원 식구들의 이름이 길게 나열되어 있었다.

"말씀 잘 들었습니다. 그럼 오동구 진사님은 가보시지요."

관원은 일어나서 정중하게 고개를 숙였다. 그는 유생들이 장차 나라의 인재가 되어 큰 역할을 한다는 사실을 잘 알고 있었다.

관원이 두 번째로 부른 사람은 북파의 장명수 생원이었다. 그는 장명수 생원에게도 친절을 잃지 않았다.

"사건이 중차대해서 이렇게 불렀습니다. 협조 부탁드립니다. 제가 묻는 말에 짧게 대답만 해주시면 됩니다."

"그럽시다. 남파 유생들이 우리 북파 유생들을 범인으로 지목하고 의심할지도 모르겠는데 그건 오해입니다. 우리는 결백하거든요. 실화일 수도 있고 아니면 남파, 자기들이 저질러놓고 우리에게 덮어씌우는지도 모릅니다."

장명수는 얼굴을 붉히며 언성을 높였다.

"다 알고 있습니다. 제가 다각도로 수사를 진행하고 있습니다. 장 생원님은 제가 묻는 말에 짧게 대답만 해주시면 됩니다. 화재 당일 장 생원님은 몇 시쯤 잠자리에 들었나요?"

"자시(밤 11~1시)쯤 자리에 누웠습니다."

"혼자였나요?"

"아니지요. 최상호, 조민성 진사랑 같은 방에서 잤습니다."

"자다가 밖에 나온 적은 없었나요? 인우간에 다녀오기 위해서 나와야 할 필요가 있기도 할 텐데요."

"그날 저녁은 없었습니다."

관원은 노트에 기록하면서 연신 고개를 갸웃거렸다.

"근래 누구와 크게 싸운 적은 없었나요?"

"싸웠다기보다 율곡 신주 배향 문제로 남파 유생들과 언쟁을 하기는 했지요."

"그럼 당일 화재가 났다는 것을 언제쯤 감지했나요?"

"자다가 주위가 시끄러워 뛰어나와 보니까 훨훨 불이 타고 있더군요. 시간은 잘 모르겠습니다. 달려가서 한참 불을 끄다 보니까 먼동이 밝아 오더군요."

"혼자 나왔나요?"

"최상호, 조민성 진사와 함께 뛰어나왔지요."

"장 생원님, 성실하게 진술해주셔서 고맙습니다. 돌아가셔도 좋습니다."

관원은 장명수 생원에게도 정중하게 고개를 숙였다. 관원이 다음으로 지목한 인물은 최상호 진사였다. 최상호 진사에게도 비슷한 질문이 쏟아졌다. 관원은 신문을 하는 과정에서 알리바이가 맞지 않다 싶으면 고개를 갸웃거리며 재차 묻기를 서슴지 않았다. 조민성 진사까지 불러다 조사를 마쳤을 때는 해가 서산에 머물러 있었다. 조사를 마친 관원은 아직도 미진한 점이 있었던지 이필선 산장을 만나 이렇게 요청했다.

"이것 받으십시오."

관원은 이필선 산장에게 글씨가 까맣게 쓰인 별완지를 건넸다.

"무엇이지요?"

이필선 산장은 머뭇거리며 별완지를 받아들었다.

"오늘 시간이 없어 다 조사를 못했습니다. 여기 명단에 있는 분들을 내일 사시(오전 9시~11시)까지 관가로 보내주십시오."

"그러니까 이게 소환장이군요."

"그렇습니다. 꼭 시간을 지켜주십시오. 그럼 저는 가보겠습니다."

관원은 이필선 산장에게 정중하게 고개 숙여 인사를 올리고는 몸을 돌이켜 밖으로 나갔다. 이필선 산장은 의인문까지 따라나와 배웅하여 주었다. 관원은 포졸들을 데리고 노을 속으로 모습을 감추었다. 이필선 산장은 꾸부정한 허리를 펴고 별완지를 눈 가까이 바싹 들이대었다. 계집종 두 명, 사내종 두 명의 이름이 적힌 별완지가 불그스름하게 물들어 있었다.

"사우가 불에 탄 것만도 억울하고 마음 아픈데 퇴계 임시 배향소를 설치할 수 없다면 말이 안되지요. 동주회의 소식 들었습니다. 사우가 불에 탔으므로 퇴계 임시 배향소를 설치해 달라는 것 아닙니까."

남파의 오동구였다.

"퇴계 임시 배향소를 설치할 수 없다고 하지는 않았네. 논의를 다음 기회로 미룬 것뿐이지."

"사우가 불에 탔으므로 당연히 임시 배향소를 설치해야 되는 것이지요. 저희들은 임시 배향소 설치를 요구하는 것이 아니라 당연히 설치할 것으로 믿고 있습니다. 저희들이 염려하는 것은 북파 유생들의 요구 때문에 산장님의 마음이 흔들리지 않을까 하는 것입니다."

"무슨 말인가 알아듣겠네. 자네 말이 옳다는 것을 잘 알고 있네. 그럼 나를 믿고 돌아가게. 사우가 불에 탔으므로 거기에 대신할 임시 배향소를 설치하는 것이지 북파 유생들보다 남파 유생들을 편애해서 새로운 사실을 허락하는 것이 아니라는 것을 명심하게."

"무슨 말씀인가 잘 알아듣겠습니다. 고맙습니다."

오동구는 조심스레 산장실을 빠져나왔다. 궁금했던 것을 산장에게 직접 확인하고 보자 막힌 게 뻥 뚫린 것 같은 시원함을 느낄 수 있었다. 퇴계를 모시는 서원에 사당이 없으니 하루라도 빨리 임시 배향소를 설치하여 사당을 꾸며야 할 텐데. 멀리 떠나 있는 자식이 하루빨리 부모 곁으로 달려가고 싶은 심정이라고나 할까. 속히 임시 배향소가 설치되기를 간절히 바라는 마음 때문인지 자꾸만 조바심이 일었다. 오동구는 동료인 남파 유생들이 있는 오동재로 가기 위해 빠르게 걸음을 떼어놓기 시작했다.

유생들뿐만 아니라 동주들까지도 남·북파로 나뉘어 사소한 일로 시비를 가리니 산장 이필선으로서는 매우 염려가 되지 않을 수 없었다. 특히 남·북파로 갈라져 갈등이 심해지면서 강학 시간이 제대로 운영되지 않자 이필선 산장은 외부 강사를 초청해 수업을 시도해보았다.

다른 서원에서 초빙한 실학자 강산목 동주의 특강 시간이었다.

"오늘의 강습을 시작해보지요. 서로 생각이 다르더라도 상대방을 존중하며 토론을 해봅시다. 양반 유생으로서의 긍지를 갖고 상대방을 배려하는 자세를 가집시다. 이 늙은이가 노파심에서 드린 말씀이니 참고하세요. 동주들이나 유생 여러분들이나 인간이어서 부족한 부분이 많습니다. 그래서 우리에게는 수양이 필요합니다. 인간다운 인간이 되어야 한다는 이야기지요. 그게 안 된다면 많은 지식을 가지고 있다고 한들 무슨 가치가 있겠습니까. 퇴계는 주자의 경(敬) 사상을 계승하였고 율곡은 사서의 하나인 중용의 성(誠) 사상을 계승 발전시켜 수양론을 전개한 바 있습니다. 그리고 성(性)에는 본연지성과 기질지성이 있다고 주장한 퇴계와 달리 율곡은 유일심(唯一心)을 내세워 기질지성을 인간의 중심 성론(性論)으로 앞세웠습니다. 율곡은 인간의 성에는 본연지성과 기질지성이 존재하는 것이 아니라 기질지성 속에 본연지성이 포함된다고 주장했습니다. 기질지성 속에는 선한 것과 악한 것이 있는데 선한 부분이 본연지성이고 악한 부분이 기질지성이라고 율곡은 보았습니다."

"동주님, 한 가지 질문이 있습니다."

남파의 오동구 진사가 수건으로 입가를 쓱 훔치더니 말을 이었다.

"길가의 들국화 향기는 원래부터 존재하는 겁니까? 아니면 우리 동물들의 후각 발달로 인해 냄새를 맡음으로써 그때부터 향기가 존재하는 겁니까? 누구도 들국화 향기를 맡을 수 없다면 들국화 향기는 애초부터 존재한다고 할 수 없지요. 그런가요?"

"글쎄요."

강산목 동주는 일부러 짓궂게 묻는 것인지 아니면 진짜 모르고 하는 질문인지 잘 모르겠다는 듯 고개를 갸웃거렸다.

"들국화 향기는 원래부터 존재했던 것이지요. 객관적인 理라고 할 수 있지요. 객관적인 理는 우주 속에 원래부터 존재해 있었던 겁니다."

남파 차동영의 대답은 확신에 차 있었다.

"그건 좀 모르는 소리입니다. 객관적인 理는 독립해서 존재할 수 없습니다. 理는 氣를 통해서만 존립할 수 있는 겁니다. 비본래적인 性 즉 기질지성에 의해, 다시 말해서 들국화를 보고 진한 향기를 맡는 것은 氣가 發하고 理가 올라탄 형국이라고 보아야 합니다. 氣가 發할 때 善한 부분이 개입하면 본연지성이고 惡한 부분이 개입하면 기질지성입니다. 인간의 성은 두 개가 아닙니다. 하나입니다. 본연지성과 기질지성이 따로따로 존재하지 않는다는 이야기입니다. 본연지성은 기질지성 중에서 善한 부분을 가리키는 겁니다. 본연지성은 기질지성에 속해 있는 겁니다."

북파 조민성 진사가 율곡의 이론을 장황하게 전개했다.

"모르는 소리입니다. 인간의 性은 두 개입니다. 본연지성 즉 인간의 본성을 뜻하는 것으로 순수한 善만을 가리킵니다. 사단(四端)이 바로 여기에 속하는 것입니다. 다음은 기질지성입니다. 인간 심성의 구체성으로서 善惡이 혼재하며 칠정(七情)이 바로 여기에 속하는 것입니다. 性은 心의 體로 情의 내적 근거가 됩니다. 반면 情은 心의 用으로서 외적표현이 되는 것입니다. 우리 인간들이 기질지성을 억제하고 본연지성을 일깨워 사단(四端)을 확충하면 천지지성(天地之性)을 얻게 되어 성인(聖人)이 될 수 있는 것입니다. 바로 그 대표적인 인물이 퇴계입니다."

남파 오동구 진사였다.

"퇴계, 퇴계, 라고 하니까 거북합니다. 퇴계는 주자 성리학을 그대로 계승한 학자로 자주성이 크게 떨어진다고 봅니다. 퇴계가 강조하는 경(敬) 사상도 바로 주자의 경(敬)사상을 그대로 계승한 것으로 알고 있습니다. 말년에 율곡이 퇴계를 비판한 것도 그러한 이유에 연유한 것으로 알고 있습니다. 퇴계는 사대주의자라고 할 수 있지요."

북파 장명수 생원이 얼굴을 붉히며 언성을 높였다.

"모욕적인 발언을 서슴없이 하면 상대방의 기분이 나쁘지요. 율곡도 주자 성리학에서 상당 부분을 가져와 자기 철학을 확립했지요. 예를 들면 율곡의 인심도심설은 주자설을 그대로 전수한 것으로 알고 있습니다. 그리고 율곡이 수양론에서 강조했던 성(誠) 사상은 사서의 하나인 중용(中庸)의 성(誠) 사상을 그대로 계승한 것입니다. 무엇을 모르는 사람이 상대보고 모른다고 말하고, 사대주의자를 찬양하면서 상대보고 사대주의자라고 비판하니 한심합니다."

남파 오동구 진사의 얼굴도 붉으락푸르락했다.

"그렇게 막말을 해도 되는 겁니까?"

"누가 막말을 먼저 했는데요. 그쪽이 먼저 한 것 아닙니까?"

"가자구. 일어나자구. 어디 더러워서 함께 강습을 받겠나."

북파 최상호 진사가 자리에서 일어나더니 팔을 휘저으며 교려재 밖으로 나갔다. 그러자 북파 유생 전원이 옷을 툭툭 털고 일어나 뒤따랐다.

"대화로 풀어야 합니다. 그러면 안 됩니다. 참아야 된다니까요."

강산목 동주가 팔을 잡자 사정없이 뿌리쳤다.

"시원하구만. 썩은 이가 빠진 기분이야. 우리만 남아서 뭐해. 우리도 가자구."

남은 남파 유생들도 손을 툭툭 털며 일어나더니 교려재 밖으로 나갔다.

"똑같이 행동하면 안 됩니다. 한쪽이라도 참아야지요."

강산목 동주의 말에 일언반구도 없이 밖으로 나가버렸다. 교려재 안에는 동그마니 강산목 동주만 남았다.

"참 힘들구만. 제대로 토론 한 번 못해보고 싸움박질만 해대남. 지금쯤 퇴계와 율곡이 지하에서 울고 있을 게야. 두 파가 싸운다는 이야기를 듣고 처음에 생각했던 대로 이필선 산장의 강의 요청을 거절했어야 했는데. 이게 무슨 망신이람. 참 기분 더럽구만."

혼자 남은 강산목 동주는 연신 헛기침을 해대었다.

외부 강사의 수업도 중단되자, 이필선 산장 자신이 직접 나서지 않을 수 없었다. 그는 남·북파 유생들을 모아놓고 시경에 나오는 시(詩) 한 수를 들려주었다. 수도헌을 지나는 바람이 산장 이필선의 하얀 수염 끝에 매달려 살랑거렸다.

  −손에 익은 각궁도−[64]
  손에 익은 각궁도
  늦추면 뒤집히네.
  형제 친척 사이에
  멀리 해선 안 되네.

---

[64] 이원섭 역, 『시경』(서울: 민예사, 1986), pp.313-314.

그대 멀리 하면은
백성들도 그러리.
그대 하는 모든 일
백성들은 따르네.

좋은 형제 친척은
너그럽게 지내나
좋지 않은 자들은
서로 헐고 할퀴네.

좋지 않은 자들은
남만 원망하면서
사양할 줄 모르니
제가 제 몸 망치네.

늙은 말이 젊은 체해
나중 일은 안 돌보고
먹으면 게우도록
마시면 끝이 없네.

원숭이에게 나무 타기 가르치니
진흙에 진흙을 덧바름 같네.
윗사람에게 아리따운 행실 있으면

아래에선 모두들 이를 본받네.

평평 어지러이 내리는 눈도
햇볕을 만나면 스러진다네.
몸을 굽혀 남의 말 따르려 않고
언제나 자기만 잘났다 하네.

평평 쏟아지는 눈이라 해도
햇볕을 만나면 녹아버리네.
부끄러운 오랑캐들 행실들이기에
나는 이렇게 걱정하네.

−각궁(角弓)−

성성각궁(騂騂角弓)

편기반의(翩其反矣)

형제혼인(兄弟昏姻)

무서원의(無胥遠矣)

이지원의(爾之遠矣)

민서연의(民胥然矣)

이지교의(爾之敎矣)

민서효의(民胥傚矣)

차령형제(此令兄弟)

작작유유(綽綽有裕)

불령형제(不令兄弟)

교상위유(交相爲瘉)

민지무량(民之無良)

상원일방(相怨一方)

수작불양(受爵不讓)

지우기사망(至于己斯亡)

노마반위구(老馬反爲駒)

불고기후(不顧其後)

여사의어(如食宜饇)

여작공취(如酌孔取)

무교노승목(毋敎猱升木)

여도도부(如塗塗附)

군자유휘유(君子有徽猷)

소인여촉(小人與屬)

우설표표(雨雪瀌瀌)

견현왈소(見晛曰消)

막긍하유(莫肯下遺)

식거누교(式居婁驕)

우설부부(雨雪浮浮)
견현왈류(見晛曰流)
여만여모(如蠻如髦)
아시용우(我是用憂)

"군주가 친척들과 불화하면 마침내 몸을 망칠 수 있다는 시네. 이 시는 많은 시사점을 던져주고 있지. 어디서나 불화하면 될 것도 안 된다는 것을 알아야 하네. 우리 서원에서도 남·북파로 나뉘어 불화하고 있으므로 다들 명심하여 기억해두어야 할 걸세. 불화하면 개인들이 몸을 다치게 되고 서원이 망하게 되며 결국 나라가 망할 수도 있는 것이네."

산장 이필선은 아주 낮은 소리로 말을 천천히 하였다. 그래서인지 그의 말에는 무게가 실려 있었다.

"각궁이란 시를 들려주신 것에 대하여 저는 이렇게 생각하고 있습니다. 시 자체를 분석하여 감상하자는 것이 아니고 불화하면 몸을 다치게 된다는 교훈을 저희들에게 주지시키기 위해서 들려주신 것입니다."

북파의 장명수가 일어나 당돌하게 자기의 생각을 피력했다.

"장 생원의 말이 틀렸다고는 하지 않겠네. 내 생각을 잘 짚어내고 있으니까. 사실 나는 요즈음 남·북파 유생들의 관계가 원만하지 못한 관계로 제대로 밤잠을 이루지 못하고 있네. 잠을 자다가도 밖에서 시끄러운 소리만 들리면 남·북파 유생들이 싸우지 않나 싶어 벌떡 자리에서 일어나 밖에 귀를 기울이곤 하였네."

"산장님께 심려를 끼쳐드린 점 대단히 죄송하게 생각하고 있습니다."

남파의 오동구가 머리를 숙여 공손하게 말했다.

"너무 그렇게 송구스러워할 것까지는 없네. 북파 유생들과 사이좋게 지내 게. 내가 바라는 것은 그것뿐이네."

"그것은 저 혼자의 노력으로 안 되는 것이지요. 상대가 있으니까요. 그렇지만 산장님의 말씀을 명심하겠습니다."

"우리가 이렇게 말로 떠들어봐야 아무 소용이 없다니까요. 실질적인 노력이 중요하지요. 모든 일을 공명정대하게 처리해야 된다고 봅니다. 그러한 노력의 흔적이 보이면 서로 화기애애하게 화합할 수 있는 것 아니겠습니까."

북파의 최상호도 점잖게 한마디 하였다.

"최 진사의 말에 나도 공감하네. 구체적이지는 않지만 그래도 앞으로 한 걸음 나아가서 실천 방향을 제시한 것이로군. 나도 최 진사의 말처럼 하려고 노력하고 있네."

"산장님이 그렇게 말씀하시니까 드리고 싶은 말씀이 있네요. 한 말씀 올려도 되겠습니까?"

북파의 장명수였다.

"무엇이든 이야기해 보게."

"산장님의 말씀과 실천이 일치하지 않는 것 같아 드리는 말씀입니다. 저희들로서는 무척 서운하게 생각하고 있습니다."

"그게 무엇인데 그러는가?"

"남파 유생들에게는 퇴계 임시 배향소를 설치해주겠다고 약속하시고 우리 북파 유생들이 희망하는 율곡 임시 배향소에 대해서는 절대 불가하다고 하셨다고 들었습니다. 그처럼 한쪽을 일방적으로 편애하셔도 되는 건지요. 그렇게 해서 과연 우리 산외서원 식구들이 화목해질 수 있느냐구요."

북파의 장명수는 침을 튀겨가며 언성을 높였다. 그는 일어서서 좀처럼 앉으려 하지 않았다. 그의 시선은 산장 이필선의 눈에 꽂혀 있었다.

"그만 앉게. 뭔가 오해하고 있구만. 나는 남파 유생들에게 그런 약속을 한 적이 없네. 그리고 북파 유생들이 요구하는 율곡 임시 배향소를 설치해줄 수 없다고 말한 적도 없네. 다만 남파 유생들과 이런 이야기를 한 적은 있네. 퇴계 임시 배향소를 설치하는 것은 남파 유생들의 요구 때문이 아니고 사우가 불탔으므로 그냥 임시 배향소를 설치하는 것이라고. 전통적으로 퇴계를 모시던 서원이기 때문에 당연한 것이라고."

"저희들이 앞에 있으니까 변명하시는데, 그러지 마십시오. 저희들의 요구를 들어주십시오. 율곡 임시 배향소를 설치해주셔야 합니다. 그게 공평한 처사라고 봅니다. 문묘에 종사된 율곡과 우계가 아닙니까. 설치해주시지 못할 이유가 없다고 봅니다."

"반대하는 유생들이 있기 때문에 그러네. 더 큰 불상사가 일어날 수도 있기 때문에 함부로 결정을 못하고 있는 걸세."

"여러 말씀 듣고 싶지 않습니다. 율곡 임시 배향소를 설치해주겠다고 약속하여 주십시오. 그렇지 않으면 저희들은 서원에서 모두 나가버리겠습니다."

북파의 장명수는 흥분해 있었다. 그는 산장 이필선을 매섭게 노려보았다.

"무슨 소리를 그렇게 하는가. 현재로써는 임시 배향소를 설치해줄 수 없네."

산장 이필선도 소리를 높였다.

"마음대로 하십시오. 퇴계 임시 배향소를 뜻대로 설치할 수 없을 겁니다. 두고 보십시오."

장명수는 거칠게 쏘아붙이고는 수도헌 밖으로 나가버렸다. 그러자 북파 유생들이 모두 일어나 약속이나 한 듯이 장명수의 뒤를 따랐다.

"녀석들을 그냥!"

남파의 오동구가 밖으로 나간 북파 유생들의 뒤에다 대고 주먹질을 하였다.

"참자고, 참아!"

남파의 차동영이 오동구의 팔을 잡으며 말했다.

"이 늙은이가 당했구만! 버릇없는 것들 같으니라구!"

산장 이필선은 괘씸하다는 듯 투덜거렸다. 남파 유생들도 입을 가만히 두지 않았다. 북파 유생들의 집단행동과 그 무례함을 신랄하게 성토하였다.

"왜 이렇게 떠드나. 듣기 싫네. 내 말은 다 끝났으니까 자네들도 어서 나가게."

산장 이필선은 귀찮다는 듯 냉갈령스럽게 말했다.

퇴계 임시 배향소 설치 작업이 진행 중에 있었다. 인부들이 부산하게 손을 놀렸다. 작업장 옆에는 불타버린 사우의 잔해가 앙상하게 남아 있었다. 그 잔해에서 이따금 재 가루가 바람을 타고 날아와 얼굴에 끼쳤다. 그때마다 인부들은 인상을 찌푸리며 손을 휘휘 저어 재 가루를 밀어 냈다. 인부들의 이마 위에서는 구슬땀이 흘렀다. 작업장 둘레에는 기둥으로 쓸 통나무와 이엉과 갈대와 긴 막대기와 판때기와 기타 건축 자재들이 어지럽게 널려 있었다.

구덩이를 파고 거기에 기둥으로 쓸 통나무를 세우는 작업이 한창이었다. 통나무를 세운 다음 그 둘레에 잔자갈과 흙을 넣고 나무망치로 땅을 쳐서 단단하게 다졌다. 세워야 할 여섯 개의 기둥 중에서 네 개째 작업이 진행 중이었다. 새참 관계로 간혹 계집종들이 나타나면 인부들은 그녀들에게 해이, 해이, 하며 장난을 치곤 하였다.

통 모습을 보이지 않던 북파 유생들이 해질녘에야 작업장에 떼거리로 어슬렁어슬렁 나타났다. 그들은 돌멩이를 발끝으로 툭툭 차면서 신경질적인 반응을 보였다. 그들은 인부들 둘레를 빙빙 돌면서 침을 찍찍 내뱉었다.

"자네들 작업을 그만 중단하게. 우리들의 허락을 받지 않고는 여기에 임시 배향소를 설치할 수 없단 말이네."

그들은 인부들의 손에서 강제로 망치를 빼앗기도 하였다.

"왜들 그러십니까! 점잖은 선비님들이 어울리지 않게! 작업을 방해하면 곤란하단 말입니다."

"잔소리는 그만하고 돌아들 가라구. 임시 배향소는 설치 안 해도 되네."

"무슨 말씀인가 이해가 안 갑니다. 우리는 산장님의 말씀을 듣고 작업을 하고 있거든요."

"말이 많구만."

북파 유생들은 세워놓은 기둥을 끌어안고 앞뒤로 힘을 가했다. 그러자 곧 기둥이 흔들리기 시작했다. 그 흔들리는 기둥을 여러 사람이 끌어안고 동시에 들어 올렸다. 통나무 기둥은 힘없이 뽑혔다. 그 기둥을 옆으로 뉘어 놓고 발로 턱턱 걷어찼다. 북파 유생들은 화풀이라도 하듯 신경질적으로 발길질을 하였다.

이 장면을 계집종들이 지나치다 우연히 목격하였다. 그녀들은 겁에 질린 모습이었다.

"선비님들이 난동을 부리다니."

"얘들아, 가자. 다른 선비님들을 모시고 오자구. 말려야 하지 않겠냐."

"그래, 그래. 그 방법밖에 없겠구만."

계집종들은 남파 유생들이 있는 정우로 뛰기 시작했다. 그녀들은 헉헉 숨을 몰아쉬면서도 뛰는 속도를 죽이지 않았다. 치마가 발에 걸려 넘어지자 다시 잽싸게 일어나 뛰는 계집종도 있었다.

"야, 왜 그래! 무슨 일이 생겼니?"

부산하게 뛰는 모습을 보고 화단에서 풀을 뽑던 사내종 하나가 소리를 쳤지만 계집종들은 대꾸조차 하지 않았다.

정우에 도착한 그녀들은 다짜고짜 출입문을 열어젖혔다. 모여앉아 정담을 나누고 있던 남파 유생들이 화들짝 놀라며 눈을 크게 떴다.

"무슨 일이야?"

오동구가 벌떡 몸을 일으켜 세웠다.

"선비님들 빨리 나와 보세요! 큰일 났어요!"

계집종은 숨을 몰아쉬느라 제대로 말을 잇지 못했다.

"무슨 일인데 그래? 차근차근 말해보라구."

"저기 작업장에 인부들이 세워놓은 기둥을 선비님들이 넘어뜨리고 있다니까요."

"뭐라고?"

남파의 차동영이 말끝을 올리며 놀랍다는 반응을 보였다.

"가보자구. 북파 유생들이 분명할 거야. 거기에 장명수 생원도 있었지?"

"네."

묻는 말에 계집종은 고개를 끄덕거렸다.

"북파 유생들이 임시 배향소 설치 작업을 방해하는 모양이야. 빨리 가보자구."

남파 유생들은 임시 배향소 설치 작업장으로 뛰기 시작했다.

남파 유생들이 현장에 도착할 때까지도 북파 유생들은 나무 기둥을 붙잡고 끙끙거렸다. 인부들은 그러면 안 되는데요, 안 되는데요, 라고 말하면서 북파 유생들을 몸으로 밀어내었지만 수적으로 열세에 있어 한계가 있었다. 북파 유생들은 기둥 넘어뜨리기에 몰두해 있어서 그런지 남파 유생들이 도착한 것도 모르고 있었다.

"무슨 해괴한 짓들이냐! 당장 그만두지 못해! 나쁜 자식들 같으니라구!"

남파의 오동구가 큰소리로 외치자 그때야 북파 유생들은 움찔 놀라며 고개를 들었다. 그들은 하던 동작을 멈추고 서서 남파 유생들을 매섭게 노려보았다.

"네가 뭔데 간섭하는 거야? 욕까지 해가면서."

북파의 장명수가 시비조로 대들었다.

"너희들 이래도 되는 거냐구. 난폭한 행동을 하면서 고운 말을 기대하면 곤란하지."

"우리가 오죽하면 이러겠느냐구. 우리도 참을 만큼 참았어. 이제는 더 양보 못 한다니까."

"그래서 난폭한 행동을 멈출 수 없다는 것인가?"

"그래. 멈출 수 없어. 기둥을 우리 손으로 모두 뽑아버리겠어. 자, 계속하자구."

북파의 장명수가 손짓으로 동료들을 독려하였다. 그러자 북파 유생들은 잘 훈련된 병사들처럼 나무기둥에 일사불란하게 엉겨 붙었다. 북파 유생들은 제정신이 아닌 듯이 보였다. 그들은 억억 소리를 내면서 기둥에 결사적으로 매달렸다.

이 광경을 지켜보는 오동구의 마음이 편안할 리 없었다. 기둥 하나가 뽑히더니 옆으로 맥없이 넘어졌다. 그 순간 오동구는 자신이 넘어진 듯한 아찔한 전율과 만났다. 존경하는 퇴계를 넘어뜨려 발로 짓밟는 것만 같아 가슴이 쩌릿쩌릿 아파왔다. 불끈 주먹을 쥐었다.

"이 새끼들을 그냥!"

오동구는 이마에 주름을 모았다.

"얘들아, 이 새끼들을 뭉개버리자구!"

오동구는 이렇게 외치면서 북파 유생들에게로 덤벼들었다. 그는 민첩한 데가 있었다. 동료들도 오동구와 심사가 같았는지 순발력 있게 움직이었다.

"아주 없애버려야 한다니까!"

동료들은 격앙된 감정을 감추지 못했다. 순식간의 일이었다. 남파 유생들이 북파 유생들을 주먹으로 때리고 발로 차자, 작업장은 금세 아수라장이 되고 말았다. 남·북파 유생들이 엉겨 붙어 서로 주먹질을 해대었다. 찢겨지고 구겨진 것이 여기저기 나뒹굴었다. 하얀 선비들의 옷은 온통 흙투성이가 되었다. 인부들은 남·북파 유생들을 떼어놓으려 하였지만 수에서 역부족이었다.

"이걸 어쩐대여! 어쩌냐구!"

지켜보던 계집종들이 발을 동동 굴렀다. 그녀들은 잔뜩 겁을 먹고 손을 바들바들 떨었다.

"이러고 있을 것이 아니야. 얼른 산장님이나 동주님께 알려야 한다구."

정신을 수습한 계집종 하나가 수도헌 쪽으로 뛰기 시작했다.

참고 문헌

- 국사편찬위원회, 『한국사론』, 국사편찬위원회, 1986.

- 권인호, 『조선 중기 사림파의 사회 정치사상』, 한길사, 1995.

- 금장태, 『유학 사상과 유교 문화』, 전통문화연구회, 1995.

- 김교빈, 『양명학자 정제두의 철학 사상』, 한길사, 1995.

- 김현, 『임성주의 생의 철학』, 한길사, 1995.

- 민족문화추진회, 『퇴계집 II』, 민족문화추진회, 1984.

- 박일봉 역, 『논어』, 육문사, 1991.

- 박일봉 역, 『노자 도덕경』, 육문사, 1986.

- 박일봉 역, 『대학 · 중용』, 육문사, 1994.

- 박일봉 역, 『맹자』, 육문사, 1992.

- 박일봉 역, 『주역』, 육문사, 1988.

- 변태섭, 『한국사통론』, 삼영사, 1989.

- 이가원 감수, 『서경』, 홍신문화사, 1986.

- 이원섭 역, 『시경』, 민예사, 1986.

- 이종호, 『율곡』, 지식산업사, 1994.

- 이태진, 『조선 유교사회사론』, 지식산업사, 1993.

- 정순목, 『퇴계 평전』, 지식산업사, 1993.

- 허권수, 『조선 후기 남인과 서인의 학문적 대립』, 법인문화사, 1993.